DU MÊME AUTEUR

JOURS SANS FAIM, Grasset, 2001 ; J'ai Lu, 2009.

LES JOLIS GARÇONS, Jean-Claude Lattès, 2005 ; Le Livre de Poche, 2010.

UN SOIR DE DÉCEMBRE, Jean-Claude Lattès, 2005 ; Points Seuil, 2007.

NO ET MOI, Jean-Claude Lattès, 2007 ; Le Livre de Poche, 2009.

LES HEURES SOUTERRAINES, Jean-Claude Lattès, 2009 ; Le Livre de Poche, 2011.

RIEN NE S'OPPOSE À LA NUIT, Jean-Claude Lattès, 2011 ; Le Livre de Poche, 2013.

D'APRÈS UNE HISTOIRE VRAIE, Jean-Claude Lattès, 2015 ; Le Livre de Poche, 2017.

LES LOYAUTÉS, Jean-Claude Lattès, 2018 ; Le Livre de Poche, 2019.

LES GRATITUDES, Jean-Claude Lattès, 2019.

Ouvrages collectifs :

« Cœur ouvert », in SOUS LE MANTEAU, nouvelles, Flammarion, 2008.

« Mes jambes coupées », in MOTS POUR MAUX, nouvelles, Gallimard, 2008.

LES ENFANTS SONT ROIS

DELPHINE DE VIGAN

LES ENFANTS SONT ROIS

roman

nrf

GALLIMARD

UN AUTRE MONDE

Nous avons eu l'occasion de changer le monde et nous avons préféré le téléachat.

STEPHEN KING,
Écriture

BRIGADE CRIMINELLE – 2019

DISPARITION DE L'ENFANT KIMMY DIORE

Objet :

Transcription et exploitation des dernières stories Instagram postées par Mélanie Claux (épouse Diore).

STORY 1

Diffusée le 10 novembre, à 16 h 35.
Durée : 65 secondes.

La vidéo est filmée dans un magasin de chaussures.

Voix de Mélanie : « Mes chéris, nous sommes arrivés chez Run-Shop pour acheter les nouvelles baskets de Kimmy ! Hein, mon petit chat, tu as besoin de nouvelles baskets car les autres commencent à être un peu serrées ? (*La caméra du téléphone portable se tourne vers la petite fille qui met quelques secondes avant d'acquiescer, sans grande conviction.*)

Alors, voici les trois paires que Kimmy a sélectionnées en 32 (*À l'image, les trois paires sont alignées.*) Je vous les partage de plus près : une paire de Nike Air dorées de la nouvelle collection, une paire d'Adidas trois bandes et une paire sans marque avec un renfort rouge... Il va bien falloir qu'on se décide et, comme vous le savez, Kimmy déteste choisir. Alors mes chéris, on compte vraiment sur vous ! »

À l'écran un mini-sondage Instagram apparaît en surimpression :

« Que doit prendre Kimmy ?

A- Les Nike Air

B- Les Adidas

C- Les baskets premier prix. »

Mélanie retourne le portable vers elle pour conclure : « Mes chéris, heureusement, vous êtes là et c'est vous qui décidez ! »

Dix-huit ans plus tôt.

Le 5 juillet 2001, jour de la finale de *Loft Story*, Mélanie Claux, ses parents et sa sœur Sandra étaient installés à leur place habituelle devant la télévision. Depuis le 26 avril, date de lancement du jeu, la famille Claux n'avait raté aucun prime time du jeudi.

À quelques minutes de leur libération, après soixante-dix jours enfermés dans un espace clos de murs – une villa en préfabriqué, un faux jardin et un vrai poulailler –, les quatre derniers candidats avaient été réunis dans le vaste salon, les deux garçons serrés côte à côte sur le canapé blanc, les deux filles assises de part et d'autre dans les fauteuils assortis. L'animateur, dont la carrière venait de prendre une tournure aussi phénoménale qu'inattendue, rappela avec exaltation que le moment crucial, tant espéré, était – enfin – arrivé : « Je pars de dix et à zéro vous êtes dehors ! » Il demanda une dernière fois si le public était prêt à l'accompagner, puis entama le décompte, « dix, neuf, huit, sept, six, cinq », soutenu par un chœur docile et puissant. Les candidats se pressèrent vers la sortie, leur valise à la main, « quatre, trois, deux, un, zéro ! ». La porte s'ouvrit comme sous l'effet d'un appel d'air, des acclamations fusèrent.

À présent, l'animateur s'époumonait pour couvrir le bruit de la foule massée à l'extérieur et la clameur du public impatient, retenu depuis plus d'une heure à l'intérieur du studio. « Ils sont dehors ! Ils arrivent ! Soixante-dix jours et retour sur terre pour Laure, Loana, Christophe et Jean-Édouard ! » À plusieurs reprises, un plan d'ensemble montra le feu d'artifice lancé depuis le toit du bâtiment qui les avait abrités pendant ces longues semaines, tandis que les quatre derniers candidats foulaient le tapis rouge déroulé pour l'occasion.

Ils étaient dehors, oui, dans un dehors qui ressemblait encore étrangement à un dedans. Une horde surexcitée se pressait derrière des barrières, des photographes tentaient de s'approcher, des gens qu'ils ne connaissaient pas quémandaient des autographes, des journalistes tendaient des micros. Certains agitaient des banderoles ou des pancartes avec leurs prénoms, d'autres les filmaient grâce à de petites caméras (les téléphones portables étaient alors des appareils rudimentaires qui ne servaient qu'à téléphoner).

Ce qu'on leur avait promis s'était produit. En quelques semaines, ils étaient devenus célèbres.

Escortés par des gardes du corps, ils avancèrent au milieu de leurs fans, tandis que l'animateur continuait d'analyser leur progression, « ils ne sont plus qu'à quelques mètres du studio, attention, ils montent les marches », la redondance entre l'image et le commentaire ne nuisant aucunement à la tension dramatique, au contraire, lui donnant soudain une dimension inédite, stupéfiante (le procédé serait décliné sous toutes ses formes pendant quelques décennies). Les cris redoublèrent et un rideau noir s'ouvrit pour les laisser passer. Lorsqu'ils entrèrent dans le studio où les attendaient leurs familles et les neuf autres candidats, sortis de leur plein gré ou éliminés au cours des semaines précédentes, la pression monta d'un cran. Dans une ambiance surchauffée et une confusion croissante, la foule commença à scander un prénom : « Loana ! Loana ! »

En accord avec le public, les Claux espéraient tous sa victoire. Mélanie la trouvait tout simplement magnifique (ses seins refaits, son ventre plat, sa peau bronzée), Sandra, de deux ans son aînée, était bouleversée par sa solitude et son air mélancolique (la jeune femme avait d'abord été rejetée par les autres candidats en raison de ses tenues vestimentaires puis, en dépit de son apparente intégration, était restée le principal objet des rumeurs et des chuchotements). Quoique affectée par l'élimination de Julie, une jeune candidate sympathique et joyeuse, de loin sa préférée, madame Claux s'était elle-même laissé émouvoir par l'histoire de Loana – son enfance difficile et sa petite fille placée en famille d'accueil –, révélée par la presse people. Quant à leur père, Richard, il n'avait d'yeux que pour la belle blonde. Les images de Loana en short, minijupe, dos-nu, maillot de bain et son sourire découragé le poursuivaient la nuit et parfois même la journée du lendemain. Toute la famille s'accordait pour rejeter Laure, qu'ils jugeaient trop bourgeoise, et Jean-Édouard, l'enfant gâté inconséquent et stupide.

Un peu plus tard, alors que les deux vainqueurs avaient été désignés par les téléspectateurs et que tous rejoignaient le lieu secret où devait se poursuivre la soirée, un ballet de voitures noires, suivies par des motards équipés de caméras, quitta la Plaine Saint-Denis. Un dispositif technique digne du Tour de France avait été déployé. Aux feux rouges, des micros furent tendus par les vitres ouvertes pour recueillir les impressions des gagnants.

« Ça me rappelle l'élection de Chirac ! » confia l'animateur, dont le maquillage ne dissimulait plus l'épuisement.

Aux abords de la place de l'Étoile, un embouteillage se forma. Avenue de la Grande-Armée, la foule convergeait de toutes les rues adjacentes et des gens abandonnaient leur véhicule pour pouvoir s'approcher. À l'entrée de la boîte de nuit, des centaines de curieux attendaient les *lofteurs*.

« Tout le monde nous aime, c'est génial ! » déclara Christophe, l'un des deux gagnants, à l'animatrice envoyée sur place.

Loana descendit de la voiture, vêtue d'un petit haut rose pâle en mailles de crochet et d'un jean délavé. Perchée sur des talons compensés, elle déplia son corps spectaculaire et regarda autour d'elle. Dans ses yeux, d'aucuns perçurent une forme d'absence. Ou de perplexité. Ou bien l'annonce tragique d'un destin.

Mélanie Claux avait alors dix-sept ans et venait de terminer une classe de première littéraire au lycée

Saint-François-d'Assise de La Roche-sur-Yon. De nature plutôt introvertie, elle avait peu d'amis. Bien qu'elle n'eût jamais véritablement envisagé que son avenir pût être lié, de quelque manière que ce fût, à l'incertaine poursuite de ses études, elle était studieuse et obtenait des résultats corrects. Plus que tout, elle aimait la télévision. La sensation de vide qu'elle éprouvait sans pouvoir la décrire, une forme d'inquiétude peut-être, ou la crainte que sa vie lui échappe, une sensation qui creusait parfois à l'intérieur de son ventre comme un puits étroit mais sans fond, ne s'apaisait que lorsqu'elle s'installait face au petit écran.

À quelques centaines de kilomètres de là, à Bagneux, en banlieue parisienne, Clara Roussel regardait seule et en cachette la finale du *Loft*. Elle était alors en classe de seconde. Des facilités certaines et le niveau très moyen de son lycée lui permettaient d'obtenir des notes satisfaisantes malgré une absence totale de travail à la maison. Elle s'intéressait surtout aux garçons, avec une prédilection pour les blonds aux cheveux courts : un créneau sur lequel la concurrence lui semblait moins forte, la tendance étant indéniablement au brun ténébreux. Sa manière de s'exprimer – on la taquinait volontiers sur le choix de son vocabulaire et son goût pour les phrases alambiquées –, assez peu répandue à son âge, se révélait un atout en matière de séduction. Ses parents, un couple d'enseignants très engagés dans la vie locale et l'action publique, appartenaient depuis sa création au collectif Souriez, vous êtes filmés (une association rassemblant des personnes désireuses de ne pas sombrer dans une société de technologie répressive, très active dans le combat contre toute forme de vidéosurveillance), lequel collectif avait appelé les téléspectateurs à boycotter l'émission, et, quelques semaines plus tôt, à vider leurs poubelles devant le siège social de la chaîne M6. Il y eut ce jour-là des jets d'œufs, de yaourts, de tomates et beaucoup d'ordures. Bien entendu, les parents de Clara avaient participé à cette action et, par la suite, s'étaient joints à une autre opération d'envergure pilotée par Zaléa TV (une chaîne alternative qui mena au début des années 2000 une expérience inédite de télévision libre). Pas moins de deux cent cinquante militants étaient parvenus à s'approcher du Loft afin de libérer les participants. Ils avaient même triomphé d'un premier mur de protection. Philippe, le père de Clara, était apparu dans un court sujet diffusé au journal de France 2.

« La Croix-Rouge entre dans les camps de prisonniers, nous réclamons le même droit ! Ils sont sous-alimentés, épuisés, exposés à la lumière des projecteurs, ils pleurent tout le temps, libérez les otages ! » avait-il déclaré au micro d'une journaliste.

« Libérez les poules ! » avaient-ils tous repris en chœur alors qu'une barrière de CRS les empêchait d'aller plus loin.

Autant dire que les parents de Clara, occupés le soir de la finale par une réunion du collectif sur le thème « Dans quelle société souhaitons-nous vivre ? », n'auraient pas apprécié que leur fille d'à peine quinze ans profite de leur absence pour se vautrer devant ce programme diabolique, symptôme patent d'un monde où tout était devenu marchandise, et régi par le culte de l'ego.

Onze millions de spectateurs suivaient ce soir-là la finale de *Loft Story*. Jamais une émission télévisée n'avait suscité autant de passion. La presse écrite avait d'abord largement commenté l'arrivée du format en France, puis, de révélation en rebondissement, s'était prise au jeu, lui accordant ses pages de une, ses chroniques et ses débats. Pendant plusieurs semaines, des sociologues, des anthropologues, des psychologues, des psychiatres, des psychanalystes, des journalistes, des éditorialistes, des écrivains, des essayistes avaient décortiqué le programme et son succès.

« Il y aura un avant et un après », avait-on lu ici ou là.

Ils voulaient passer à la télévision pour être connus. Ils étaient maintenant connus pour être passés à la télévision. À jamais, ils resteraient les premiers. Les pionniers.

Vingt ans plus tard, les moments cultes de la première saison – la fameuse scène dite « de la piscine » entre Loana et Jean-Édouard, l'entrée des candidats dans la villa et la finale dans son intégralité – seraient disponibles sur YouTube. Sous l'une de ces vidéos, le tout premier commentaire rédigé par un internaute résonnait comme un oracle : « L'époque où on a ouvert les portes de l'enfer. »

Peut-être, en effet, était-ce au cours de ces quelques semaines que tout avait commencé. Cette perméabilité de l'écran. Ce passage rendu possible de la position de celui qui regarde à celui qui est regardé. Cette volonté d'être vu, reconnu, admiré. Cette idée que c'était à la portée de tous, de chacun. Nul besoin de fabriquer, de créer, d'inventer pour avoir droit à son « quart d'heure de célébrité ». Il suffisait de se montrer et de rester dans le cadre ou face à l'objectif.

L'arrivée de nouveaux supports accélérerait bientôt le phénomène. Dorénavant, chacun existerait grâce à la multiplication exponentielle de ses propres traces, sous forme d'images ou de commentaires, traces dont on ne tarderait pas à découvrir qu'elles ne s'effaceraient pas. Accessibles à tous, Internet et les réseaux sociaux prendraient bientôt le relais de la télévision et décupleraient le champ des possibles. Se montrer dehors, dedans, sous toutes les coutures. Vivre pour être vu, ou vivre par procuration. La téléréalité et ses déclinaisons testimoniales s'étendraient peu à peu à de nombreux domaines, et dicteraient pour longtemps leurs codes, leur vocabulaire et leurs modes narratives.

Oui, c'est là que tout avait commencé.

Quand sa mère s'adressait à Mélanie, elle commençait généralement ses phrases par « tu », évitant ainsi d'exprimer de manière directe ses propres sentiments, aussitôt suivi d'une négation. *Tu ne fais jamais rien, tu ne changeras pas, tu ne m'avais pas prévenue, tu n'as pas vidé le lave-vaisselle, tu ne vas quand même pas sortir comme ça.* « Tu » et « ne » étaient indissociables. Lorsque Mélanie avait choisi de commencer une faculté d'anglais, après un bac obtenu sans mention mais du premier coup, sa mère avait dit : « Tu ne penses pas qu'on va payer dix ans d'études ! » Étudier, faire carrière, revenait aux garçons (madame Claux, à son grand regret, n'avait pas eu de fils), tandis que les filles devaient avant tout se préoccuper de trouver un bon mari. Elle-même s'était consacrée à l'éducation de ses enfants et n'avait jamais compris que Mélanie veuille quitter la région, percevant derrière ce choix une forme de snobisme. « Faudrait voir à pas péter plus haut que son cul », avait-elle ajouté, dérogeant exceptionnellement à la règle du « tu ». Malgré cette mise en garde, l'été de ses dix-huit ans, Mélanie avait rempli une valise et s'était installée à Paris. Elle avait d'abord habité une chambre de bonne avec toilettes et lavabo sur le palier dans le VIIe arrondissement, en échange de quatre soirées par semaine de baby-sitting, puis avait loué un minuscule studio dans le XVe (elle avait trouvé un job dans une agence de voyages et son père lui envoyait deux cents euros par mois).

Comment elle en était venue à quitter l'université pour travailler à plein temps pour l'agence, elle n'aurait pas su l'expliquer, si ce n'est que tout lui semblait parfois écrit d'avance, les succès comme les échecs, et qu'aucun signe ne lui avait été adressé l'encourageant à poursuivre ses études : ses résultats étaient corrects, mais d'autres étudiants parlaient déjà sans aucun accent et écrivaient un anglais parfait. Surtout, lorsqu'à partir du *present continuous* elle tentait de se projeter dans le futur, elle ne voyait rien. Rien du tout. Lorsqu'il s'était libéré, la directrice de l'agence lui avait proposé ce poste d'assistante, qui mêlait des aspects à la fois humains et administratifs, et elle avait dit oui. Les journées passaient vite et elle se sentait à sa place. Le soir, elle rentrait dans le petit studio de la rue Violet, qu'elle finançait seule désormais, se préparait un plateau-repas et ne ratait aucun programme de téléréalité. *L'Île de la tentation*, bien qu'un peu trop immoral à son goût, et le *Bachelor*, plus romantique, étaient de loin ses préférés. Le week-end, elle sortait avec son amie Jess (rencontrée au collège et elle aussi montée à Paris) pour boire des bières dans un bar ou de la vodka orange en boîte de nuit.

Quelques années plus tard, face à la concurrence accrue du tourisme en ligne, l'agence de voyages qui avait permis à Mélanie d'entrer dans la vie active traversait une période difficile, pas loin du dépôt de bilan.

Un soir, alors qu'elle surfait sur un site spécialisé dans le recrutement de candidats de téléréalité (à vrai dire, au fil du temps, elle avait répondu à plusieurs annonces sans jamais être appelée), elle tomba sur une nouvelle offre. Il suffisait d'avoir entre vingt et trente ans, d'être célibataire et d'envoyer les deux photos habituellement requises : un portrait et une image en pied, de préférence en justaucorps ou en maillot de bain. Après tout, songea-t-elle, quelques jours d'espoir, quelques jours à caresser son rêve, c'était toujours ça de pris. Une semaine après, elle fut contactée. Une voix jeune, dont elle avait mis plusieurs minutes à déterminer le genre, lui posa une vingtaine de questions sur ses goûts, son physique, ses motivations. Elle mentit sur deux ou trois détails et se montra plus délurée qu'elle ne l'était. Elle devait faire preuve d'originalité si elle voulait avoir une chance d'être reçue. On lui donna rendez-vous pour la semaine suivante.

Le jour venu, elle mit plus d'une heure pour choisir sa tenue. Elle avait conscience qu'il lui fallait affirmer un style, à la fois lisible et frappant, qui énoncerait de manière immédiate un aspect majeur de sa personnalité. La difficulté était qu'elle s'habillait tous les jours de la même façon – jean, pull, chemisier –, et qu'à y réfléchir, elle n'était pas certaine d'avoir une quelconque personnalité à révéler.

Mélanie Claux se rêvait flamboyante et incontournable ; elle restait cette jeune femme réservée, à l'apparence discrète, qu'elle détestait.

Pour finir, elle choisit son pantalon le plus moulant (elle dut s'allonger sur le sol pour remonter la braguette, malgré la présence de lycra dans le tissu) et un tee-shirt publicitaire offert par Nestlé – entreprise dans laquelle son père venait d'être promu cadre supérieur –, qu'elle tailla au-dessous de la poitrine, faisant ainsi disparaître le logo de la marque. Elle enfila des baskets puis s'observa dans le miroir. Elle y était allée un peu fort avec les ciseaux : on voyait une bonne partie de son soutien-gorge, mais cela créait un style, indéniablement. Le rendez-vous avait été fixé à dix-huit heures. Afin de s'assurer de ne pas être en retard, elle avait demandé une après-midi de congé.

Elle arriva cinq minutes en avance dans les bureaux de la production. Ses ongles étaient couverts d'un vernis rose pâle et son maquillage – pommettes à peine colorées et rimmel léger – lui donnait un air juvénile. On la fit entrer dans une vaste pièce carrée au milieu de laquelle une caméra sur pied et un tabouret avaient été posés. Le garçon qui l'avait guidée sans un mot le long d'un dédale de couloirs la laissa seule. Mélanie attendit. Plusieurs minutes passèrent, puis un quart d'heure, puis une demi-heure. Convaincue que la caméra la filmait à son insu, elle se refusait à montrer un quelconque signe d'agacement ou de contrariété. La patience était sans nul doute l'une des qualités requises pour être un bon candidat de téléréalité, aussi décida-t-elle de continuer d'attendre sans se manifester, convaincue qu'il s'agissait d'une sorte de test.

Après une heure, une femme furieuse surgit dans la pièce.

— Enfin, vous ne pouviez pas dire que vous étiez là ! Si personne ne me prévient, je ne peux pas le deviner !

— Je... Je suis désolée. Je pensais que vous le... saviez...

Quand elle était émue, le souffle de Mélanie se rétrécissait d'un coup, ne laissant plus passer qu'un filet de voix.

La femme se radoucit.

— Il va falloir faire plus de bruit si vous voulez qu'on vous entende. Quel âge avez-vous ?

— Vingt-six ans, répondit-elle à peine plus fort.

La femme l'invita à se positionner debout face à la caméra. Puis de profil, de dos et de nouveau de profil. Elle lui demanda de marcher. De rire et de se coiffer. Elle lui posa toute une série de questions – combien elle pesait, quelles étaient ses qualités, que préférait-elle dans son apparence physique, que détestait-elle au contraire, que lui reprochait-on le plus souvent, avait-elle des complexes, quel était son idéal d'homme, serait-elle capable de changer de look, d'attitude ou de physique par amour –, auxquelles Mélanie tenta de répondre du mieux qu'elle put. Elle se trouvait un peu ronde, mais pas moche, elle était directe et d'humeur joyeuse, elle rêvait d'un grand amour avec un homme tendre et à l'écoute, elle voulait des enfants, au moins deux, oui, elle était prête à pas mal de choses par amour mais pas n'importe quoi.

La femme montrait son agacement sans toutefois mettre fin à l'entretien (elle avait été formée par Alexia Laroche-Joubert, une productrice emblématique de la téléréalité en France, dont l'adage était le suivant : « Un bon candidat vous séduit ou vous énerve, s'il vous emmerde laissez tomber »). Or Mélanie l'horripilait. Peut-être était-ce cette voix grinçante, qui partait dans les aigus sous l'effet de l'émotion, ou bien ses grands yeux qui n'étaient pas sans évoquer les vaches de dessin animé. Depuis longtemps déjà, la téléréalité dite d'enfermement ne se contentait plus de filmer vingt-quatre heures sur vingt-quatre l'ennui abyssal d'une poignée de jeunes cobayes. Au principe fondateur d'exhibition il avait fallu ajouter d'autres ingrédients : affabulations, désinhibition, sexualité exacerbée. Les corps avaient muté au rythme des prénoms, réels ou d'emprunt. Dylan, Carmelo, Kellya, Kris, Beverly, Shana avaient remplacé Christophe, Philippe, Laure et Julie.

À plusieurs reprises, la directrice de casting avait pensé couper court à l'entretien. Elle ne cherchait pas une jeune fille bien élevée. Elle avait besoin de gens *trash* et caricaturaux, de mensonge et de manipulation. Elle avait besoin d'antagonismes et de rivalités, de futures petites phrases reprises au zapping. Pourtant, elle ne l'avait pas fait. Un instant, il lui vint à l'esprit qu'elle avait en face d'elle une candidate bien plus redoutable qu'il n'y paraissait. Et si, sous cette fallacieuse banalité, se dissimulait l'ambition la plus brutale, la plus sauvage, la plus aveugle qu'elle eût jamais rencontrée ? D'autant plus dangereuse qu'elle était parfaitement camouflée. Puis cette idée s'évanouit et elle retrouva en face d'elle

Mélanie Claux, une jeune femme un peu terne qui se dandinait d'un pied sur l'autre et ne savait pas quoi faire de ses mains.

Un bon casting de téléréalité obéissait toujours aux mêmes ingrédients, que les professionnels résumaient ainsi : une teigne + une bimbo + un rigolo + un beau gosse + un petit coq. L'expérience prouvait cependant qu'une personnalité moins saillante n'était pas inutile. Un bouc émissaire, un médiateur, une cruche, un ravi de la crèche pouvaient toujours servir. Mais, même dans ce rôle, Mélanie faisait figure de second choix.

Sur le bloc posé devant elle, elle nota en rouge :

Miss Lambda. Rép. : Non merci.

— On vous rappellera, annonça-t-elle avec fermeté, tout en se dirigeant vers la porte.

Mélanie récupéra son sac posé sur la chaise et lui emboîta le pas. Quand elle leva les bras pour enfiler sa veste, ses seins, dont la directrice de casting avait remarqué l'opulence au premier coup d'œil, semblèrent jaillir de son tee-shirt. Mélanie avait vraiment de très gros seins, des vrais, souples et apparemment mous, que la dentelle du soutien-gorge rose ne semblait pas pouvoir contenir. Prise d'un doute ou d'une intuition, alors que la jeune fille s'apprêtait docilement à sortir de la pièce, elle l'interrompit d'un geste.

— Dis-moi, Mélanie, tu as eu combien de petits amis ?

— Qu'est-ce que vous entendez par *petit ami* ? demanda Mélanie, consciente qu'elle jouait sa dernière carte.

— Je vais être plus directe, soupira la femme. Avec combien de mecs as-tu couché ?

Un silence de quelques secondes s'ensuivit, puis Mélanie planta son regard dans le sien.

— Aucun.

Après son départ, sous sa photo, la directrice écrivit en rouge :

26 ans. VIERGE.

Puis elle souligna trois fois.

BRIGADE CRIMINELLE – 2019

DISPARITION DE L'ENFANT KIMMY DIORE

Objet :

Transcription et exploitation des dernières stories Instagram postées par Mélanie Claux (épouse Diore).

STORY 2

Diffusée le 10 novembre, à 16 h 55.
Durée : 38 secondes.

Mélanie Claux est dans sa voiture. Elle tient le portable à bout de bras et parle face caméra. Le nom du filtre utilisé (« yeux de biche ») est inscrit en haut à gauche de l'écran.

Elle oriente ensuite l'appareil vers ses enfants, tous deux installés à l'arrière du véhicule. Sammy fait un sourire à la caméra, Kimmy suce son pouce et caresse son nez avec un chameau en tissu. La petite fille ignore le portable braqué sur elle et ne sourit pas.

Mélanie : « Coucou mes chéris, merci mille fois ! Vous avez été très très nombreux à voter pour nous aider, et vous avez choisi pour Kimmy les Nike Air dorées ! Bien sûr, comme toujours, nous avons suivi vos conseils et c'est celles que nous avons achetées ! Elles sont ma-gni-fiques ! Un grand merci pour votre aide et votre participation. Je vous les partagerai tout à l'heure, pour que vous puissiez les voir à ses pieds. Elles lui vont à merveille !!!

Maintenant, on rentre à la maison ! Mais on ne vous abandonne pas ! À très vite, mes chéris ! »

Clara Roussel terminait une licence de droit à la Sorbonne, lorsqu'elle décida de s'inscrire au concours national de la police. Elle avait vingt-quatre ans. Comment l'idée lui était venue, un matin, sans que rien, les jours précédents, pût laisser présager ce revirement, elle ne savait l'expliquer. Tout au plus pouvait-elle évoquer un besoin de justice, l'envie de se sentir utile, un idéal de protection et de défense des citoyens, autant d'arguments banals qui n'étaient en réalité que des prétextes. Parce qu'elle ne pouvait pas dire, comme elle le ferait plus tard, sans aucune gêne ni aucun scrupule : je veux voir le sang, l'horreur et le Mal de plus près. Elle avait pourtant lu peu de romans policiers (hormis quelques Agatha Christie lors d'un été pluvieux en Bretagne) et ne regardait aucune série. Elle était adolescente quand ses parents avaient consenti à acheter leur premier poste de télévision, dont ils avaient limité l'usage aux débats et aux documentaires. Deux films, vus au cinéma, avaient en revanche frappé son imaginaire : *Serpico* de Sidney Lumet (un des films cultes de son père) et *Police* de

Maurice Pialat (son petit ami de l'époque venait d'intégrer l'école de la Femis et avait entrepris de lui faire découvrir le cinéma français).

Clara avait quitté le domicile familial après sa deuxième année d'université, pour une colocation dans le XIIIe arrondissement, à deux pas de la porte de Gentilly. Le loyer était bas et l'appartement meublé. Ils étaient trois. Les deux autres formaient officiellement un couple dont la crédibilité lui échappait : non seulement tout les opposait mais aucune électricité sexuelle ne semblait circuler entre eux. Et pour cause. Clara n'avait pas tardé à découvrir ce qu'on appelait dans sa famille, avec un goût revendiqué pour le second degré, *le pot aux roses*, à savoir que l'un et l'autre entretenaient une véritable relation amoureuse chacun de son côté, avec une personne du même sexe, leur association n'étant qu'une couverture destinée à des parents peu ouverts d'esprit. Les parents de Clara quant à eux auraient accepté sans problème que leur fille fût lesbienne, ce n'était pas le cas a priori, mais ils crurent à une blague de mauvais goût lorsqu'elle leur annonça qu'elle était inscrite au concours national de la police.

« La première épreuve est une dissertation de culture générale », poursuivit Clara, après leur avoir expliqué que le concours externe d'officier était réservé aux personnes titulaires d'au moins une licence ou d'un diplôme de niveau équivalent. Si elle réussissait, l'entrée à l'école se ferait rapidement après le concours.

Ces détails et le ton employé par sa fille, excluant l'hypothèse première d'une plaisanterie postadolescente, obligèrent le père à s'asseoir. Pendant quelques minutes, il eut du mal à respirer et Clara songea à cette expression, « le souffle coupé », qu'il employait souvent. Les mains tremblantes, sa mère évitait de croiser son regard.

« Peut-on tout dire sur Internet ? » fut le sujet de culture générale proposé aux candidats cette année-là. Clara passa ensuite une épreuve de résolution d'un cas pratique à partir d'un dossier documentaire à caractère administratif, puis un questionnaire à réponses courtes sur le droit administratif général et les libertés publiques, un questionnaire sur les connaissances générales, et une dernière épreuve d'admissibilité portant sur la procédure pénale. Elle fut ensuite convoquée pour les épreuves physiques : un test d'endurance cardio-respiratoire et un parcours d'habileté motrice. Elle passa le premier avec succès, le second lui laissa une impression mitigée. Clara était un petit gabarit. « Un sacré p'tit bout de bonne femme », disait son oncle Dédé, une expression qui la mettait en rage. Enfant, elle avait passé toutes sortes d'examens médicaux afin d'expliquer sa petite taille. Pendant quelques mois il avait même été question d'un traitement à base d'hormones de croissance, puis Réjane et Philippe, en accord avec leur fille, avaient décidé de laisser faire la nature. À l'âge adulte, Clara avait atteint un mètre cinquante-quatre. Elle était petite, mais parfaitement proportionnée. Agile, sportive, elle ne manquait pas d'endurance et ne redoutait pas l'épreuve. Ce jour-là, après un début prometteur sous le regard du commandant M., un homme blond d'une quarantaine d'années dont la prestance et le magnétisme ne lui avaient pas échappé, elle perdit l'équilibre sur la poutre, chuta, se releva, puis partit à grande vitesse dans le mauvais sens.

Dans le gymnase, des rires fusèrent et une voix forte ironisa : « Par ici la sortie. » Clara s'arrêta, prit quelques secondes pour calmer sa respiration. Elle regarda le commandant dans les yeux, guettant sur son visage l'autorisation de poursuivre. L'expression de l'homme était indéchiffrable. Fière, sans un mot, elle reprit son parcours.

En rentrant chez elle, Clara songea qu'elle avait fait preuve d'une habileté motrice certes aléatoire, mais d'une tolérance indéniable au sentiment de ridicule, ce qui, dans la police, devait sans doute être utile.

Mélanie avait reçu l'appel un matin à neuf heures. Elle était prise pour la toute première saison de *Rendez-vous dans le noir* ! Choisie, retenue, élue. Elle avait sauté de joie en répétant plusieurs fois « C'est pas vrai ! C'est pas vrai ! », puis avait été saisie d'une forte nausée, au point qu'elle avait dû s'allonger sur le ventre. Elle avait ensuite téléphoné à sa mère, laquelle avait d'abord cru qu'elle affabulait avant de conclure : « Tu ne vas quand même pas te mettre des idées dans la tête ! » Un peu plus tard, Mélanie avait dû remplir une demande de congé sans solde, le tournage ayant lieu en plein milieu de la semaine. Le moment n'était pas idéal, mais la directrice avait accepté.

Le jour venu, un assistant candidat avait conduit Mélanie en voiture jusqu'à la ville de Chambourcy, où se trouvait la maison louée par la production.

On trouve encore sur Wikipédia la présentation du programme :

« *Rendez-vous dans le noir* est une émission de télévision française diffusée sur TF1 du 16 avril 2010 au 11 avril 2014 (trois saisons). »

Le principe de l'émission y est succinctement décrit :

« Trouveront-ils l'amour ? Trois femmes et trois hommes célibataires sont réunis dans une grande villa : les hommes d'un côté ; les femmes de l'autre. La seule pièce commune est une chambre noire, équipée de caméras infrarouges, dans laquelle ils sont convoqués pour apprendre à se connaître dans l'obscurité totale. Ils choisissent alors un partenaire qu'ils vont retrouver en tête à tête, dans la chambre noire. À la fin de l'émission, ils découvrent à la lumière le/la partenaire choisi(e) et doivent alors décider s'ils veulent aller plus loin.

Après des audiences décevantes, l'émission est remplacée par *Qui veut épouser mon fils ?* ».

Des trois filles, Mélanie arriva la première. Dans l'armoire, une étiquette avec son prénom délimitait son territoire, elle installa ses affaires dans la partie qui lui était réservée. Elle avait emporté ce qu'elle avait de plus voyant, avertie néanmoins que la production pouvait leur proposer des vêtements adaptés à son style et à sa personnalité si elle le jugeait nécessaire. Un autre assistant candidat passa une tête pour savoir si elle n'avait besoin de rien, ce à quoi elle répondit par la négative bien qu'étant affamée, terrorisée et frigorifiée (le régisseur avait oublié de brancher le radiateur électrique dans la chambre). Il l'invita à rejoindre le salon car les deux autres candidates n'allaient pas tarder à arriver. Elle devait maintenant rencontrer ses rivales. Leurs réactions seraient bien entendu filmées lorsqu'elles se découvriraient mutuellement. Assise sur le vaste canapé recouvert d'un tissu rose, Mélanie eut une pensée pour Loana. Mais cette fois c'était elle, Mélanie Claux, qui était face à la caméra, du bon côté de l'écran. Elle qui était au milieu du cadre, elle qui serait bientôt vue par des millions de téléspectateurs, reconnue dans la rue, poursuivie, adulée. Une vague d'émotion l'envahit, et pendant quelques secondes elle se vit sortir d'une voiture luxueuse submergée par une marée de fans brandissant des carnets ou des photos pour obtenir un autographe, elle pouvait ressentir physiquement cet assaut d'amour et d'admiration, et la joie qu'il lui procurerait – un état de grâce, une béance ancienne enfin comblée –, mais très vite, consciente que la rêverie allait trop loin et qu'elle commençait à libérer dans son cerveau une molécule puissante, addictive, Mélanie balaya cette vision.

Par la baie vitrée, elle aperçut une jeune femme blonde qui s'avançait vers la porte en traînant derrière elle une grosse valise. Pendant quelques secondes, elle ne put détacher son regard de ses jambes, des jambes immenses, fines et mates, augmentées par des talons aiguilles d'au moins dix centimètres. Elle sentit son sang quitter son visage et refluer vers ses pieds. La concurrence s'annonçait rude. Savane entra dans la pièce et lui lança un bonjour dont la tonalité révélait l'arrogance et cette conscience qu'elle avait d'incarner le fantasme masculin : une supériorité sensuelle, érotique, que peu de femmes pouvaient égaler. Elle portait un bustier léopard et une minijupe en cuir noir, « pour ne pas dire une ceinture », songea Mélanie. Elle peinait à dissimuler son angoisse et serra les poings. Elle avait cessé de se ronger les ongles quelques années plus tôt, mais parfois l'envie revenait, avec l'autorité de la compulsion. Elles s'embrassèrent et, sous l'œil avide des caméras, échangèrent des banalités. La téléréalité avait depuis longtemps renoncé au principe du direct, qui manquait cruellement de tension dramatique, toutefois l'une et l'autre savaient que chacune de leurs paroles, chacun de leurs gestes pouvait être retenu au montage. Puis la troisième candidate arriva, aussi brune que Savane était blonde, « et tout aussi vulgaire », pensa Mélanie, néanmoins fascinée par sa coiffure (de longs cheveux couleur d'ébène, raides et brillants) et son short en jean dont le tissu effiloché ne dissimulait pas tout à fait le bas des fesses. Elle était belle, elle aussi de cette beauté hautement attractive, sexuelle, que Mélanie n'atteindrait jamais ; plus que tout, elle enviait ce pouvoir de captation.

Une fois les présentations terminées, on leur demanda de revêtir leur tenue la plus sexy et de passer au maquillage. Elles avaient rendez-vous au salon. Mélanie trouva sur son lit une jupe courte et un dos-nu qu'elle enfila sans se poser de questions. La maquilleuse se chargea ensuite de lui donner bonne mine. Mélanie s'inquiéta de la dose de fond de teint employée, l'assistant la rassura avec douceur : ils connaissaient leur métier. Un coiffeur lissa ses cheveux au fer et s'extasia sur leur couleur : il avait rarement vu un châtain aussi intense. La nuit venait de tomber lorsqu'elle se regarda dans le miroir. Mélanie eut la sensation de voir une autre version d'elle-même.

Une version magnifiée, sublimée, mais qui ne pouvait subsister. « Car toujours les carrosses redeviennent citrouilles, songea-t-elle, et les robes de bal se transforment en haillons. »

Au salon, on leur servit un premier cocktail. La liqueur bleue, que Mélanie ne connaissait pas, mélangée au soda et ornée d'une rondelle de citron, détendait peu à peu ses membres, son cou, ses épaules. De l'autre côté de la villa, dans une partie du bâtiment qui leur était inaccessible, les garçons étaient arrivés. Après quelques verres, les filles se mirent à rire et une complicité suave les enveloppa. La voix de la production, diffusée par un haut-parleur au-dessus du canapé, orientait plus ou moins leurs échanges. Elle leur demanda de décrire le type d'homme qui leur plaisait ou d'expliquer pourquoi elles étaient célibataires. Vanessa et Savane aimaient les hommes solides, musclés, Mélanie avait un faible pour les hommes ronds, légèrement enveloppés. « Un peu nounours », précisa-t-elle, et elles éclatèrent de rire toutes les trois. Savane avait un enfant qu'elle élevait seule, Vanessa venait de quitter un homme jaloux (une expression de douleur, fugace, passa sur son visage), Mélanie expliqua qu'elle était romantique et qu'elle attendait sa *moitié*, l'homme avec lequel elle pourrait fonder une famille.

Trois ou quatre cocktails plus tard, elles sursautèrent lorsque la Voix les interrompit de nouveau :

« Savane, Vanessa et Mélanie, vous êtes attendues dans la chambre noire… »

Mélanie n'avait pas imaginé que l'obscurité serait si dense. Elle avança à tâtons, les mains tendues devant elle. Elle rencontra un obstacle, comprit qu'il s'agissait d'un fauteuil, et s'assit. Seuls étaient visibles, aux quatre coins de la pièce, les indicateurs lumineux des caméras infrarouges. Savane et Vanessa entrèrent après elle, elle les aida à repérer les fauteuils de part et d'autre du sien. Lorsque les filles furent installées, on fit entrer les garçons. Aussitôt, un parfum musqué, fort, se répandit dans la chambre.

Jamais le noir ne lui avait semblé si noir. Chacun énonça son prénom, les filles d'abord, puis les garçons. Une fois passé les présentations d'usage, la Voix les incita à se lever et à faire connaissance de manière plus tactile.

« Vous pouvez vous toucher, vous palper, vous découvrir ! Vous ne vous voyez pas, mais vous devez utiliser tous vos autres sens pour faire connaissance. »

L'un des garçons s'approcha de Mélanie et l'enlaça par la taille. Le corps de la jeune femme se raidit. Yoann perçut malgré tout le volume de ses seins et, pour en chercher confirmation, la serra un peu plus contre lui. Lorsqu'il plongea le nez dans son cou pour respirer son odeur, elle ne put réprimer un mouvement de recul.

— Ouh là… farouche, la donzelle ! s'exclama-t-il un peu trop fort.

La Voix intervint.

« Mélanie, n'hésitez pas à faire connaissance avec vos prétendants. »

Juste à côté d'elle, elle entendit des soupirs et des gloussements. Savane et Carmelo s'étaient rapprochés de manière significative.

Yoann, refroidi, la contourna pour rejoindre Vanessa.

Pendant le reste de la séance, les filles et les garçons se touchèrent, se respirèrent, se caressèrent. Les trois garçons s'étaient regroupés autour des deux autres filles, les mains s'aventuraient, flâneuses et sensuelles. Il s'agissait de se séduire, de s'amadouer, car leur sort en dépendait. Autour d'elle, Mélanie pouvait sentir les effluves de transpiration, mêlés aux différents parfums ; l'odeur du désir, puissante, âcre, avait envahi peu à peu la pièce. Quelques minutes avaient suffi pour la reléguer hors du jeu. À plusieurs reprises, la Voix demanda aux garçons de s'approcher d'elle, ce qu'ils firent, sans plus jamais la toucher.

Après un temps infiniment long qu'elle n'aurait su évaluer (au montage, la séquence ne durerait qu'une dizaine de minutes), la Voix leur ordonna de sortir de la chambre noire et de regagner leurs espaces respectifs.

Plus tard dans le confessionnal, alors que chaque garçon devait annoncer, face à la caméra, quelle jeune femme il souhaitait retrouver en tête à tête, Mélanie ne fut choisie par aucun.

Elle quitta le jeu le lendemain, raccompagnée par un assistant candidat. La production l'avait autorisée à garder la jupe et le dos-nu et lui avait remis, non sans emphase, une palette de maquillage offerte par la marque de cosmétiques qui sponsorisait l'émission.

Dans la voiture, elle pleura un peu. Songeant que c'était la solution la moins embarrassante pour eux deux, l'assistant candidat monta le son de la radio.

Mélanie regardait défiler les arbres, les champs, les

villages, puis, aux abords de Paris, apparurent les entrepôts et les barres d'immeubles. Lorsque la voiture s'inséra dans la circulation du boulevard périphérique, ses yeux se posèrent sur une affiche publicitaire géante pour le rouge à lèvres *Color Riche* de L'Oréal, suspendue au sommet d'un bâtiment flambant neuf. Elle fixa un instant la couleur mate et l'apparente épaisseur de la matière. Le bâton semblait érigé tel un monument, un pénis ou un étendard. Derrière lui, le visage de Laetitia Casta reflétait une lumière venue de nulle part, comme à elle seule réservée. Alors tout devint clair. Elle serait l'une de ces femmes. Elle voulait cette lumière chaude, les ombres qui sculptent le visage, la bouche pulpeuse. Dans quelques mois, l'agence fermerait et elle serait au chômage, mais elle ne repartirait pas à La Roche-sur-Yon. Non. Elle resterait ici, à Paris, parce que c'était ici que *tout* se passait.

Elle resterait ici et un jour, elle deviendrait célèbre.

BRIGADE CRIMINELLE – 2019

DISPARITION DE L'ENFANT KIMMY DIORE

Objet :

Transcription et exploitation des dernières stories Instagram postées par Mélanie Claux (épouse Diore).

STORY 3

Diffusée le 10 novembre, à 17 h 18.
Durée : 42 secondes.

Mélanie Claux est face à la caméra. On ne voit que son visage et le haut de son corps. Tout au long de la vidéo apparaissent en surimpression des gifs ou émoticônes animés : cœurs de toutes les couleurs, Petite Sirène, Reine des Neiges et autre personnage Disney (ours ?) brandissant une pancarte avec un cœur qui palpite.

Mélanie : « Coucou mes chéris, nous venons de rentrer du centre commercial et figurez-vous que Kim et Sam sont déjà repartis ! Le coup de barre de la voiture n'a pas duré longtemps ! Des copains à eux jouaient dans la résidence et ils sont descendus les rejoindre. Je crois qu'ils jouent à cache-cache, et moi je vais en profiter pour ranger les courses et préparer la pâte à crêpes pour ce soir. Eh oui ! Comme je vous l'ai dit ce matin, ce soir, c'est mercredi et comme vous le savez, une fois par mois, le mercredi, c'est... la crêpe party ! Et bien sûr, il y aura du Nutella ! (*Un pot de Nutella animé apparaît en surimpression.*)

Vous connaissez Sammy ! Pas de crêpes sans Nutella ! Je vous partagerai la recette, pour ceux qui ne l'ont pas encore notée.

Voilà mes chéris, on ne vous oublie pas ! À tout à l'heure ! »

Une pluie de cœurs multicolores se déverse sur l'image.

Chaque famille cultive sa fable. Ou tout au moins une version épique de son histoire, enrichie au fil du temps, à laquelle s'ajoutent peu à peu des prouesses, des coïncidences, des détails remarquables, voire quelques affabulations. La famille de Clara – ses parents, ses grands-parents, ses oncles et tantes et, plus tard, ses cousins – aimait à raconter les grèves, les manifs, les rassemblements, bref la série de batailles plus ou moins pacifistes, gagnées ou perdues, qui ancrait son histoire dans une tradition lointaine de luttes sociales. Les dates avaient du sens : Réjane et Philippe s'étaient rencontrés en juin 1985 lors de la grande fête organisée place de la Concorde par SOS Racisme. Clara avait été conçue au soir des manifestations contre le projet Devaquet de réforme de l'Université et le couple s'était marié, alors qu'elle avait déjà neuf ans, au lendemain du retrait du plan Juppé sur la réforme du financement de la Sécurité sociale et des régimes spéciaux de retraite.

Au fil du temps, les versions s'étaient enrichies de subtilités romanesques, au détriment parfois de leur cohérence chronologique. Car si l'on s'y penchait, les dates ne coïncidaient pas toujours. Par exemple, comment Clara, née en 1986, pouvait-elle avoir été conçue en novembre de la même année ?

Du fameux mouvement de grève et de contestation de 1995, Clara gardait néanmoins un souvenir précis. Son père, occupé à canaliser d'éventuels débordements en queue de cortège, lui avait malencontreusement lâché la main. Au lieu de se laisser porter par le flot et de poursuivre la marche, elle avait été entraînée sur le côté (ou bien s'était-elle extraite d'elle-même ?) puis l'avait attendu debout sur le trottoir. Il lui avait fallu plusieurs minutes pour prendre conscience que son père n'apparaissait plus dans son champ de vision et qu'elle était perdue. Les slogans hurlés dans les haut-parleurs excluaient toute tentative d'appel au secours. Elle décida de s'asseoir par terre en répétant pour elle-même une phrase scandée par les manifestants qui lui plaisait plus que les autres : « Qui sème la misère récolte la colère, qui sème la misère récolte la colère ! » Peu à peu, les dernières formations étaient passées devant la petite fille, brandissant des banderoles et tapant sur des casseroles. Elle n'avait pas eu peur. Deux ou trois personnes sympathiques s'étaient arrêtées pour savoir ce qu'elle faisait là, auxquelles elle avait fait la même réponse sage et posée : elle attendait sa maman qui était partie aux toilettes. En réalité, Réjane avait tenu à défiler de son côté avec ses collègues du collège Romain-Rolland, en milieu de cortège, laissant à Philippe la responsabilité de la petite. Clara savait qu'elle ne devait, en aucun cas et sous aucun prétexte, suivre des étrangers.

Elle ne connaissait pas bien Paris, elle resta donc un certain temps à observer autour d'elle la façade des immeubles haussmanniens. Elle commençait à avoir froid lorsqu'elle vit deux policiers en uniforme s'approcher. Elle avait toujours entendu dire qu'il fallait se méfier des flics : elle bondit sur ses pieds et tenta de s'enfuir, bien vite rattrapée par le plus jeune d'entre eux. Combien de temps s'était écoulé depuis la disparition de son père, elle n'aurait su le dire. Les premières versions de l'anecdote mentionnaient une vingtaine de minutes, puis on parla d'une demi-heure, puis le récit opta de manière plus ou moins définitive pour une attente de deux heures, moins vraisemblable mais plus sensationnelle.

Ce qui est certain, c'est que Clara s'était retrouvée au commissariat du XIIe arrondissement, tandis que plusieurs gardiens de la paix cherchaient à joindre l'un ou l'autre de ses parents. Elle avait joué aux échecs avec un jeune stagiaire et un monsieur avec une grosse moustache, qui avait l'air d'être le chef, lui avait offert une sucette.

Ce sont ces images qui lui revinrent, en ce jour de juin, lorsqu'il lui fallut annoncer à ses parents qu'elle avait bel et bien réussi le concours d'entrée à l'école nationale supérieure d'officiers de police. Depuis quelques semaines, Réjane et Philippe s'étaient surpris à espérer un échec, tandis que Clara les informait de la succession des épreuves : une fois préadmise, elle avait dû passer des tests psychotechniques écrits, puis une épreuve de mise en situation individuelle, puis un entretien avec le jury et, pour finir, un test oral d'anglais. À l'énumération de ces étapes, son père s'était retenu de lui demander comment les flics pouvaient être aussi cons après une sélection aussi poussée.

Le jour où Clara reçut le courrier mentionnant son admission, elle décida de se déplacer pour leur annoncer la bonne nouvelle. Une part d'elle-même redoutait ce moment, une autre lui intimait d'avoir confiance. Ses parents s'étaient toujours montrés soucieux de son épanouissement et respectueux de sa personnalité. Ne l'avaient-ils pas laissée partir à Londres après son bac au lieu qu'elle commence tout de suite des études ? N'avaient-ils pas fait preuve d'humour et d'indulgence lorsqu'ils avaient appris, deux ans plus tard, qu'elle n'était plus tout à fait jeune fille au pair dans une famille de la banlieue résidentielle mais plutôt serveuse dans un bar de nuit ?

Clara passa sous le porche du premier immeuble et traversa le jardin de la résidence. Elle eut une pensée pour ses jeux d'enfant et les nombreux pétards qu'elle s'amusait à faire exploser dans les bosquets, voire, dès que l'occasion se présentait, dans les crottes de chien. Elle entra dans le deuxième bâtiment et monta quatre à quatre l'escalier. Elle sentait sa gorge se serrer et l'appréhension se propager dans tout son corps. Arrivée au deuxième étage, elle entendit de la musique. À cette heure, cela ne correspondait pas du tout aux habitudes de ses parents. Elle sonna une première fois, mais personne ne vint lui ouvrir. Sa mère devait être au fond de l'appartement. Elle sonna une seconde fois, puis sortit sa clé. Lorsqu'elle entra, elle découvrit ses parents, son oncle Pascal et sa femme Patricia déguisés en flic. Tous les quatre s'étaient alignés, formant une sorte de haie d'honneur hilare et dissipée. Où avaient-ils trouvé ces képis et ces sifflets, en apparence authentiques, jamais elle ne le sut.

« Contrôle d'identité ! » déclara Pascal.

On s'esclaffa puis on la laissa passer. Sa colocataire avait vendu la mèche et prévenu de son arrivée. Sur la table étaient disposées des bouteilles de vin et de champagne ainsi que toutes sortes de quiches, tartes et pâtes à tartiner dont ses parents, habitués des fêtes, rassemblements et autres pique-niques communautaires, avaient le secret. Une manière de lui signifier, en dépit du sentiment d'incompréhension – si ce n'est de trahison – qu'ils dissimulaient peut-être, qu'ils étaient prêts à fêter avec elle son succès. Ils trinquèrent. Son cousin Mario et sa cousine Elvira, les mains emprisonnées dans des menottes, improvisèrent une chorégraphie.

En fin de soirée, son oncle Dédé, qui les avait rejoints pour dîner, prit la guitare de Réjane et entama la chanson *Hexagone* de Renaud :

La France est un pays de flics,
À tous les coins d'rue y'en a cent
Pour faire régner l'ordre public,
Ils assassinent impunément[1].

Alors qu'elle s'apprêtait à riposter, Philippe entraîna sa fille dans la cuisine. Il la fit asseoir, prit le temps d'ouvrir

1. *Hexagone*, paroles et musique de Renaud Séchan, © Warner Chappell Music France – Catalogue Mino Music.

la fenêtre avant de s'installer en face d'elle, se racla la gorge et alluma une cigarette. Il ouvrit la bouche pour dire quelque chose, quelque chose de sérieux qu'il avait sans doute préparé, une phrase, un conseil, un encouragement, quelque chose de fort et définitif. Mais rien ne vint. Les larmes lui montèrent aux yeux. Il soupira et se contenta de sourire, les paumes ouvertes en signe de capitulation.

Longtemps après, ce sourire resterait dans la mémoire de Clara, net, précis, recouvrant tous les autres. Son père était le roi des sentences et des aphorismes, des professions de foi et des théories nébuleuses, élaborées à partir de formules mathématiques qu'il s'amusait à transposer aux aléas de la vie quotidienne. Pourtant, ce soir-là, il voulait dire des mots si simples qu'ils s'étaient enfuis. Il voulait dire : *Fais attention à toi*.

Quelques mois plus tard, il était mort.

Lorsqu'elles se rencontrèrent pour la première fois, dix années s'étaient écoulées depuis l'installation de Mélanie Claux en région parisienne et l'entrée de Clara Roussel à l'école nationale supérieure d'officiers de police. Dix années comme un coup de vent ou un coup de matraque, de celles sur lesquelles on se retourne, étourdi, groggy, sans comprendre ce qui s'est passé. Des années de jeunesse, rapides, décisives, que l'une et l'autre auraient eu du mal à qualifier si on leur avait posé la question. Ou peut-être auraient-elles répondu : gaies et tristes à la fois. Des années qui entreraient bientôt dans une sorte de brume, de plus en plus épaisse, de laquelle émergeraient toutefois quelques dates, administratives, affectives ou symboliques.

En 2011, Mélanie Claux s'était mariée avec Bruno Diore, avec qui elle avait *matché* quelques mois plus tôt sur le site Attractive World. Elle avait un temps envisagé de prendre le nom de son mari, songeant même à entamer une démarche pour en supprimer le *e* muet (Dior lui semblait plus chic et l'eût indéniablement située dans une autre sphère) mais, au vu de la complexité des formalités et de l'obligation de fournir un motif légitime, elle avait renoncé. Pour finir, elle avait gardé son nom de jeune fille. La même année, elle avait accouché d'un petit garçon, Sammy. Son mari, un peu plus âgé qu'elle, travaillait alors dans une société de services en ingénierie informatique et venait d'obtenir une importante augmentation de salaire. Elle avait décidé de ne pas reprendre le poste d'assistante administrative qu'elle occupait depuis quelque temps dans la même entreprise que lui, afin de se consacrer entièrement à son fils. Après leur mariage, ils avaient emménagé à Châtenay-Malabry – où vivaient les parents de Bruno et où ce dernier avait passé une partie de son adolescence –, dans un vaste appartement d'une résidence de construction récente, à deux pas du parc de Sceaux. Une petite fille prénommée Kimmy était née deux ans plus tard, alors que le couple traversait une période difficile. Mélanie avait décidé de rester mère au foyer, une situation qu'elle appréciait pleinement, dans l'attente d'un hypothétique destin.

Après quelques années passées au SAIP (Service de l'accueil et de l'investigation de proximité) du XIVe arrondissement, remarquée par ses supérieurs hiérarchiques pour ses qualités d'anticipation, de déduction et ses rares capacités rédactionnelles, Clara Roussel avait intégré la Brigade criminelle de Paris. Le stage qu'elle y avait effectué au préalable, prévu dans les étapes de recrutement, avait confirmé sa volonté de travailler au sein de la police judiciaire. Si elle avait songé au départ à la

Brigade de protection des mineurs, le peu qu'elle avait pu voir en matière de pédocriminalité l'en avait dissuadée : elle n'était pas assez solide pour cela. Pendant ses deux premières années à la Crime, Clara avait eu la chance de connaître les fameux locaux du 36 quai des Orfèvres. La Direction régionale avait ensuite été transférée rue du Bastion, dans le XVIIe arrondissement. Pas toujours bien vécu, le déménagement avait provoqué un certain nombre de départs et de transferts. Plusieurs figures légendaires de la Brigade avaient choisi ce moment pour la quitter. Au gré de ces ajustements, et plus vite que prévu, Clara avait obtenu un poste de procédurière. À cette occasion, elle avait rejoint le groupe Berger, l'un des six groupes dévolus aux enquêtes de droit commun.

Procédurière, le nom ne faisait pas rêver, et pourtant c'était son rêve. Ça sonnait pointilleux et fastidieux, voire un peu rébarbatif ; elle s'en amusait. On était loin de l'imaginaire véhiculé par les séries télévisées, loin des filatures à haut risque, des arrestations musclées, des réseaux d'indics et des nuits infiltrées dans les milieux interlopes. Cependant, la traque ne se faisait pas sans elle. Et dès les premières minutes jusqu'à la fin de l'enquête, Clara en consignait chaque étape, par écrit et en images. Elle aimait expliquer son métier, lequel, en tant que tel, n'existait qu'à la Brigade criminelle. Le procédurier était garant du dossier qui parvenait sur le bureau du juge ou du procureur : de sa cohérence, de sa solidité, de son absence de failles. D'abord, elle gérait l'ensemble des constatations sur la scène de crime, récoltait toutes les traces et les indices, prenait en charge les scellés. Puis, souvent, elle devait assister à l'autopsie pour donner au médecin légiste les informations dont il avait besoin. Ensuite, elle était responsable de toutes les recherches confiées à des tiers, et de tous les éléments transmis aux assises. De leur pertinence et de leur conformité. Au-delà de ses propres écrits, Clara relisait les procès-verbaux de ses collègues. Elle pointait les fragilités, les zones d'ombre, demandait des précisions, remettait en question des formulations. Parfois s'étonnait d'une piste trop vite abandonnée.

Que le récit judiciaire tienne debout... et si possible dans un classeur, voilà quel était son rôle. Qu'il soit lisible, compréhensible. Irréprochable. En béton armé. Qu'aucun avocat ne puisse s'emparer d'un vice de forme, que rien n'ait été laissé au hasard, et que toutes les portes entrouvertes soient refermées. Un métier d'obsessionnel, de pointilleux, de scribouillard, ajoutait-elle parfois en souriant.

Sa réputation n'était plus à faire. Du fond comme de la forme, rien ne lui échappait. Elle était capable de renvoyer un procès-verbal parce que sa syntaxe laissait à désirer et de déceler dans une tournure grammaticale la faille d'un alibi.

D'un point de vue plus intime – sujet qu'elle n'évoquait jamais à voix haute –, Clara avait été amoureuse deux fois. Et deux fois, elle avait renoncé. Une sensation, une disposition, une faiblesse propres à l'état amoureux, une condition physique, physiologique, qui relevait de l'attente, de la dépendance ou tout simplement d'une modification des flux, une condition qui lui semblait diminuer ses facultés au lieu de les multiplier, finissaient toujours par avoir raison de son élan. Alors surgissait la peur, une peur brutale, irraisonnée, qui l'obligeait à s'éloigner. De sa dernière histoire, la plus forte, la plus obsessionnelle, ne subsistait qu'une correspondance par e-mails. Clara écrivait des lettres à l'homme qu'elle avait aimé, et celui-ci, après plusieurs mois de silence, consentait maintenant à lui répondre.

Depuis son entrée à la Crime, Clara vivait à Vincennes, dans un immeuble qui appartenait à la préfecture de police et dont la plupart des locataires étaient flics. Autour d'elle, les familles se constituaient, les ventres s'arrondissaient. Avoir un enfant ne rentrait pas dans ses projets. D'une part, elle n'était pas certaine d'être elle-même tout à fait adulte, et d'autre part, l'époque lui semblait résolument hostile. Elle avait la sensation qu'une mutation silencieuse, profonde, sournoise, d'une violence sans précédent, était en train de se produire – une étape de trop, un seuil funeste franchi dans la grande marche du temps –, sans que personne ne puisse l'arrêter. Et au milieu de cette gigantesque toile, privée de rêves et d'utopies, il lui aurait paru fou de propulser un enfant.

Lorsqu'elle avait trois ou quatre ans, ses parents l'avaient emmenée chez la mère de Philippe, près de la frontière belge. Clara aimait beaucoup sa mamie, mais cette dernière vivait dans un appartement sombre, encombré d'objets, de bibelots, et de tableaux peints à l'huile qui lui faisaient peur. Sa mamie, ravie d'accueillir sa petite-fille pour quelques jours (Réjane et Philippe avaient prévu de prendre des vacances tous les deux), avait préparé un goûter pour les accueillir. Malgré l'angoisse de voir bientôt ses parents partir, Clara était restée sagement assise sur un tabouret devant son chocolat chaud. Puis, juste après avoir terminé son goûter, sur un ton empreint du plus grand tact, elle avait dit : « Mamie, c'est très joli chez toi, mais tu sais… je ne vais pas pouvoir rester. »

Certains soirs, quand Clara avait bu quelques verres, au-delà des arguments habituels qu'elle brandissait pour justifier sa solitude ou son célibat, elle évoquait l'époque et la marche du monde. Ce sentiment de décalage et cette conscience, à la fois vaine et nécessaire, d'être malgré tout du bon côté. Parfois, pour conclure la conversation, comme une *private joke* adressée à elle-même, dont elle se refusait de mesurer la portée, il lui arrivait de murmurer : « … et puis je ne suis pas sûre de pouvoir rester. »

Le 10 novembre 2019 aux alentours de dix-huit heures, la fille de Mélanie Claux, alors âgée de six ans, disparut lors d'une partie de cache-cache avec d'autres enfants de sa résidence.

Alertée par son fils, Mélanie commença par faire plusieurs fois le tour du jardin, bientôt rejointe par quelques voisins. Partout ils crièrent le prénom de la petite puis, de manière méthodique, bâtiment par bâtiment, frappèrent à toutes les portes. Ils arpentèrent les caves et les couloirs, se répartirent en deux groupes, firent ouvrir la salle commune par le gardien. Après plus d'une heure de recherches infructueuses, ce dernier suggéra d'appeler la police. Mélanie s'effondra en larmes. Un locataire du rez-de-chaussée se chargea de téléphoner au commissariat et d'expliquer la situation.

Une demi-heure plus tard, une dizaine de gardiens de la paix se déployèrent sur place pour rechercher l'enfant. Le « doudou-sale » de Kimmy (un petit chameau en tissu élimé) fut retrouvé par terre près de l'aire de jeux.

Au bout d'une heure de battue à laquelle se joignirent

de nouveaux voisins, alors que chaque escalier, chaque allée, chaque recoin du jardin avait été passé au peigne fin, il fallut bien conclure à une disparition.

Vers vingt et une heures, Mélanie et Sammy furent conduits au commissariat de Châtenay-Malabry. Bruno, le mari de Mélanie, était en déplacement en province. Dès la première alerte, il avait sauté dans sa voiture mais, d'après son GPS, ne pourrait pas les rejoindre avant minuit.

Une brigadière se chargea de recueillir auprès de Sammy les éléments plus précis sur les circonstances de la disparition. Le garçon, âgé de huit ans, semblait trop choqué pour une véritable audition. Non sans difficulté, la jeune femme lui fit raconter le déroulement de la partie de cache-cache. D'après ce qu'elle parvint à obtenir, Kimmy courait en direction du local à poubelles la dernière fois qu'il l'avait vue. Il était très inquiet pour sa sœur et semblait épuisé. Au bout d'un moment, l'enfant se frotta les yeux, puis s'endormit d'un coup en position assise. La jeune femme alla chercher sa mère. Avec douceur, Mélanie Claux le fit basculer sur le siège d'à côté, lui allongea les jambes et le couvrit de sa doudoune.

Peu après, dans le bureau du commissaire S., après avoir demandé qu'on lui apporte une boisson chaude, Mélanie Claux fut entendue pour la première fois. Le commissaire tapait avec dextérité sur son ordinateur tandis qu'elle revenait en détail sur l'enchaînement des faits : ils rentraient tous les trois du centre commercial de Vélizy 2 quand Sammy et Kimmy avaient aperçu les autres enfants, en pleine partie de cache-cache. L'un d'entre eux, le petit Léo, leur avait aussitôt proposé de se joindre à eux. Sammy et Kimmy s'étaient tournés vers leur mère, n'attendant qu'un signe. Elle avait hésité, puis accepté.

Comme elle paraissait toujours aussi frigorifiée, le commissaire S. demanda qu'on lui apporte une couverture. Un instant plus tard, elle s'enveloppa dans une étole de laine oubliée au portemanteau, les mains en cercle autour de sa tasse. Il laissa le silence prendre possession de la pièce, non pas un silence suspicieux – bien que les parents soient toujours les premiers suspects en cas de disparition d'enfant –, plutôt quelque chose de neutre, vacant, qui demandait à être meublé. Le mari était en route, il se chargerait de l'entendre lui-même dès son arrivée.

Mélanie finit par lever les yeux vers lui.

— Nous sommes célèbres, vous savez. Les enfants et moi. Très célèbres... Je suis sûre que c'est lié.

Un rapide coup d'œil à son adjoint lui confirma que le brigadier F. n'avait lui non plus jamais entendu parler de cette femme ni de ses enfants. En matière de troubles psychiatriques, le commissaire S. en avait vu d'autres, et des plus agités, qui se prenaient pour Dieu, Céline Dion ou Zinedine Zidane. Or l'expérience lui avait prouvé que la meilleure stratégie consistait à les laisser parler. La voix de Mélanie lui semblait à présent plus aiguë, désaccordée, assez désagréable, eût-il conclu en d'autres circonstances.

— La plupart des gens nous aiment. Ils nous le disent, nous l'écrivent, ils font des centaines de kilomètres pour nous voir... C'est fou, tout cet amour qu'on reçoit. Vous ne pouvez pas imaginer. Mais récemment, il y a eu des rumeurs, des médisances, et maintenant certaines personnes nous en veulent. Nous veulent du mal. Parce qu'elles sont jalouses…

— Jalouses de quoi, madame Claux ? demanda-t-il aussi doucement que possible.

— De notre bonheur.

Consciente de l'incrédulité à laquelle elle se heurtait, Mélanie sortit son téléphone portable pour montrer au commissaire et à son adjoint la chaîne qu'elle gérait sur YouTube, suivie par cinq millions d'abonnés. Chacune des vidéos publiées sur Happy Récré cumulait plusieurs millions de vues. Elle se connecta ensuite à son compte Instagram. Elle expliqua les chiffres : au-delà du nombre d'abonnés et de vues, ce qui comptait, c'était le nombre de likes et le nombre de commentaires. Tout cela représentait beaucoup, insista-t-elle, tout cela faisait d'eux des… elle hésita un instant sur le mot mais elle n'en trouva pas d'autres : oui, tout cela faisait d'eux des stars.

À la question des revenus générés par cette activité, elle refusa de répondre. Par contrat avec la plateforme, elle n'avait pas le droit de divulguer ces informations. Sur un ton sec, le commissaire S. lui rappela qu'il s'agissait de la disparition de sa fille. « On peut craindre un enlèvement à des fins crapuleuses », précisa-t-il, hypothèse qui se renforça dans son esprit lorsqu'elle finit par admettre un revenu annuel « dépassant » le million d'euros. Le commissaire ne put réprimer un sifflement. Comme il était tenu de le faire en pareille circonstance, il appela le magistrat de permanence.

À 21 h 30, un message laconique fut adressé à Mélanie Claux en privé sur son compte Instagram. L'émetteur, dont le nom lui était inconnu, n'avait lui-même aucun abonné. Tout portait à croire que le compte avait été créé dans l'unique but de lui envoyer le message suivant : « Enfant disparu... Deal à suivre », confirmant l'hypothèse d'une demande de rançon.

À 21 h 35, au vu des premiers éléments et compte tenu de la notoriété de la famille (les affirmations de la mère ayant été vérifiées), le parquet de Nanterre décida de saisir la Brigade criminelle.

À 21 h 55, les membres du groupe Berger, d'astreinte depuis le matin, pénétrèrent dans la résidence du Poisson Bleu. Clara Roussel et son chef de groupe arrivèrent parmi les premiers, rapidement rejoints par le chef de section et le patron de la Brigade. Dans ce genre de cas, la hiérarchie était à pied d'œuvre.

Une demi-heure plus tard, une vingtaine d'enquêteurs furent déployés. Tandis qu'ils commençaient l'enquête de voisinage, Clara Roussel délimita les zones de prélèvements et donna ses instructions aux techniciens de l'identité judiciaire.

Autour de l'endroit où le doudou de l'enfant était tombé, elle dressa un large périmètre, délimité par des banderoles plastifiées. Les accès au parking et au local poubelles furent également condamnés.

Le doudou, quelques kleenex usagés, une vingtaine de mégots, un papier gras à l'enseigne d'une boulangerie, une tête de Barbie hirsute et un compas en morceaux furent mis sous scellés. Les empreintes de pas relevées sur les parties en terre, bien que nombreuses et peu lisibles, furent photographiées.

Une fois les prélèvements effectués, le chef de section décida de faire appel aux chiens pisteurs. À partir d'un vêtement porté par la petite fille, les deux chiens amenés sur place retracèrent exactement le même itinéraire : après un passage par le local poubelles, la piste s'arrêtait dans le parking.

Alors que ses collègues poursuivaient la tournée des voisins, à la recherche d'un témoignage clé, Clara resta dans les parties communes.

Dans la nuit, il lui faudrait figer la scène de crime. Décrire les lieux, aussi minutieusement que possible. Tout noter, tout enregistrer. Traquer le sang, le sperme, les poils, toute trace laissée. Ou bien constater l'absence de traces. L'enfant comme envolée.

Elle établit le plan de la résidence, indiqua les entrées, l'emplacement des trois bâtiments, de l'aire de jeux, du local poubelles et du parking souterrain. Puis elle répertoria les scellés récoltés à l'extérieur et les éléments prélevés dans l'appartement, destinés à déterminer l'ADN des quatre membres de la famille. La chambre des deux enfants avait été explorée par les enquêteurs, en quête d'un indice éventuel indiquant qu'un rendez-vous avait été donné à la petite fille, mais rien n'avait été trouvé.

À ce stade, si l'hypothèse d'un enlèvement avec demande de rançon était privilégiée, la vengeance, le réseau pédophile, la mauvaise rencontre ne pouvaient être écartés. Compte tenu de l'âge de l'enfant, une fugue était exclue.

Quoi qu'il en soit, le compte à rebours avait commencé. Les statistiques étaient sans appel : quand l'enlèvement du mineur se doublait d'un homicide, dans neuf cas sur dix, ce dernier avait lieu durant les vingt-quatre premières heures.

Un peu avant deux heures du matin, alors que les deux parents étaient raccompagnés chez eux par la police, désormais escortés par un négociateur au cas où les ravisseurs prendraient contact avec la famille, Clara s'approcha d'eux et se présenta.

La première fois que Mélanie Claux et Clara Roussel se rencontrèrent, malgré l'état de tension extrême dans lequel elles se trouvaient l'une et l'autre, Mélanie s'étonna de l'autorité qui émanait d'une femme aussi petite et Clara remarqua les ongles de Mélanie, leur vernis rose à paillettes qui luisait dans l'obscurité. « On dirait une enfant », pensa la première, « elle ressemble à une poupée », songea la seconde.

Même dans les drames les plus terribles, les apparences ont leur mot à dire.

Depuis la mort de ses parents, Clara Roussel avait une conscience aiguë de la fragilité humaine. À l'âge de vingt-cinq ans, et pour le reste de son existence, elle avait compris qu'on pouvait sortir un matin, serein et confiant, et ne jamais rentrer chez soi. C'est ce qui était arrivé à son père, renversé par une camionnette un samedi à huit heures trente, alors qu'il descendait acheter des croissants. Plus exactement, le véhicule l'avait frôlé mais le rétroviseur avait heurté sa tête avec une telle violence qu'elle avait été en partie arrachée. Quelques mois plus tard, sa mère était morte d'une rupture d'anévrisme en pleine rue. Depuis ce jour, chaque fois qu'elle était appelée sur une scène de crime, chaque fois qu'elle passait par hasard à côté de l'un de ces attroupements qui se constituent en quelques secondes autour d'un malaise ou d'un accident, chaque fois qu'elle voyait une ambulance ou un camion de pompiers arrêtés sur la voie publique, se réveillait en elle la certitude que toute journée, toute minute, toute seconde pouvait voir basculer une vie. Ce n'était pas une donnée, un fait, qu'elle se contentait de savoir intellectuellement, comme la plupart des gens. C'était une sensation physique, de terreur, qui l'oppressait des heures. Parfois plus longtemps. C'est pourquoi, lorsqu'elle était appelée sur une affaire, le premier échange avec la famille de la victime lui coûtait tant. Elle ne pouvait s'empêcher de ressentir physiquement, en écho dans son propre corps, la décharge d'adrénaline qui circulait dans le leur. Pendant quelques secondes, elle était cette femme à laquelle on venait d'annoncer la mort de son enfant, ce mari dont la compagne avait été poignardée, cette vieille dame dont le fils venait d'être arrêté.

Pour tous les flics du 36 qui avaient vu leurs collègues revenir du Bataclan, le mois de novembre restait un mois sombre. Poisseux. Le soir du 10 novembre 2019, Clara venait de rejoindre son amie Chloé dans un bar du XIIIe arrondissement lorsque le message de Cédric, son chef, était tombé sur le WhatsApp du groupe. Elle avait bouclé le jour même un dossier de triple homicide avec préméditation sur lequel ils avaient passé des semaines. Elle aurait aimé avoir le temps de trinquer à l'aboutissement de cette procédure, l'une des plus complexes qu'elle ait eues entre les mains, mais la permanence de son groupe commençait tout juste et les saisines tombaient rarement au bon moment. « C'est reparti », pensa-t-elle, faisant craquer ses doigts, une manie adolescente dont elle n'avait jamais réussi à se départir.

Les appels au milieu de la nuit ou au petit matin, les repas interrompus, les jours fériés dilapidés dans le froid ou sous les néons de son bureau, les congés reportés, toute cette mythologie plus ou moins héroïque attachée à son métier, elle s'y était préparée et adaptée. Cependant, ce qu'elle n'avait pas imaginé et qui revêtait chaque jour une réalité très concrète, c'était l'état de tension auquel son corps, pendant toutes ces années, serait soumis. Même dans le sommeil, ses muscles, ses articulations restaient mobilisés. De fait, à n'importe quelle heure du jour ou de la nuit, elle était capable, en un rien de temps, de sauter sur ses pieds, de s'habiller et de partir.

Passé la première impression, pendant ces quelques minutes où elles s'étaient trouvées l'une en face de l'autre, dans la lumière jaune des réverbères de la résidence, Clara avait perçu la détresse de Mélanie. Une détresse brute, absolue. Alors que la jeune mère regardait autour d'elle une dernière fois, comme si sa fille allait soudain surgir d'un bosquet, comme si tout cela – les policiers affairés aux quatre coins du jardin, les banderoles de plastique déployées entre les arbres – ne pouvait être la réalité, Clara avait eu le sentiment d'absorber sa souffrance. Le temps d'échanger quelques mots, il lui avait semblé voir à l'œil nu la terreur coloniser chaque cellule de son corps. Accrochée au bras de son mari, Mélanie revivait pour la dixième fois ce temps devenu inaccessible qu'elle aurait voulu de toutes ses forces soustraire au réel, un temps impossible à annuler, et contre lequel le plus grand chagrin, les plus sombres regrets ne pouvaient rien : ce moment où son fils était remonté du jardin pour la prévenir qu'il ne trouvait plus sa sœur.

Vers deux heures trente du matin, après avoir récupéré les premiers procès-verbaux et l'ensemble des scellés,

Clara avait fini par rentrer chez elle. Il fallait essayer de dormir au moins deux heures, elle le savait, avant de repartir au Bastion.

Mais au lieu de s'allonger, elle avait allumé son ordinateur, surfé sur Internet et trouvé Happy Récré. Sur la page d'accueil de YouTube apparaissaient une trentaine de vignettes correspondant aux dernières vidéos publiées par la famille. Sous chacune d'elles était affiché le nombre de vues : entre cinq et vingt-cinq millions. Clara fit défiler les vignettes, cela paraissait sans fin. Elle était trop fatiguée pour compter. Il y avait là sans doute plusieurs centaines de vidéos de Kimmy Diore et de son grand frère. Elle observa un moment le visage de l'enfant, ses boucles blondes, ses grands yeux noirs, « une adorable petite fille », songea-t-elle, chassant toutes les images qui commençaient à l'assaillir, puis regarda deux ou trois vidéos au hasard.

Dans la courte nuit qui suivit la disparition de l'enfant, Clara fut réveillée par une phrase, parfaitement distincte. Cela lui arrivait de temps à autre : des mots limpides, ordonnés, comme s'ils venaient de sa propre bouche, la sortaient brutalement du sommeil. À chaque fois, ces phrases surgies du rêve, de l'inconscient, ou d'un endroit de la nuit auquel elle n'avait pas accès avaient revêtu par la suite une signification et, parfois même, une dimension de présage.

À 5 h 20, elle s'était assise dans son lit et avait entendu dans le silence de sa chambre cette phrase qu'elle était elle-même en train de prononcer : « C'est un monde dont l'existence nous échappe. »

Cette petite fille de six ans avait disparu dans le monde, le vrai monde, dont Clara cernait globalement les dangers. Mais Kimmy Diore avait grandi dans un monde parallèle, un monde construit de toutes pièces, virtuel, qu'elle ne connaissait pas. Un monde qui obéissait à des règles dont elle ignorait tout.

L'effroi était entré dans le corps de Mélanie en une fraction de seconde, acide, brûlant, puis s'était répandu dans chacun de ses membres. L'effroi était dans son sang, puissant, bien plus puissant que tout ce qu'elle aurait pu imaginer. Pourtant, des histoires d'enfants qui disparaissaient et de mères éperdues d'inquiétude, elle en avait vu un certain nombre à la télévision ou sur Netflix. Le kleenex à portée de main, elle s'identifiait aux héros. Elle souffrait avec eux, et songeait un instant, juste un instant, qu'une chose semblable pouvait lui arriver. Juste le temps de se dire : « Je ne pourrais pas le supporter. »

Mais cette fois, elle n'était pas face à l'un de ces personnages dont elle admirait le sang-froid ou le courage, ce soir c'était elle qui était là, debout dans son salon, raide, tendue, incapable de s'asseoir, incapable de supporter le moindre contact physique, pas même la paume de son mari posée sur son épaule.

À jamais gravés dans sa mémoire : la voix étranglée de Sammy, sa pâleur, son souffle coupé.

Il y avait eu toute cette agitation autour d'elle, ces

questions vingt fois répétées, des boissons chaudes dans des gobelets en plastique, la petite main de son fils dans la sienne, le froid, et ce châle qu'ils avaient mis sur ses épaules, imprégné d'un parfum pour femme, un parfum qui ressemblait à celui de sa mère et lui avait donné la nausée. Un peu avant minuit, enfin, Bruno était arrivé. Il avait répondu à des tas de questions, lui aussi, à se demander s'ils ne le soupçonnaient pas d'avoir emmené Kimmy quelque part. Il suffisait de regarder Bruno pour comprendre qu'il était incapable de faire du mal à une mouche, elle, elle l'avait compris au premier coup d'œil, le premier jour, à la première minute où elle l'avait vu. Son mari avait répondu avec calme et patience, sans manifester le moindre signe d'agacement. Il avait attendu d'être rentré et d'avoir porté Sammy endormi jusqu'à son lit pour pleurer. Il s'était assis sur le canapé et cela n'avait duré que quelques secondes, un sanglot étouffé, étranglé, qui l'avait glacée.

Après toutes ces allées et venues dans la résidence, les chiens, les fouilles, les prélèvements, tout le monde était reparti sauf ce type qui resterait là, chez eux, leur avait-on expliqué, tant que Kimmy ne serait pas rentrée. Un type qui venait d'une brigade d'intervention, ou quelque chose comme ça, et dont le rôle était de les accompagner, de les conseiller, dans le cas où les ravisseurs prendraient contact avec eux. Le type s'était installé dans la pièce du fond qu'ils avaient prévu d'aménager en bureau et leur servait pour l'instant de débarras, où par chance était entreposé un canapé-lit qu'il pouvait déplier. Si un numéro inconnu appelait sur l'un ou l'autre portable, ils devaient, avant même de répondre, le prévenir aussitôt. Après avoir donné ses consignes, le type s'était éclipsé et Bruno et Mélanie avaient réussi à partager un moment tous les deux, seuls dans la cuisine, incapables de se coucher. Dans le silence, le ronronnement du réfrigérateur avait repris, comme si tout cela n'était qu'une mauvaise blague, un canular, et un instant, elle avait cru s'évanouir. Elle s'était tenue à la table, avait fermé les yeux, elle avait imaginé sa respiration le long d'un rail, et le vertige s'était éloigné. Bruno était assis sur une chaise, la tête entre les mains, elle entendait à nouveau son souffle, irrégulier, entravé, un gémissement contenu.

Ce matin-là, ils s'étaient levés comme tous les matins, ignorant qu'il ne leur restait que quelques heures de bonheur, de sérénité, et que le soir même leur vie aurait sombré dans un désastre qui n'avait pas de nom. Qui pouvait imaginer cela ? Elle aurait donné n'importe quoi pour revenir en arrière. Quelques heures. Seulement quelques heures. Dire non. Voilà tout. *Non, vous n'allez pas jouer dehors*. Il suffisait de rien, trois fois rien. Quelqu'un, quelque part, pouvait bien lui accorder cette faveur : remonter le temps et prononcer d'autres mots. Des mots qu'elle avait hésité à dire, des mots qui avaient effleuré ses lèvres mais qui, dans un moment de faiblesse, s'étaient inclinés. Elle voulait dire non. Non, nous n'avons pas le temps, il faut terminer le travail scolaire et tourner une vidéo pour Instagram. Mais Kimmy et Sammy avaient eu l'air tellement contents à l'idée de retrouver les autres. Alors elle avait pensé : « pour une fois », et elle avait dit oui.

Une fois, une seule, et leur vie était dévastée ?

Mélanie devait prendre la mesure de l'événement. Pour l'instant, elle était comme ces étrangers qui ne comprennent que la moitié de la phrase prononcée par leur interlocuteur et doivent, au prix d'un intense effort d'adaptation, en reconstituer le sens. Elle percevait très clairement, sans pouvoir le formuler, qu'une partie de l'énoncé lui était inaccessible. La vérité était au-dessus de ses forces. La capacité de résistance dont elle avait fait preuve ces dernières heures lui avait permis de faire bonne figure, de répondre aux questions. C'était déjà beaucoup.

Maintenant elle était là, debout dans la cuisine, et elle allait rejouer mentalement ce moment, encore et encore, et supplier à voix haute une instance supérieure pour qu'il n'ait pas eu lieu.

À la fin pourtant, il lui faudrait s'asseoir. Peut-être même dormir. Et accepter l'idée que sa fille avait disparu.

BRIGADE CRIMINELLE – 2019

DISPARITION DE L'ENFANT KIMMY DIORE

Objet :

Procès-verbal de la première audition de Mélanie Claux (épouse Diore).

Réalisée le 10 novembre à 20 h 30 par le commissaire S. en fonction au commissariat central de Châtenay-Malabry.

(Extraits.)

Question : Vous dites que vous aviez laissé la fenêtre ouverte pour entendre vos enfants, vous étiez inquiète de les savoir dehors ?

Réponse : Non, non, pas vraiment... Je ne voulais pas qu'ils se fassent disputer. Certains voisins refusent que les enfants jouent dans le jardin, parce que ça fait trop de bruit. À chaque réunion de copropriété, il y a des conflits autour de cette question, des histoires de poubelles renversées et de fleurs piétinées. D'ailleurs moi, en général, je préfère qu'ils restent à la maison. D'habitude, il y a ce type, monsieur Zour, avec son chien jaune, il fait peur aux petits. Mais en ce moment il n'est pas là, il paraît qu'il a été hospitalisé, c'est pour ça aussi que j'ai accepté...

Question : En dehors de vos voisins, est-ce que quelqu'un pouvait savoir que les enfants étaient en train de jouer dehors ?

Réponse : Eh bien non... enfin si. Parce que j'avais posté une story.

Question : Une quoi ?

Réponse : Une story. C'est une petite vidéo qu'on publie sur Instagram. Éphémère. Elle ne reste en ligne que pendant vingt-quatre heures. Tandis que les *posts*, des photos ou des vidéos, restent tout le temps.

Question : Une *story*, c'est une histoire ?

Réponse : Non, pas vraiment... ce sont plutôt des moments de la vie quotidienne qu'on partage avec sa communauté, vous voyez ? C'est-à-dire avec les gens qui nous suivent, les abonnés. J'en ai posté une quand les enfants sont descendus, j'ai juste dit qu'ils jouaient dehors et que ça me laissait un peu de temps pour souffler et préparer le dîner. J'en avais aussi posté une à Vélizy 2, quand on a acheté les baskets de Kimmy parce que nous avons un partenariat avec Nike, alors je dois montrer les produits, vous voyez, enfin c'est un peu compliqué à expliquer...

Question : On peut les voir ces vidéos ?

Réponse : Oui, elles sont encore sur mon compte Instagram. Ensuite, elles restent dans le dossier « Archives », je suis la seule à y avoir accès.

Question : À quelle heure exactement avez-vous posté

cette story dans laquelle vous disiez que vos enfants jouaient dehors ?

Réponse : Je ne sais plus... je dirais vers 17 h 15 ou 17 h 30.

Question : Les gens qui vous suivent connaissent-ils votre adresse ?

Réponse : Non, non. Pas du tout. Enfin, peut-être certains, parce que ça se sait, à l'école, dans la résidence, les gens savent qui on est. Nous sommes connus, alors peut-être qu'ils en parlent autour d'eux, qu'ils se vantent d'habiter dans la même résidence que Kim et Sam. Je ne les laisse pas souvent jouer dehors, parce que certains enfants se moquent d'eux. Les enfants sont cruels entre eux, vous savez. Ou alors les parents racontent n'importe quoi et les enfants répètent ensuite. Un jour, des gamins de la résidence s'en sont pris à Sammy, ils lui ont dit des choses méchantes, horribles même. Je lui ai interdit de les voir, de leur parler. Mais aujourd'hui, ce n'était pas la même bande qui jouait dehors, la bande de Kevin Tremplin, c'était des enfants plus jeunes, que Kim et Sam aiment bien : le petit Léo, la petite Maëva, le fils des Filloux, je ne me souviens plus de son prénom, il est gentil ce gosse... c'est pour ça que j'ai dit oui... (*Interruption sanglots / plusieurs minutes.*) Moi je vais chercher mes enfants tous les jours en voiture à l'école, je suis une maman poule, vous savez. Je ne pensais pas qu'il pouvait se passer quelque chose, ici, c'est une résidence de standing. Peut-être que Kimmy est blessée, qu'elle est tombée quelque part, peut-être qu'il faut chercher encore.

Question : Vous avez posté la story entre 17 h 15 et 17 h 30 et à 18 h 15 votre fils est venu vous prévenir qu'il ne trouvait plus sa sœur, c'est bien cela ?

Réponse : Oui, je crois. Quand il est remonté, je venais de

regarder l'heure et je m'apprêtais à les appeler par la fenêtre. On est au deuxième étage et je les avais entendus juste en dessous quelques minutes plus tôt. Sammy avait du travail à faire pour l'école, même pendant les vacances, je préfère qu'il ne prenne pas de retard, et le vendredi normalement, c'est le jour où on poste notre vidéo sur YouTube, alors on doit faire une story sur Instagram pour prévenir qu'on a mis la vidéo en ligne.

Question : Quelle a été votre réaction lorsque votre fils vous a prévenue ?

Réponse : Je suis descendue tout de suite. J'ai crié le prénom de ma fille dans le jardin, et dans tous les endroits de la résidence où elle avait pu se cacher. J'ai frappé chez quelques voisins qui ont des enfants et chez qui elle aurait pu aller. Je... j'étais complètement paniquée.

Question : Vous dites que vous « devez » faire ces stories ou ces choses, quelqu'un les demande ?

Réponse : Non, non, personne, c'est moi, parce que c'est moi qui organise tout, ce qu'il faut faire sur YouTube, sur Instagram, ça demande d'être présent, c'est beaucoup de travail et c'est moi qui gère tout ça.

Question : Vous deviez donc tourner une story pour annoncer une vidéo, c'est bien ça ?

Réponse : Oui. En général, sur notre chaîne Happy Récré, on publie deux ou trois vidéos par semaine. Ces vidéos sont très élaborées, surtout depuis quelque temps, on fait de vrais montages, c'est mon mari qui s'en occupe. Ça, ce sont les vidéos familiales qui alimentent notre chaîne sur YouTube, celle que je vous ai montrée, qui a cinq millions d'abonnés. Les stories, c'est autre chose. C'est sur Instagram et j'en poste tout au long de la journée, pour partager ce qu'on vit.

Je raconte ce qu'on fait, où on est, où on va... Les fans adorent ça. Cela nous permet aussi d'annoncer les nouvelles vidéos... Je ne sais pas si c'est clair, je suis fatiguée, je suis désolée... Quand mon mari arrivera, il vous expliquera mieux que moi.

Question : Est-ce que Kimmy aime tourner ces vidéos ?

Réponse : Oh oui, elle adore. Il arrive qu'elle rechigne un peu, quand elle est fatiguée, mais en réalité elle est très contente d'avoir autant de fans, vous imaginez, à son âge...

Question : Est-ce que vous voyez une raison, un conflit, une dispute, qui expliquerait que Kimmy ait préféré se cacher pour ne pas rentrer ?

Réponse : Non, non, pas du tout. Aucune. Tout allait très bien.

*

Description de l'enfant au moment de sa disparition :

6 ans.

Cheveux blonds, mi-longs, bouclés.

Taille : 1,18 m, 20 kilos (corpulence fine).

Doudoune rose avec col fausse fourrure.

Pull rose pâle.

Jean légèrement délavé.

Chaussettes bleu marine.

Baskets blanches.

Au lendemain de la disparition de Kimmy Diore, alors qu'il n'était pas encore six heures, Clara prépara les envois des scellés recueillis la veille aux différents laboratoires, puis se pencha sur la première audition de Mélanie Claux, rédigée par le commissariat de Châtenay-Malabry.

À la relecture de ce document, elle éprouva un sentiment étrange. Quelque chose manquait. Quelque chose aurait dû se dire qui était resté sous silence. Elle réfléchit un instant et convoqua le souvenir de Mélanie Claux. Cette femme était terrifiée, cela ne faisait aucun doute. Mais dans la terreur, elle avait un espoir. Minuscule, insensé, inavouable, mais un espoir quand même. Clara se laissa aller un moment à explorer cette idée, puis se raisonna.

Devenir flic – puis le rester – s'était accompagné d'une modification progressive de sa manière de penser. Le soupçon et la méfiance s'étaient immiscés dans ses rouages mentaux, avaient colonisé ses affects, s'y étaient propagés comme une maladie lente et inéluctable. Douter, remettre en question, sans cesse, c'était son métier.

Chercher la faille, l'incohérence, le mensonge. Penser à rebours des évidences, des intuitions, des impressions. Traquer les zones d'ombre et les replis. « Cela altère en profondeur ma façon de voir », avait-elle souvent constaté. Cette déformation professionnelle, se rassurait-elle parfois, aucun flic ne pouvait l'éviter.

Dans le cas d'une disparition d'enfant, la piste familiale était toujours la première envisagée. Conflits, jalousie, adultère, projets de séparation ou d'évasion, autant de motifs d'enlèvement qu'il faudrait éliminer. Au cours des dernières années, la famille Diore avait gagné de l'argent. Beaucoup d'argent. Probablement bien plus que ce que Mélanie et son mari avaient bien voulu admettre. Cela pouvait donner des idées. En accord avec les services d'enquête du procureur, le plan alerte enlèvement n'avait pas été déclenché. Au-delà de la crainte d'un emballement médiatique, la diffusion massive d'une photo de Kimmy risquait d'effrayer les ravisseurs et de les inciter à se débarrasser d'elle. Après discussions, le choix de la discrétion s'était imposé.

Dans la nuit, la salle de crise avait été mise en place. « Armée », disaient-ils, comme on arme un bataillon, un escadron, un navire. Sous les ordres du directeur adjoint de la Brigade, différents ateliers avaient été constitués : une équipe d'enquêteurs était chargée de l'enquête de voisinage, une autre des témoins, une autre travaillait sur la téléphonie, une autre encore se consacrait à la vidéosurveillance. Tous ces chantiers devaient être menés de front et dans les plus brefs délais : rechercher des témoins, étudier les emplois du temps et les déplacements de tous les proches de la famille, identifier les numéros de mobile suspects qui auraient borné dans les parages, visionner les images enregistrées par la municipalité et les commerçants alentour. Les informations étaient partagées en temps réel sur le serveur. Un dernier atelier était en cours de constitution, chargé de scruter une éventuelle fuite sur les réseaux sociaux et de passer au crible les commentaires adressés à Mélanie Claux au cours des derniers mois.

La Crime avait été saisie pour sa force de frappe. Au-delà de sa capacité à mobiliser plusieurs dizaines d'enquêteurs en une nuit, elle rassemblait des experts dans tous les domaines. À huit heures du matin, les chefs de section, le chef de groupe, son adjoint et sa procédurière furent convoqués dans la salle de crise, attenante au bureau du patron. Chacun prit place autour de la longue table. Au fond de la pièce, une dizaine d'écrans transmettaient en temps réel des images de la ville.

Lionel Théry, le directeur de la Brigade, salua rapidement l'assemblée. L'humeur n'était pas à la digression. La fermeté de son ton, ses gestes, le pli creusé au milieu de son front, tout indiquait l'état de stress dans lequel il se trouvait. Chaque minute était précieuse et ils n'avaient droit à aucun faux pas. La moindre erreur d'appréciation les enverrait dans le mur. La disparition d'un enfant, au-delà de la charge émotionnelle qu'elle contenait, avait une répercussion médiatique majeure, dont le pouvoir de nuisance pour l'image de la police judiciaire avait été maintes fois observé. La vie d'une petite fille de six ans était en jeu. De haute lutte, ils avaient négocié, jusqu'à nouvel ordre, le silence de toutes les rédactions. Combien de temps durerait cette trêve, il l'ignorait, mais pour l'instant ils avaient la chance de travailler sans une horde de journalistes agglutinés sous leurs fenêtres. Un collègue de la Brigade de recherche et d'intervention avait passé la nuit chez les parents et resterait à demeure pour gérer les contacts éventuels avec les ravisseurs. Celui-ci serait rejoint dans la matinée par une psychologue, chargée elle aussi d'accompagner Mélanie Claux et son mari.

Pour conclure, le directeur rappela les principes de la gestion de crise : collecter un maximum d'informations, les analyser et les partager. Il insista sur ce dernier mot en détachant les syllabes : les guéguerres entre groupes ou entre flics le rendaient fou. Un point d'étape toutes les deux heures permettrait d'ajuster les priorités.

Les grands axes d'enquête étaient posés. Cédric Berger regarda Clara, par un échange imperceptible recueillit son assentiment, et prit le relais pour résumer les premières constatations établies la veille.

— La résidence comporte deux accès : un accès piétons et un accès véhicules. Le premier se trouve a priori dans l'axe d'une caméra municipale. Une réquisition a été faite pour visionner les bandes, on devrait pouvoir les voir sur place dans la journée. En revanche, l'accès des véhicules, qui ne donne pas dans la même rue, n'est pas couvert par la vidéosurveillance. La première caméra est à trois cents mètres et orientée de l'autre côté. Il faut disposer d'un bip pour entrer dans le parking, lequel se situe sous le bâtiment A et communique avec les caves et le local poubelles. Il ne comporte que quarante places, pour quatre-vingt-cinq logements dans la résidence. Malheureusement, le système ne garde en mémoire ni les entrées ni les sorties. Le gardien nous fournira dans la journée la liste des résidents qui bénéficient actuellement du bip. Je vous rappelle qu'un certain nombre d'éléments trouvés sur place ont été mis sous scellés hier soir, le principal étant le doudou de la petite, découvert à l'extérieur, à proximité de l'aire de jeux. Les plans de la résidence, du jardin, des caves, du parking et des rues alentour, dressés par Clara, sont disponibles sur le serveur. En ce qui concerne les premiers témoignages, une des voisines dit avoir entendu un enfant appeler à l'aide en fin de journée. Nous avons recueilli ces éléments hier soir, elle est convoquée ce matin pour une audition. Mélanie Claux était chez elle, fenêtre ouverte, et dit n'avoir rien entendu. Le père était en formation à Lyon, il est rentré à 23 h 55, nous sommes en train de vérifier son emploi du temps.

Il marqua une courte pause, mesurant l'attention exceptionnelle de son auditoire, puis reprit :

— Une équipe y retourne ce matin pour terminer l'enquête de voisinage. Un certain nombre de convocations ont déjà été laissées hier et plusieurs voisins seront entendus ici dans la journée. On s'oriente pour l'instant vers l'hypothèse d'un enlèvement en voiture, dans le parking. C'est là qu'on perd la trace de la petite, après un passage confirmé par le local poubelles. Puisque personne ne l'a vue sortir, il n'est pas exclu qu'elle soit séquestrée dans la résidence. Le gardien et sa femme sont convoqués ici dans la matinée. On veut tout savoir. Qui est ami avec qui, qui en veut à qui, les querelles de clocher, les vieilles histoires pas réglées, les jalousies et les mesquineries. Les auditions du petit Sammy et de tous les enfants présents lors de la partie de cache-cache auront lieu dans la journée au quatrième étage et seront menées par nos collègues de la Brigade de protection des mineurs. Par ailleurs, nous n'avons eu aucun mal à trouver l'adresse IP de l'auteur du message mentionnant un deal à venir, adressé à 21 h 30 à Mélanie Claux via un compte Instagram sous pseudo et apparemment récent. Il s'agit d'un garçon de quinze ans qui habite dans la résidence. Une équipe est partie il y a un quart d'heure pour l'interpeller et perquisitionner à son domicile. Je vous avoue que dans le contexte, cela me paraît un peu simple.

— Les complices sont peut-être ailleurs, intervint l'un des chefs d'atelier.

— J'y crois moyen. Si c'est le cas, on n'a pas affaire à des grands professionnels. Par ailleurs, Clara a fait une réquisition au parquet pour mettre les mobiles des deux parents de Kimmy Diore sur écoutes.

Cédric se tourna vers Clara pour voir si elle avait des éléments à ajouter, mais avant qu'elle ait pu lui répondre, Lionel Théry reprit la parole pour conclure.

— Bien. On se retrouve ici dans deux heures pour un nouveau point.

Un murmure d'acquiescement se fit entendre, l'air du couloir entrait déjà par la porte lorsque Clara prit la parole.

— Qui regarde les vidéos ?

Cédric Berger observa sa procédurière avec perplexité.

— Tu veux dire les commentaires ? On vient de dire qu'on a une équipe…

— Non, interrompit-elle. Je veux dire les vidéos

elles-mêmes. Ce qu'ils font sur YouTube qui les rend si riches et si célèbres. Et pourquoi ça marche…

Cédric Berger n'était pas du genre à se laisser prendre au dépourvu.

— Ben toi. T'envoies tes scellés et tu t'y mets. Et n'oublie pas de nous dire s'ils parlent correctement français !

À un autre moment, ils auraient tous ri et Clara aussi.

Dans cet entre-deux où elle avait passé le reste de la nuit, pas même une somnolence, non, tout au plus un engourdissement, des images de sa fille s'étaient succédé. Et chaque fois que Mélanie se sentait basculer dans un état qui ressemblait à un assoupissement, un sursaut de terreur – courte décharge d'adrénaline dix fois répétée – la rappelait au réel. Kimmy avait disparu. Pourtant, vers cinq ou six heures, à la faveur d'un somnifère périmé retrouvé dans l'armoire à pharmacie, elle avait fini par dormir une heure, peut-être un peu plus.

Dans cet entre-deux, parmi les moments qui lui étaient revenus avec une précision terrible, comme si la peur lui offrait un accès inédit au souvenir, il y avait ce jour où Kimmy avait appris à regarder la caméra. À l'époque, Mélanie tournait encore dans son salon. Elle avait expliqué à Kimmy que pour faire comme les dames de la météo, il fallait regarder l'objectif. Ce n'était pas facile, pour une si petite fille, de comprendre qu'elle devait fixer la caméra plutôt que sa mère, même quand elle répondait à ses questions, et qu'elle donnait ainsi au spectateur le sentiment qu'elle s'adressait à lui. Car il fallait que chaque enfant, chaque adolescent, penché sur sa tablette ou devant son ordinateur, puisse imaginer que Kimmy et Sammy entretenaient avec lui une relation unique. Avec le souci de bien faire, Kimmy s'y était reprise à plusieurs fois avant d'être capable de maintenir son regard au bon endroit. Quand ses yeux s'égaraient, Mélanie agitait la main pour attirer son attention et, d'un geste, désignait l'objectif. Bientôt, après quelques hésitations, Kimmy avait intégré la contrainte. En quelques jours, c'était devenu un automatisme auquel elle ne pensait plus. Elle apprenait si vite. Au début, Mélanie n'apparaissait pas dans les vidéos. Elle guidait ses enfants, les questionnait, interagissait avec eux, mais ne montrait pas son visage. Kimmy était si sérieuse, si concentrée. Elle s'appliquait pour apprendre les textes et recommençait plusieurs fois s'il le fallait. Elle voulait lui faire plaisir. Elle voulait que sa mère la félicite.

Quelques semaines plus tard, un soir, Kimmy lui avait demandé :

— Et toi, pourquoi tu ne viens pas devant, avec nous ?

Mélanie avait souri puis s'était approchée d'elle.

— Parce que c'est toi la plus jolie, ma chérie.

Kimmy, soucieuse, avait insisté.

— Tu as peur ?

— Non, pas du tout, peur de quoi ?

— D'être enfermée.

— Enfermée dans quoi ?

Kimmy montra l'écran du doigt. Que voulait-elle dire au juste, Mélanie l'ignorait. Sa fille avait toujours eu beaucoup d'imagination et il n'était pas rare qu'elle fasse des cauchemars.

— Mais non, enfin, ma chérie, personne n'est enfermé dedans.

Un autre jour, alors qu'elle s'apprêtait à tourner une vidéo où Kimmy devait découvrir, face à la caméra, les nouvelles poupées Dolly Queens, Sammy s'était mis à pleurer parce qu'il ne participait pas à l'enregistrement. Il était inconsolable. Kimmy, bouleversée de voir son frère si triste, lui avait proposé d'ouvrir les boîtes à sa place et même de choisir face à la caméra quelle poupée était la plus belle. Sammy s'était calmé, heureux de jouer un rôle, mais Mélanie avait dû refuser : la marque avait clairement exigé que les poupées soient découvertes et montrées par une petite fille. Alors Kimmy s'était approchée de son grand frère et l'avait entouré de ses bras, comme l'aurait fait une mère.

Pourquoi ne lui revenaient que ces moments mélancoliques, quand il y en avait tant d'autres où ils avaient ri ? Car en réalité, depuis quatre ans, ils s'amusaient comme des fous. Happy Récré était le cadeau qu'elle avait offert à sa famille. Un cadeau qui avait illuminé leur vie.

Vers sept heures, alors que le jour pointait, Mélanie se leva et se dirigea doucement vers la chambre de son fils. Elle découvrit Sammy, allongé sur le dos, les yeux grands ouverts et le drap remonté jusqu'au menton. Elle s'approcha du lit, s'agenouilla sur la moquette et caressa son front. Le visage du garçon sembla se détendre sous sa paume.

Mélanie n'osait pas parler, de peur que sa voix ne trahisse son inquiétude.

— Tu crois que Kimmy va revenir ? demanda-t-il au bout de quelques secondes.

— Oui, bien sûr, mon chéri.

Il laissa passer encore un instant avant d'ajouter :

— Est-ce que c'est de ma faute ?

— Non, mon petit chat, pas du tout. Ce n'est absolument pas de ta faute. Tu es un très gentil grand frère.

Elle ne put aller plus loin. Sa voix commençait à chevroter. Elle lui caressa une dernière fois la joue puis se releva sans un mot.

Dans la cuisine, elle découvrit Bruno et le négociateur de la BRI, attablés devant un café. Bruno ne s'était pas couché, il avait passé la nuit dans un fauteuil du salon où il avait sans doute fini par somnoler. Quand elle entra dans la pièce, ils s'arrêtèrent de parler et l'homme, dont elle avait oublié le nom, se leva pour lui laisser sa place.

« Il va donc falloir supporter ce type toute la journée », pensa-t-elle, tandis qu'elle se laissait tomber sur la chaise.

Elle n'était pas sûre d'avoir la force.

De manger et de boire de l'eau.

De répondre encore et encore à des questions.

De voir la psychologue.

De conduire Sammy à la Brigade criminelle pour qu'ils recueillent sa déposition.

De survivre à cette journée.

BRIGADE CRIMINELLE – 2019

DISPARITION DE L'ENFANT KIMMY DIORE

Objet :

Procès-verbal de l'audition de Sammy Diore.

Réalisée le 11 novembre par Aude G., officier de police à la Brigade de protection des mineurs, assistée de Nicole B., psychologue.

(Extraits.)

Question : Est-ce que tu peux me raconter ce cache-cache au cours duquel ta petite sœur a disparu ?

Réponse : Ben... c'était la troisième partie et c'était à moi de chercher. J'ai commencé à compter et puis, vers trente, je me suis un petit peu retourné. C'était pas pour tricher, mais j'ai vu Kimmy qui courait en direction du local poubelles. J'ai pensé qu'elle allait se cacher là-bas, au lieu de rester dans le jardin comme on avait dit, j'étais pas content parce que ça pue et moi j'aime pas y aller. Ensuite j'ai continué à compter jusqu'à trois cents comme on avait décidé. Avant, on comptait que jusqu'à cent, mais c'était pas assez long. Après, j'ai crié « trois cents » et j'ai commencé à chercher. Dans le jardin, j'ai tout de suite trouvé Maëva qui était derrière les jeux en bois, et puis après j'ai vu Ben qui était sorti de sa cachette parce qu'il avait peur de rester tout seul, et après Léo. Tous ensemble on a cherché Simon, parce qu'il était déjà un peu tard, c'est Maëva qui l'a repéré, allongé par terre derrière les vélos. Après il restait plus que Kimmy alors on est tous descendus au local poubelles mais elle y était pas.

Question : Tu t'es dit quoi à ce moment-là ?

Réponse : Je me suis dit qu'elle s'était bien cachée.

Question : Et tu as pensé qu'elle était où alors ?

Réponse : Sous une voiture dans le parking, parce qu'on peut y aller directement par le local. Je me suis dit que maman allait la disputer si elle s'était traînée par terre ou quoi, parce que des fois elle fait exprès de se salir et maman ça l'énerve...

Question : Et tu es allé dans le parking ?

Réponse : Oui, avec Maëva et Simon. Ben est resté en haut avec Léo parce qu'il avait trop peur. On a fait un tour, on a regardé sous les voitures mais on l'a pas vue. Moi je voulais pas rester trop longtemps parce que les parents ils veulent pas qu'on traîne dans le parking, c'est très dangereux.

Question : Et ensuite tu es allé prévenir ta maman ?

Réponse : Oui.

Question : Tu avais peur pour ta petite sœur ?

Réponse : Oui. J'ai commencé à avoir peur parce que d'habitude, elle sait pas bien se cacher.

(...)

Question : Tu me disais que Kimmy faisait exprès de se salir, parfois, tu sais pourquoi ?

Réponse : Ben oui, par exemple quand on fait les vidéos, le mercredi ou le vendredi en rentrant de l'école, ou le dimanche, maman elle nous dit toujours ce qu'on doit mettre comme habits pour le tournage. Elle nous coiffe, elle nous prépare et tout. Mais Kimmy, ben elle fait une grosse tache sur son tee-shirt ou sur sa robe juste avant de commencer. Soit c'est tout mouillé, ou éclaboussé, soit elle renverse un truc exprès comme par exemple du sirop de grenadine. Maman ça l'énerve beaucoup. C'est pareil quand Kimmy elle fait comme si elle entendait pas quand maman l'appelle pour tourner les vidéos.

Question : Pourquoi elle fait ça Kimmy, à ton avis ?

Réponse : Ben, j'sais pas... elle a son caractère. Par exemple, elle veut plus faire les jeux qui lui plaisent pas, elle veut pas recommencer quand on filme et qu'elle a pas dit les bons mots, elle veut plus se déguiser en princesse, elle aime pas la Reine des Neiges alors que maman elle adore. Des fois, elle dit qu'elle est fatiguée, qu'elle veut rien faire ou qu'elle en a marre... alors maman elle est pas contente.

Question : Et qu'est-ce qu'elle dit, maman, quand elle n'est pas contente ?

Réponse : Elle dit que ce n'est vraiment pas gentil de faire ça. Qu'on a beaucoup de chance de ce qui nous arrive, les millions d'abonnés et tout ça, et tous les enfants qui nous aiment, qui veulent faire des selfies avec nous et des autographes quand on fait des meet-up, ils font la queue pendant très longtemps pour nous voir, parfois même deux heures, et eux ils rêveraient vraiment d'être à notre place, en plus nous on est les premiers maintenant, les préférés de tous les enfants de France sur YouTube, plus préférés que Mélys et Fantasia, plus que les petits du Club du jouet, plus que Liam et Tiago de La Bande des doudous, maintenant on les a tous dépassés. Alors maman elle dit à Kimmy d'aller se changer vite fait, sinon elle ne sera plus jamais sur nos vidéos et tant pis pour elle, plus personne ne l'aimera.

Tom Brindisi était un adolescent de quinze ans, fils unique d'un couple de fleuristes dont la boutique était située dans le centre de Sceaux. Interpellé au saut du lit alors que sa mère venait de partir au magasin, il avait été conduit au Bastion avec son père et aussitôt entendu par Cédric Berger, assisté par une enquêtrice de la Brigade de protection des mineurs. Une première version du procès-verbal, rédigée par cette dernière, était déjà disponible sur le serveur.

La veille, vers dix-neuf heures, alerté par les nombreuses allées et venues dans le jardin, l'adolescent avait appris la disparition de Kimmy Diore. Ne prenant pas l'affaire très au sérieux (il était persuadé que la petite fille s'était cachée), il avait eu l'idée d'effrayer la mère de Kimmy et de lui faire croire à un enlèvement. En un rien de temps, il s'était créé un compte Instagram et lui avait envoyé le message *Enfant disparu, deal à suivre*. Il n'avait pas mesuré la gravité de ses actes et reconnaissait, à la lumière des événements, qu'il s'agissait d'une mauvaise plaisanterie. Quand il avait compris que la petite fille était réellement introuvable, il n'en avait pas dormi de la nuit.

S'il exprimait de réels remords, l'adolescent n'avait pas caché son inimitié pour Mélanie Claux. Dans le PV d'audition, on pouvait lire des phrases comme « elle les manipule depuis le début », ou encore « elle exploite ses enfants pour se faire de la thune, je ne suis pas le seul à le penser ». Quelques mois plus tôt, afin de dénoncer la honte et les humiliations (selon ses mots) que Mélanie Claux imposait à ses enfants, Tom Brindisi avait même lancé sur Twitter le hashtag *Sauvez Kimmy et Sammy*, qui avait rencontré un large succès. Ses parents, occupés par la boutique, ignoraient tout de la polémique qui s'était ensuivie sur les réseaux sociaux, les uns défendant Kim, Sam et leur mère, les autres s'indignant du rythme auquel les vidéos étaient postées et de leur contenu publicitaire à peine dissimulé. Le hashtag avait fait son effet, mais certains s'étaient engouffrés dans la brèche pour ridiculiser les enfants (Sammy en particulier), ce que Tom Brindisi avait déploré. Il n'aimait pas cette femme, il avait voulu lui faire peur. D'après lui, de nombreux contenus sur YouTube fustigeaient Happy Récré et Minibus Team, sa principale concurrente. À plusieurs reprises, il avait évoqué le Chevalier du Net, un jeune trentenaire dont la chaîne était très suivie, qui tournait depuis plusieurs années des vidéos pour dénoncer les dangers et les dérives de YouTube. Dans sa rubrique « YouTube part en sucette », le Chevalier du Net s'était attaqué à plusieurs reprises à la chaîne Happy Récré. Tom Brindisi se considérait comme son disciple.

Après quelques heures passées au Bastion et un sermon

bien senti, Cédric Berger l'avait renvoyé chez lui. Compte tenu de son âge, il était pour l'instant assigné à résidence. Si un certain nombre de détails méritaient d'être vérifiés dans son emploi du temps et dans le disque dur de son ordinateur, le chef de groupe écartait son implication réelle dans la disparition de Kimmy.

Clara employa la journée à terminer ses constatations et à envoyer les scellés aux différents laboratoires. Notamment le doudou de Kimmy, que la petite appelait doudou-sale, sur lequel elle espérait trouver la trace d'un ADN étranger à la famille.

Le plus souvent, elle travaillait sur des homicides. Les constatations prenaient parfois plusieurs jours. Il s'agissait ensuite de découvrir l'auteur des faits. Cela pouvait mettre du temps, parfois des mois, voire des années. La mort était le point de départ de sa recherche. La mort était un fait, une donnée : un drame avait eu lieu, un drame qui devait être puni mais ne serait jamais réparé.

Cette fois, ils avaient le pouvoir d'infléchir le cours des choses. *Ils*, pas elle. Pour la première fois, elle se sentait impuissante. Immobile. Car maintenant que les constatations étaient achevées, elle n'était plus en première ligne. Clara devait attendre. Attendre lui semblait impossible. Même si chaque étape de l'enquête, chaque piste ouverte ou refermée, arriverait, avec un temps de retard, sous forme écrite entre ses mains, même si rien ne pouvait lui échapper, Clara détestait ce sentiment de latence.

Toutes les deux heures, à l'autre bout du couloir, le point de la salle de crise avait désormais lieu sans elle.

Par chance, elle et Cédric occupaient le même bureau et ce dernier avait pris l'habitude de tout partager avec elle. Il aimait recueillir son avis, ses réactions, et se fiait volontiers à ses intuitions.

Ainsi, chaque fois qu'il revenait de la salle de crise, il racontait.

Au fil des heures, les choses se précisèrent.

La femme qui disait avoir entendu des cris se révéla sourde. De toute évidence, le volume habituel de sa télévision ne lui permettait d'entendre aucun bruit venu de l'extérieur. En revanche, parmi les témoignages retenus, deux personnes disaient avoir vu, aux alentours de dix-huit heures, une voiture rouge sortir du parking : une locataire du bâtiment A qui guettait le retour de son fils par la fenêtre avait remarqué le véhicule car il avait hésité sur la direction à prendre, tandis qu'un professeur du bâtiment C, qui rentrait du collège où il enseigne, disait avoir cédé le passage à une petite voiture rouge. D'après la première, un homme était au volant et seul dans la voiture. D'après le second, c'est une femme qui conduisait et un enfant était attaché à l'arrière dans un siège auto. « Il faut être flic pour connaître la fragilité du témoignage », avait conclu Cédric, une phrase qu'il aimait prononcer au risque de se répéter. Celle-ci n'offrait aucune perspective, cependant sa tonalité universelle le réconfortait.

L'analyse des bandes de vidéosurveillance qui couvraient la sortie piétons fut rapidement bouclée. Une chose était sûre : la petite n'était pas passée par là. À moins d'une séquestration au sein de la résidence (qui ne pouvait pas encore être exclue, tous les appartements n'ayant pu être visités), l'hypothèse d'un enlèvement en voiture restait donc privilégiée.

Dans l'après-midi, après un nouveau point d'étape, Cédric réapparut dans le bureau, un peu moins abattu. L'enquête de voisinage commençait à porter ses fruits. La famille Diore ne faisait pas l'unanimité et les rumeurs allaient bon train.

— Je suis sûr que ça va te plaire, annonça-t-il.

Clara haussa les sourcils en signe d'impatience.

— Il paraît que les Diore vivent en vase clos, disons qu'ils ne se mêlent pas beaucoup aux autres. Au début, ils prenaient part à la fête des voisins, aux apéros, à tous les trucs collectifs, mais peu à peu, avec le succès, ils se sont repliés sur eux-mêmes. La plupart des gens de la résidence ont acheté leur appart sur plan, dans les années 90, le projet immobilier était considéré comme assez haut de gamme. Il y a deux ou trois ans, les Diore ont acheté le studio mitoyen pour en faire un studio de tournage. Certains disent qu'ils ne vont pas rester. Mélanie est devenue snob et Châtenay-Malabry n'est plus assez chic pour elle. Il semblerait qu'ils aient acheté une maison dans le Sud avec l'idée d'y vivre un jour. On a aussi entendu parler d'un appartement à la montagne, je t'avoue que les gens semblent assez bien renseignés. Depuis deux ans, Kim et Sam ne jouent pratiquement plus jamais avec les autres gamins de la résidence. Leur mère n'aime pas qu'ils se mêlent aux autres et surtout, d'après ce qu'on dit, ils passent tout leur temps libre à tourner ces fameuses vidéos. Il y a quelques mois, il y a eu des rumeurs, à la fois sur le Net et dans leur quartier, selon lesquelles Sammy aurait été harcelé. Des gamins se foutaient de sa gueule, le bousculaient, il aurait même été racketté. Il paraît que Mélanie a démenti par vidéo sur sa chaîne. Mais les voisins racontent que c'est pour ça qu'il a changé d'école. Le fait est que depuis l'année dernière les deux enfants sont scolarisés dans une structure privée à Sceaux. Tous les jours, Mélanie les emmène et vient les rechercher en voiture. Selon certains, la mascotte de la chaîne, c'est la petite. Elle avait deux ans et demi quand ça a commencé, les abonnés l'ont vue grandir, ils en sont dingues. Il paraît qu'elle signe plus de photos que son frère quand ils sont en dédicace et que les fans sont plus nombreux à vouloir faire des selfies avec elle qu'avec lui. De là à imaginer qu'il a voulu se débarrasser de sa sœur… un accident… à huit ans, tu vois le genre, ce que certains sont prêts à insinuer. Une chose est sûre, personne dans la résidence n'ignore qui ils sont et ce que ça leur rapporte.

Clara avait quitté le Bastion vers vingt heures. Comme souvent, elle était rentrée chez elle à pied : une heure de marche qu'elle préférait à la densité de la ligne 13. Elle avait besoin de respirer.

Alors qu'elle avançait d'un pas rapide, le regard baissé, passant en revue les dernières informations venues de la salle de crise, un homme arrivant en sens inverse s'arrêta pour la laisser passer.

— T'as quel âge ? lui lança-t-il comme s'il parlait à une petite fille.

De la rue surgissaient des propos saugrenus, étranges, et parfois significatifs, elle en avait fait l'expérience. Des mots dont il fallait accueillir la portée ou l'écho. Une autre fois, un homme au regard flou, désorienté, qui semblait souffrir d'un trouble psychiatrique, avait stoppé sa marche pour lui demander : « Mais où sont vos parents ? » Et une autre fois encore, une femme qu'elle avait laissée passer devant elle à la caisse d'un magasin lui avait dit sur un ton qui excluait toute plaisanterie : « Vous voyez à travers les gens. »

En pareille circonstance, elle se demandait toujours si quelque chose en elle suscitait l'intrusion ou le commentaire, ou bien si ce genre de situation arrivait à tout le monde et se répétait à son endroit par le seul effet du hasard.

Dans l'obscurité, de loin, on la prenait pour une adolescente. Ou une enfant. De plus près, on découvrait une femme adulte, au regard soucieux.

À trente-trois ans, elle se sentait dans un entre-deux. Ni jeune ni vieille. Kimmy Diore avait six ans. À six ans, on est une toute petite fille. Si petite et si vulnérable. Sur les photos fournies par ses parents, on découvrait son visage régulier, lisse, ses yeux immenses comme ceux des personnages de manga. Sa disparition asphyxiait le service. Une fébrilité, une tension particulière saturait l'air. Peut-être parce que la plupart de ses collègues étaient parents. Et que tous avaient pensé au moins une fois : « Et si c'était moi ? »

Alors qu'ils marchaient côte à côte, à l'époque où il vivait encore à Paris, Thomas lui avait demandé si elle envisageait d'avoir un jour une vie de famille. Ce sont les mots qu'il avait employés, et venant de cet homme dont l'apparente liberté – de parole, de mouvement, de contretemps – l'impressionnait tant, l'expression l'avait fait sourire. Il avait insisté et Clara avait fini par formuler que non, elle ne voulait pas d'enfant. Dans ce monde dont il lui semblait percevoir chaque piège, chaque impasse, chaque désastre à venir, c'était une faiblesse, une inconscience auxquelles elle avait renoncé. En outre, les enfants comme les parents mouraient, elle était bien placée pour le savoir, et plus jamais de sa vie elle ne voulait être mêlée, personnellement, à une histoire de ce genre. Ils venaient de faire l'amour chez lui, dans cet appartement sous les toits où elle se sentait si forte, si déliée, si désirable, et l'espace d'un instant une pensée avait obscurci le regard de Thomas. Pas un reproche, ni même une déception, peut-être le début d'une distance.

Clara poursuivit son chemin sans rien répondre à l'homme qui l'avait interpellée.

Arrivée dans son quartier, elle s'arrêta dans une supérette pour acheter quelque chose à manger – « une boîte, une barquette, songea-t-elle, n'importe quoi dont il suffit de retirer le couvercle » –, consciente de céder à deux stéréotypes : le flic solitaire (mais elle n'était pas divorcée) et le célibataire métropolitain (mais en temps *normal*, elle cuisinait).

À peine arrivée chez elle, elle prit une douche, se changea, puis elle alluma l'ordinateur portable. Elle avait la nuit devant elle et elle voulait comprendre.

BRIGADE CRIMINELLE – 2019

DISPARITION DE L'ENFANT KIMMY DIORE

Objet :

Description (par genre) des vidéos de la chaîne Happy Récré disponibles sur YouTube.

L'*UNBOXING*

(*Jusqu'à vingt millions de vues.*)

Le frère et la sœur, généralement installés côte à côte, ouvrent des colis « surprises » comme s'ils étaient tombés du ciel.

La voix de Mélanie, enjouée et dynamique, les guide pas à pas dans le déballage : « Allez, on l'ouvre complètement ! », « Qu'est-ce qu'il y a dedans ? », « Oh, je vois encore quelque chose... », « Qu'est-ce que c'est que cette petite boîte verte ? », « Maintenant on va mettre les piles ! », « Oh, mais on peut jouer avec les deux manettes, c'est super chouette ! ».

Les enfants s'extasient et manifestent leur joie : « Oh là là le gros carton ! », « C'est méga incroyable ! », « Waouh ! ».

Kim et Sam, une fois terminé le déballage, testent les gadgets, les jeux de société ou les consoles de jeu.

Un des gimmicks de Sammy : « C'est un truc de fou ! »

Un des gimmicks de Kimmy : « J'arrive pas à y croire ! »

L'ennui prenait des formes étranges, masquées. L'ennui se dissimulait et refusait de porter son nom. Après la naissance de Sammy, une fois passé les nuits entrecoupées par l'allaitement ou les réveils nocturnes du bébé, alors qu'elle avait changé de coiffure, perdu quelques kilos et paraissait en bonne forme physique, bref au moment où sa vie semblait avoir atteint une sorte de vitesse de croisière, Mélanie Claux avait commencé à pleurer. Cela se produisait souvent le matin, quelques minutes après le départ de son mari. Sa vie, avait-elle constaté, se déroulait dans un ordre prévisible. Dans l'ensemble cela la rassurait, mais certains jours, cela provoquait en elle une sorte de tournis, une nausée. À huit heures, Bruno jouait un peu avec le bébé, à huit heures cinq ou dix il regardait sa montre, disait ouh là là il faut que j'y aille, l'embrassait, attrapait son imper ou son manteau, claquait la porte derrière lui. Elle avait alors la sensation que son corps basculait dans le vide, non pas le grand vide, plutôt une sorte de trou misérable dissimulé à l'intérieur de son appartement. À son tour, elle tentait de distraire son fils (il s'était pris de passion pour des marionnettes à doigts), puis le déposait dans son lit à barreaux pour sa sieste du matin. Ensuite, Mélanie retournait dans la cuisine, débarrassait la table du petit-déjeuner, passait un coup d'éponge, mettait le lave-vaisselle en route, se laissait glisser sur une chaise et pleurait pendant une vingtaine de minutes. Plus tard dans la journée, il lui arrivait de rester debout, comme ça, dans le salon, les bras le long du corps. Pendant que le bébé dormait ou qu'il jouait seul dans son relax ou dans son parc, elle se tenait là, immobile face à la fenêtre, elle ne regardait pas dehors, elle ne regardait rien, ou peut-être au-dedans d'elle-même cette étendue morne et plate. Elle pouvait passer plusieurs minutes dans cette posture, ignorant les bruits venus de l'extérieur, la sonnerie du téléphone ou les cris de Sammy qui cherchait à attirer son attention, il y avait dans cette absence une sensation très douce, une sensation de flottement, de bien-être presque, dont elle peinait de plus en plus à s'extraire. Parfois, elle emmenait Sammy au square, mais une fois rendue devant le portillon métallique, elle renonçait. Elle n'avait pas la force de parler aux autres femmes, des femmes comme elle qui ne travaillaient pas, ou des nourrices qui se retrouvaient tous les jours à la même heure près de l'ancien bac à sable, elle n'avait pas envie de se fondre dans le décor et encore moins dans un groupe quel qu'il fût. Aussi continuait-elle à marcher, de plus en plus vite, la poussette propulsée devant elle, fendant l'air, comme la proue aveugle d'un navire égaré. Ces jours-là, elle filait jusqu'au parc de Sceaux, dont elle arpentait les allées jusqu'à la tombée de la nuit, en quête d'une ivresse qui comblerait ce vide qui n'avait pas de nom.

Mélanie Claux avait passé une partie de sa grossesse à regarder *Les Anges de la téléréalité.* La première saison, diffusée durant l'hiver 2011 sur une chaîne de la TNT, avait rencontré un important succès. D'anciens candidats de téléréalité avaient été sélectionnés pour ce nouveau programme, parmi lesquels elle avait aussitôt reconnu Steevy, l'une des figures emblématiques du premier *Loft*. Il n'était plus le garçon de vingt ans aux cheveux peroxydés qu'elle avait vu rire et pleurer, il avait survécu et il avait vieilli. Les autres avaient été choisis pour leurs prestations notoires dans *Secret Story* ou *L'Île de la tentation*, autant de programmes qui avaient marqué la jeunesse de Mélanie et dont elle n'avait rien raté. Marlène, Cindy, Diana, John-David, elle les connaissait tous. Ils avaient eu cette chance une première fois, ils avaient été vus et aimés par le public et on leur offrait là une seconde chance, un second départ, l'occasion de poursuivre leur carrière ou de la renforcer. Mais elle, la Mélanie de *Rendez-vous dans le noir*, dont l'apparition avait été trop brève pour laisser une quelconque trace, personne n'était venu la chercher. Personne ne lui avait proposé de partir dans cette magnifique villa de Beverly Hills « afin de réaliser son rêve et devenir célèbre ». Car telle était la promesse des *Anges*. Personne n'avait pensé à elle car tout le monde l'avait oubliée.

Elle avait eu sa chance, et l'avait manquée. Quand elle repensait à cet épisode (c'est le terme qu'elle employait, qui convenait bien à l'idée qu'elle se faisait de sa propre vie, qu'elle aurait voulue découpée en saisons, au sens télévisuel du terme, elles-mêmes segmentées en épisodes, malgré une indéniable monotonie), elle considérait qu'elle avait échoué. Il ne lui avait jamais traversé l'esprit qu'une autre raison, liée à l'économie ou aux exigences du système qu'elle espérait intégrer, pût expliquer son échec. Non. Elle ne pouvait s'en prendre qu'à elle-même. Elle avait laissé passer le train.

Peu après le premier anniversaire de Sammy, sur les conseils de Bruno qui la trouvait un peu triste, Mélanie s'était inscrite sur Facebook. Bruno avait insisté : Facebook explosait en France et partout dans le monde, il était temps qu'elle s'y mette. Même si elle n'avait pas beaucoup d'amis, cela lui permettrait d'en rencontrer, et d'être en lien avec des tas de gens perdus de vue. Elle s'était beaucoup consacrée à la maison, et à son fils, il fallait qu'elle s'ouvre vers l'extérieur.

Bientôt, Mélanie ne pleurait plus le matin, ne restait plus chez elle le regard dans le vague, n'errait plus dans les allées du parc. Chaque sieste et chaque moment de pause lui permettait de se connecter sur son compte. Elle avait de nouvelles relations, elle postait des photos, des commentaires, elle likait les images et les commentaires postés par d'autres, elle regardait des gens vivre et donnait à voir le meilleur d'elle-même. Pendant plusieurs mois, cela avait suffi à combler cette sensation de manque. Elle avait eu des discussions avec d'autres mères, avait échangé des conseils et des recettes, s'était rapprochée d'une ligue qui militait activement pour l'allaitement maternel. Il lui semblait avoir trouvé une place dans le monde, un endroit pour exister.

Un matin, elle fut *nominée* par l'une de ses amies virtuelles pour participer au Motherhood Challenge, un défi venu des États-Unis consacré aux joies de la maternité. Le principe était simple : elle devait poster sur le réseau social quatre photos illustrant ce qui la « rendait fière d'être maman » et *taguer* ensuite les femmes de son entourage qu'elle considérait comme de bonnes mères. Sammy était un beau bébé, éveillé et joufflu, Mélanie trouva l'idée formidable. En outre, elle méritait bien le label de super maman, vu le mal qu'elle se donnait pour répondre aux injonctions parfois contradictoires des magazines consacrés à la petite enfance auxquels elle s'était abonnée dès son mariage. Elle trouva dans son ordinateur quatre photos qui lui semblaient évoquer l'épanouissement maternel : une photo d'elle sur la plage, prise par Bruno pendant sa grossesse dans une très belle lumière de fin de journée, une photo de Sammy avec un ravissant petit bonnet de coton, quelques heures après sa naissance, une photo d'elle avec le porte-bébé ventral dans lequel Sammy s'était endormi la bouche ouverte. Et pour finir, une photo plus récente d'eux trois, souriants et sereins, assis comme la famille royale sur le canapé du salon. Elle avait bien assorti les couleurs, les photos composaient un tableau harmonieux, dans les tons brun et mauve. Elle reçut de nombreuses félicitations.

Dès lors, Mélanie posta régulièrement des photos de Sammy sur son compte Facebook, photos qui recueillaient un nombre croissant de mentions *j'aime* et de commentaires élogieux, à mesure qu'elle imaginait de nouvelles saynètes ou de nouveaux décors pour mettre en valeur son enfant. Elle était heureuse. L'absence de désir sexuel de Mélanie à l'égard de son mari était un sujet qu'ils n'abordaient jamais. Elle l'aimait, mais elle n'avait plus envie de faire l'amour avec lui. Sur les forums, elle avait trouvé de nombreux témoignages de femmes qui avaient traversé une période semblable, laquelle pouvait apparemment s'expliquer par la chute des hormones, l'usure du couple, un surinvestissement du rôle de mère au détriment de celui de femme ou la monotonie du quotidien… Selon la nature du problème, différentes solutions étaient proposées, toujours étayées par des témoignages : week-end à deux, lingerie sexy, augmentation du temps consacré aux rapports, consultation chez un sexologue, amant.

Dans tous les cas, il était rappelé que « l'appétit vient en mangeant ».

Lorsqu'elle fut de nouveau enceinte, Mélanie dut rester allongée plusieurs semaines afin d'éviter un accouchement prématuré. Des contractions, nombreuses, avaient alarmé son gynécologue. Sur sa page Facebook, elle préféra omettre ce contretemps qui ne lui semblait pas conforme à l'image qu'elle se faisait d'une *super maman*. Une *super maman* vivait une grossesse sans l'ombre d'un problème, repeignait elle-même la chambre du bébé et accrochait les rideaux, perchée sur un escabeau et les bras en l'air, trois jours avant son accouchement. Elle continua néanmoins de communiquer sur le réseau social, cherchant des conseils sur l'accueil d'un petit frère ou d'une petite sœur par le premier enfant, les meilleures marques de sièges auto, les problèmes dentaires liés à une utilisation prolongée de la tétine, ou d'autres sujets d'intérêt variable, elle en convenait, et surtout conjoncturel. Le temps passait vite. Il lui arrivait de participer à des conversations sur l'allaitement ou les modes de garde, mais l'agressivité croissante observée sur le réseau social la décourageait. Mélanie ne supportait pas le conflit. Elle rêvait d'un monde de solidarité et d'échanges. Un monde dont elle serait la reine.

Quelques mois plus tôt, alors que son père venait de prendre sa retraite, les parents de Mélanie avaient quitté le centre-ville pour une maison en périphérie, à quelques kilomètres de La Roche-sur-Yon. La maison n'était pas bien grande, mais la piscine, creusée au milieu du jardin par les précédents propriétaires, avait motivé en grande partie leur achat. Sandra, la sœur de Mélanie, avait épousé un jeune homme de la région, fils de courtier en assurances, courtier lui-même et très beau garçon. La mère de Mélanie venait rarement en région parisienne, d'autant moins depuis que Sandra avait eu trois enfants en moins de deux ans : des jumeaux d'abord, puis, quatorze mois plus tard, une petite fille. Les parents de Mélanie étaient des grands-parents comblés qui multipliaient les photos de leurs petits-enfants sur Facebook. Des images joyeuses et colorées, prises autour de leur piscine, au mini-golf, à la patinoire ou en forêt. À en juger par ces reportages, ils étaient les grands-parents rêvés : actifs, investis, disponibles. Malheureusement, ils ne proposaient jamais d'accueillir Sammy, au motif qu'il se disputait avec Killian, l'un des deux garçons de Sandra. La vérité est que Killian était un enfant sournois et autoritaire. Toutefois, Mélanie se refusait à aborder les choses de manière aussi brutale. En trois ans, ses parents n'avaient accueilli son fils qu'une seule fois, lors d'un week-end prolongé, à l'issue duquel ils s'étaient plaints que Sammy rechignait sur la nourriture et n'avait pas l'air joyeux. Ils n'avaient jamais recommencé. Cette fois encore, sa sœur avait gagné. Sur tous les fronts, dans tous les domaines, Sandra avait toujours satisfait les attentes de leur mère. C'est elle qui dansait en première ligne au spectacle de fin d'année, elle qui surveillait la classe quand la maîtresse s'absentait, elle qui s'occupait d'un stand le jour de la kermesse de l'école, elle qui souriait poliment devant les invités. Elle avait même trouvé un mari capable de s'entendre avec leur père, ce qui relevait, si ce n'est du miracle, au moins de la prouesse. Habile, sa sœur l'était, en couture, en pâtisserie, en décoration d'intérieur. Tout ce que Sandra entreprenait semblait parfaitement accompli. En outre, elle était toujours restée là, à sa place, près de ses parents. *Elle n'avait jamais pété plus haut que son cul*. À Pâques ou à Noël, lorsqu'ils se retrouvaient en famille, la mère de Mélanie manifestait toujours une joie supérieure en voyant sa sœur. C'était quelque chose d'imperceptible, une octave plus haut dans sa voix, un mouvement plus rapide, plus spontané de son corps, mais Mélanie ne pouvait ignorer cette différence de traitement, ce supplément d'enthousiasme et de chaleur. Découvrir presque chaque jour les photos des enfants de sa sœur publiées par sa mère sur Facebook devint pour elle une véritable souffrance. Il lui arrivait même de pleurer devant son ordinateur. Mais ne rien savoir, ne rien voir, était pire encore.

De sa fin de grossesse difficile, Mélanie choisit de ne rien dire à sa mère. Celle-ci aurait trouvé un prétexte pour ne pas avoir à venir l'aider et n'aurait pas manqué d'établir la comparaison avec Sandra, qui avait connu des grossesses actives et radieuses.

Allongée, Mélanie continuait de regarder Facebook sur son portable. Ce qui lui était apparu quelques années plus tôt comme une oasis de partage et de consolation lui semblait désormais à l'origine d'une confuse mélancolie.

Mélanie découvrit YouTube quelques semaines après la naissance de Kimmy, alors qu'elle effectuait des recherches sur les difficultés rencontrées après une épisiotomie. Des mamans comme elle partageaient leur expérience à travers des vidéos. Avec un téléphone portable ou une petite caméra, elles se filmaient face à l'objectif, et se confiaient, comme elles l'auraient fait dans le confessionnal du *Loft* ou d'une autre émission de téléréalité. Mélanie s'abonna à deux ou trois chaînes. Ces mamans lui ressemblaient : elles avaient le même âge qu'elle, les mêmes préoccupations. Elles étaient jolies et soignées. Voir ces jeunes femmes maquillées avec goût, les ongles faits, les cheveux lisses et brillants, lui procurait un plaisir simple, immédiat, et une forme de réconfort. Certaines donnaient leurs astuces ou leurs recettes. Mélanie aimait attribuer des likes et les féliciter grâce aux émoticônes : émoticône bravo, émoticône merci, fleurs, fleurs, fleurs, cœur, cœur, cœur. Elle trouvait ces femmes émouvantes et valeureuses. Elles lui donnaient du courage pour affronter la journée. Grâce à l'algorithme, Mélanie découvrit de nouvelles chaînes et de nouvelles vidéos. Elle aimait tout ce qui était *vrai*, tout ce qui racontait des vies comme la sienne et pouvait lui donner le sentiment d'être moins seule. L'algorithme l'avait bien compris. Peu à peu, elle délaissa son compte Facebook au profit de YouTube qui lui semblait plus ouvert et plus créatif.

YouTube était un monde à part. Un monde généreux, providentiel et accessible à tous.

Sammy venait d'entrer à l'école maternelle et Kimmy était un bébé sage, qui dormait beaucoup. L'ordinateur restait allumé du matin au soir, Mélanie s'asseyait devant l'écran plusieurs fois par jour, souvent sans but précis. Elle vagabondait sur la plateforme, passait d'une suggestion à l'autre, finissait toujours par trouver une information, une image, une histoire qui l'intéressait.

Peu après le deuxième anniversaire de Kimmy, Mélanie découvrit Minibus Team. Le papa de deux petites filles, apparemment séparé de leur maman, avait créé une chaîne qui leur était consacrée, dont le nombre d'abonnés augmentait de jour en jour. Tout avait commencé par une vidéo de l'aînée déballant et goûtant des bonbons multicolores et d'autres friandises de la même marque, qui avait aussitôt suscité quelques milliers de vues. Puis l'aînée avait été rejointe par la cadette, le papa avait multiplié les déballages de cadeaux et le nombre d'abonnés avait grimpé. À en croire ces images, les filles, de plus en plus gâtées, avaient l'air de bien s'amuser.

Pendant quelques mois, Mélanie s'était contentée d'observer comment ce papa filmait ses filles, à quelle fréquence et avec quels scénarios. Ce qui marchait et ce qui ne marchait pas. Ce qui plaisait aux enfants, au point qu'ils regardaient sans doute dix fois la même vidéo, et ce qui leur plaisait moins. Elle poursuivit ses recherches par un tour d'horizon de ce qui existait ailleurs, notamment aux États-Unis et dans les pays anglophones, où les chaînes d'enfants étaient déjà nombreuses.

Kimmy n'avait pas encore trois ans lorsque Mélanie posta sa première vidéo sur la plateforme. Elle avait élaboré sa propre stratégie. Il fallait avancer en douceur, créer de l'attachement, de l'identification, avant d'envisager l'introduction des marques et des produits. C'est pourquoi elle avait d'abord filmé Kimmy, habillée d'une ravissante robe mauve, assise comme une grande sur le canapé, en train de chanter une comptine que Mélanie lui avait apprise. La petite joignait parfaitement les gestes à la parole : le lapin et ses grandes oreilles, le vilain chasseur avec son fusil. Elle était adorable. La séquence d'une cinquantaine de secondes n'était rien d'autre que le partage d'un moment intime, familial et émouvant. Mélanie avait posté la vidéo accompagnée d'un court commentaire : « Petite fille chante et mime *Le lapin et le chasseur*. » La vidéo avait fait quelques milliers de vues. Encouragée, Mélanie avait continué de filmer sa fille en train de chanter : *Pirouette cacahuète*, *Une souris verte*, *Les petits poissons dans l'eau*. Pour son âge, Kimmy parlait et chantait très bien. Les paroles étaient parfaitement articulées et elle accompagnait les chansons de mimiques et de gestes irrésistibles. Mélanie avait eu ensuite une judicieuse idée : donner à Kimmy des doudous – nounours, chiens, lapins –, pour illustrer les comptines qu'elle chantait face caméra. Kimmy jouait avec les peluches, leur attribuait des rôles, les faisait parler. Mélanie avait attendu d'avoir dépassé les vingt mille abonnés pour introduire les premiers déballages de jouets : œufs surprises, sucettes Chupa Chups et pâte à modeler Play Doh. Un peu plus tard, Sammy avait commencé à apparaître dans les vidéos, et la chaîne, initialement appelée Kim the Singer, était devenue Kim and Sam in Happy Récré.

Le frère et la sœur formaient une formidable équipe. Sammy se montrait attentionné et protecteur, aidait Kimmy à ouvrir les boîtes, les couvercles, lui expliquait les jeux, les gestes, les comptines. Kimmy jouait à la grande, imitait son frère et riait de ses blagues. À en juger par les commentaires, le binôme était des plus attendrissants. Ensuite, tout était allé très vite : le nombre d'abonnés et de vues n'avait cessé de progresser et YouTube avait adressé à Mélanie un message personnel pour expliquer les principes de la monétisation. Les marques avaient pris contact avec elle pour des placements de produits, les colis avaient commencé d'envahir l'appartement, et Bruno avait quitté son travail. Par la suite, ils avaient pu racheter l'appartement mitoyen pour s'agrandir et consacrer une pièce entière au tournage et au montage des vidéos. Grâce à ce studio intégré, les formats s'étaient améliorés. Pour rester les meilleurs, il fallait sans cesse se renouveler.

L'ennui n'était plus qu'un mauvais souvenir.

BRIGADE CRIMINELLE – 2019

DISPARITION DE L'ENFANT KIMMY DIORE

Objet :

Description (par genre) des vidéos de la chaîne Happy Récré disponibles sur YouTube.

LES *BATTLES*

(*Entre deux et six millions de vues.*)

Marque ou sous-marque

Assis côte à côte face à la caméra, Kim et Sam, les yeux bandés, dégustent une série de produits (fromage crémeux, chips, soda, thé glacé, pâte à tartiner, biscuits divers).

Pour chacun de ces produits, ils testent deux échantillons : un « vrai » et un « faux ». Ils doivent ensuite deviner lequel provient de la marque d'origine et lequel est une imitation (sous-marque ou marque de distributeur).

Taste and guess

Les yeux bandés, il s'agit cette fois d'identifier les différents parfums ou saveurs d'un même produit. Les vidéos les plus populaires concernent la marque Oreo et ses différents parfums de biscuits (original, vanille, chocolat blanc, Golden, cacahuète...).

Le même challenge est réalisé avec de nombreux produits (biscuits apéritifs, crèmes desserts, chips) et de nombreuses marques.

Clara se tenait face à Cédric, droite, sérieuse, désireuse de lui transmettre la totalité des éléments qu'elle avait rassemblés. Elle n'avait dormi que deux heures mais ne ressentait pas encore les effets de la fatigue. Elle avait commencé par regarder les vidéos de Happy Récré, puis elle avait fait des recherches complémentaires afin de les situer dans un contexte plus général et de comprendre comment le phénomène était perçu. Si Cédric se moquait volontiers de sa propension à tout décortiquer, de son langage soutenu et de son goût pour les adverbes de liaison, cette fois, il l'écoutait avec une attention non feinte.

— Dans la plupart des cas, ce sont les parents qui filment leurs enfants et postent des vidéos plusieurs fois par semaine. Le phénomène a commencé aux États-Unis et s'est développé un peu partout ces trois dernières années parce que cela s'est révélé très, très lucratif. Cette année, le youtubeur qui a gagné le plus d'argent au monde est un petit Américain de huit ans. Il s'appelle Ryan et il est filmé par ses parents depuis ses quatre ans. Rien que pour 2019, le magazine *Forbes* a estimé ses revenus à vingt-six millions de dollars. En France, les premières tentatives datent de 2014-2015. Aujourd'hui, les chaînes sont nombreuses. D'un point de vue financier, une dizaine d'entre elles se partage le marché. Happy Récré n'était pas la première, mais, de loin, elle est devenue la plus populaire.

— Et les gamins, ils font quoi ?

— À l'origine, du déballage. *Unboxing* en anglais. Ils ouvrent des boîtes, des paquets, découvrent des jouets, des sucreries, des déguisements, et toutes sortes de produits qui leur sont destinés, ils s'extasient et les testent face à la caméra en partageant leur joie.

— Tu es sérieuse ?

— Absolument. Les parents filment, la mère ou le père, cela dépend des cas. Chez les Diore, c'est la mère qui interagit avec les enfants. Au fil du temps, pour fidéliser les abonnés, les formats se sont diversifiés. Elle leur lance des défis, invente des petits scénarios. Par exemple, les enfants doivent déguster des produits alimentaires uniquement orange ou verts, deviner le prix des articles dans un supermarché, ou bien, les yeux bandés, comparer des pâtes à tartiner de marques différentes. Depuis quelque temps, ils font aussi des *pranks*. Ce sont des blagues ou des canulars, pour la plupart copiés sur les chaînes américaines.

Cédric laissa s'installer un court silence avant de relancer.

— Tu veux dire que c'est comme ça qu'ils gagnent tant d'argent ? Tu es sûre ?

Clara ne put s'empêcher de sourire. Elle était passée par là. Cette incrédulité.

— Oui, je suis sûre. Au-delà d'un certain nombre de

vues, YouTube insère des publicités dans les vidéos et rétribue les youtubeurs en conséquence. L'argent vient aussi des marques qui paient pour apparaître dans les vidéos. Non seulement elles offrent le matériel – les Lego, les figurines Disney ou les œufs Kinder Surprise –, mais certaines paient la famille pour être montrées ou mises à l'honneur. La collaboration fait alors l'objet d'un contrat. Les Diore ont créé plusieurs sociétés. Si tu vas sur le site de l'INPI, tu verras qu'ils ont déposé et protégé tous les noms de marque possibles et imaginables autour des prénoms de leurs enfants. Le père, qui avait une bonne situation dans l'informatique, a quitté son travail. Aujourd'hui, c'est lui qui filme et qui s'occupe des montages.

— Et… ils en font beaucoup, de ces vidéos ?

— Pour Happy Récré, je dirais entre deux et quatre par semaine. Il faut occuper le terrain.

Cédric Berger écoutait Clara avec une attention extrême, se contentant de temps en temps d'un signe de tête en guise d'assentiment. D'un geste de la main, il l'encouragea à poursuivre.

— Ce n'est pas tout. En matière d'exploitation commerciale, la diversification s'étend. Les Diore ont récemment créé leur propre marque de papeterie (cahiers de textes, carnets, stylos), dont ils assurent eux-mêmes la promotion. Minibus Team, leur principale concurrente, a lancé un magazine trimestriel qui se vend comme des petits pains. Et La Bande des doudous vient d'inaugurer une marque de jouets. Les produits dérivés représentent une part importante du chiffre d'affaires et tous entendent bien continuer à les développer. Pour la famille

Diore, leur revenu annuel « dépasse » très largement le million d'euros. Sans parler des avantages en nature.

Cédric avait pris quelques notes sur son petit carnet noir, un Moleskine classique qui ne le quittait jamais, dont le contenu, illisible, ne pouvait être déchiffré que par lui. Il souligna une phrase et releva les yeux vers Clara.

— Mais où va l'argent ?

— Ce sont les parents qui encaissent. Libres à eux d'en faire ce qu'ils veulent.

— Ce n'est pas réglementé ?

Clara s'était posé la même question quelques heures plus tôt. C'est ça, être flic, pensa-t-elle, cette capacité à mettre le doigt d'emblée là où ça coince.

— C'est encadré pour les enfants mannequins, les comédiens, les chanteurs, parce que leur activité est considérée comme un travail. Les horaires sont contrôlés et les parents doivent déposer jusqu'à leur majorité une grande partie des sommes gagnées sur un compte bloqué à la Caisse des dépôts et consignations. Pour les enfants youtubeurs, il n'y a aucune contrainte. C'est ce qu'on appelle un vide juridique. Pour l'instant, l'activité est considérée comme un loisir privé et n'est soumise à aucune forme d'encadrement.

— C'est dingue…

— Néanmoins, comme nous l'a dit Tom Brindisi, ils n'ont pas que des amis. Dès 2016, le Chevalier du Net, le fameux youtubeur dont il nous a parlé, a tourné plusieurs vidéos pour dénoncer les chaînes familiales les plus actives. Ces plaidoyers pointent les cadences de tournage auxquelles sont soumis les enfants et remettent en question leur libre choix. Il a été l'un des tout premiers lanceurs d'alerte. À l'époque, la pétition qu'il a mise en ligne a recueilli quarante mille signataires et ses attaques ont été relayées par d'autres youtubeurs. Mais concrètement, il ne s'est rien passé. Quand je te dis rien, c'est rien. Cela n'a pas empêché de plus en plus de parents de s'engouffrer dans la brèche, avec des enfants de plus en plus jeunes. En 2017, l'Observatoire de la parentalité et du numérique, une association qui avait déjà alerté les pouvoirs publics, a saisi le Conseil national de la protection de l'enfance pour demander que ces mineurs bénéficient – a minima – du même statut que les enfants mannequins ou acteurs. Après quatre années sans aucune forme de régulation, il semblerait qu'un projet de loi soit à l'étude et bientôt soumis à l'Assemblée nationale. Il s'agit d'encadrer l'exploitation commerciale des enfants par leurs parents et de considérer cette activité comme un travail.

Clara se tut un instant et Cédric prit le temps d'enregistrer toutes ces informations avant de relancer. Sa perplexité était manifeste.

— Les médias ne s'en sont pas emparés ?

— Un peu, mais tout cela reste assez opaque. Si cette loi était adoptée, la France serait pionnière au niveau international. La loi pourrait mettre en lumière tout un écosystème qui, pour l'instant, échappe aux radars. Cependant, les détracteurs disent que cela ne changera rien. Certains parents ont déjà ouvert des chaînes secondaires ou des comptes Instagram à leurs noms, comme Mélanie l'a fait, dans l'idée, dit-on, de contourner la loi, alors même que celle-ci n'a pas encore été votée.

Cédric interrompit Clara d'un geste.

Il avait besoin de silence pour se représenter les choses.

Elle lui parlait d'un monde abstrait, hors de portée. Elle savait lire sur le visage de Cédric son humeur, ses doutes, et la moindre contrariété. Quand il s'assit, elle devina que sa douleur dans le dos s'était réveillée. Depuis l'opération de sa hernie discale quelques mois plus tôt, celle-ci se rappelait à son souvenir dès qu'il dépassait un certain niveau de stress.

Cédric prit le temps de respirer, puis, au bout de quelques secondes, il reprit l'échange.

— Et qu'est-ce qu'elle en dit, Mélanie Claux, de tout ça ?

— Elle connaît les critiques. Elle a fait quelques vidéos sur ce sujet. Face caméra, elle répond aux attaques. Elle dit qu'elle met de l'argent de côté pour ses enfants, qu'elle n'a pas attendu ces polémiques pour penser à leur avenir. Elle dit que Kim et Sam rêvaient d'être youtubeurs, qu'ils adorent ça, qu'ils sont heureux d'être devenus des stars. Selon elle, c'est une grande chance. C'est même ce qui pouvait leur arriver de mieux.

La douleur irradiait maintenant dans les côtes, Cédric attrapa une chaise pour s'asseoir. En voyant l'expression de son chef, Clara se hâta de conclure.

— Il faut que je te dise autre chose. Ce matin, je suis retournée sur le compte Instagram de Mélanie, Mélanie Dream. Au-delà des fameuses stories, elle poste régulièrement des photos des enfants ou de la famille. Il y a deux mois environ, elle a posté celle d'un énorme colis qu'elle venait de recevoir de la part d'une marque de cosmétiques. Sur le carton, on pouvait lire leur nom de famille, leur adresse et même le numéro du bâtiment. Alors autant te dire que la terre entière sait où ils habitent.

BRIGADE CRIMINELLE – 2019

DISPARITION DE L'ENFANT KIMMY DIORE

Objet :

Description (par genre) des vidéos de la chaîne Happy Récré disponibles sur YouTube.

LA SÉRIE *BUY EVERYTHING*

(*Entre deux et vingt millions de vues.*)

« ON ACHÈTE TOUT CE QUI COMMENCE PAR F »

Dans un supermarché, Kimmy et Sammy, chacun son tour, ont dix minutes pour acheter tout ce qu'ils veulent, sans aucune restriction de prix ou d'utilité, dès lors que l'article commence par la lettre tirée au sort (la lettre F par exemple).

Le but du jeu est d'acheter un maximum de produits dans

le temps imparti. Le vainqueur est celui qui a déposé le plus d'articles dans le caddy de Mélanie.

L'ensemble des achats est ensuite rapporté à la maison (foulard, friteuse, farfalle, flûte à champagne, figue, flageolet, fer à repasser, ferme Playmobil), que la famille possède ou non des produits ou des objets semblables, qu'ils soient utiles ou pas.

Les variantes : j'achète tout ce qui est jaune, j'achète tout ce que tu écris, j'achète tout ce que tu dessines, si tu devines tu achètes.

Quand elle expliquait son métier, Clara disait : « D'abord le sang, ensuite les mots. » Car oui, le plus souvent, tout commençait par le sang. Le sang du corps, le sang des vêtements, le sang répandu sur le sol ou sur les murs, visible ou effacé, le sang qu'il fallait faire sécher, mettre sous scellés, le sang dont il fallait retrouver la trace, le sang envoyé au laboratoire, et celui de l'autopsie, recueilli dans des seaux en plastique. Ensuite venait la procédure, et la précision du vocabulaire pour décrire ce qu'elle avait vu.

Cette fois, du sang, il n'y en avait pas. Cela ne suffisait pas à la rassurer. En presque dix années, Clara avait déjà eu l'occasion de constater que la barbarie se dispensait très bien d'hémoglobine. Lors d'une de ses premières affaires, elle s'était rendue au chevet d'une vieille dame hospitalisée dans un état de déshydratation et de dénutrition avancé, les genoux couverts d'hématomes. Les propos de cette femme, bien que confus et en apparence incohérents, avaient conduit le Parquet à ouvrir une enquête. Un couple de quadragénaires était soupçonné de la séquestrer depuis plusieurs mois pour percevoir sa pension. Clara avait participé à la perquisition menée au sein d'un appartement modeste, un peu fruste, dont la saleté n'apparaissait pas de manière immédiate, mais plutôt dans les recoins. Nulle trace de violence. Juste cette gamelle en plastique, posée sur le carrelage de la cuisine, dont Clara, en l'absence de tout animal domestique, avait noté la présence. Cette gamelle dans laquelle il s'était avéré que ses tortionnaires faisaient manger la vieille dame, à genoux, tous les soirs, avant de la laisser dormir sur une paillasse.

Clara aimait l'atmosphère des débuts d'affaire. Le manque de sommeil, les sandwichs avalés sur le pouce, le téléphone greffé dans la paume, les yeux rivés sur des écrans. Cette effervescence, cette fébrilité. Parfois, quelques heures suffisaient pour avoir une piste : un témoin, une bande-vidéo, un téléphone qui bornait au bon endroit. Avec un peu de flair, il suffisait de tirer le fil. Interpellation au petit matin, perquisition, l'affaire était bouclée. Mais le plus souvent, la Crime travaillait sur de longues distances. Il fallait tenir. L'excitation des premières heures se transformait alors en une sorte d'influx nerveux, régulier et continu. Une énergie venue du plus profond, du plus intime – des tripes, disaient certains –, et par conséquent inépuisable.

Trente-six heures après la disparition de Kimmy Diore, Clara savait qu'ils étaient entrés dans ce deuxième temps, sans perspective immédiate. Il fallait bien admettre qu'ils avaient les mains vides. L'analyse de la téléphonie ne donnait rien et l'enquête de voisinage se cantonnait aux médisances. Dans le cadre des dispositions dérogatoires, tous les appartements de la résidence avaient été visités. Une vérification exhaustive, menée par une dizaine d'enquêteurs, qui n'avait rien donné. Quant à l'implication de Tom Brindisi, seul ou secondé, elle avait été définitivement écartée. Pour sa mauvaise blague, l'adolescent s'en tirerait sans doute par un rappel à la loi.

Les témoignages des autres enfants et de leurs parents avaient corroboré celui de Sammy, permettant un minutage précis des faits : à 17 h 55, une nouvelle partie de cache-cache avait commencé. La petite avait hésité, tourné un peu en rond, puis couru vers le local poubelles. De là, elle avait pu accéder au parking sans être vue. Une fois dans le sous-sol, de gré ou de force, consciente ou inconsciente, elle était vraisemblablement montée dans une voiture. Une voiture rouge, peut-être. Ou de n'importe quelle couleur.

Cette enfant exhibée du matin au soir, cette enfant qu'on pouvait voir en jogging, en short, en robe, en pyjama, déguisée en princesse, en sirène ou en fée, cette enfant dont l'image avait été multipliée sans limites, s'était volatilisée.

Du monde saturé de marques et de symboles dans lequel elle avait grandi, elle avait disparu, comme si une main invisible avait soudain décidé de la soustraire au regard.

Le soir de la disparition de Kimmy Diore, lorsqu'on avait demandé à Mélanie Claux qui pouvait en vouloir à sa famille, elle avait évoqué deux possibilités : le Chevalier du Net et le père des deux sœurs de Minibus Team, la principale chaîne concurrente de Happy Récré. Les deux avaient reçu une convocation pour une audition dans les locaux du Bastion. Par ailleurs, l'entourage du couple (la famille de Mélanie à La Roche-sur-Yon, celle de Bruno en proche banlieue parisienne) restait sous étroite surveillance. Les emplois du temps et les relevés téléphoniques faisaient l'objet de vérifications exhaustives. L'affaire du petit Grégory, le fiasco judiciaire des années quatre-vingt, avait laissé des traces qui n'étaient pas près de s'effacer.

Lors de son stage au 36, Clara avait travaillé avec le capitaine G., l'une des plus anciennes figures de la Brigade. Après plus de quarante années de police judiciaire, à quelques mois de la retraite, l'homme n'était avare ni de conseils ni d'anecdotes. Il avait connu une époque sans ADN, sans téléphones portables, sans caméras de surveillance. Une époque où l'investigation reposait sur la psychologie, l'intuition, l'expérience. Et il aimait raconter. Les outils étaient moins scientifiques et l'aveu constituait la preuve. « Tu sais, pour enquêter, affirmait-il, il faut revenir sur les lieux du crime. Inlassablement. Là où les faits ont eu lieu. Là où ça s'est passé, là où ça a commencé. Revenir, encore et toujours, à l'endroit du drame. Même après le retrait des scellés, même une fois que tout a été nettoyé, même des années plus tard. »

Revenir. Respirer. Regarder. Clara avait retenu la leçon.

C'est pourquoi, le soir du 11 novembre, elle prit une voiture de service pour retourner, seule, à Châtenay-Malabry.

Au-dessus des petits immeubles de la résidence, la lune éclairait faiblement le ciel. Les banderoles en plastique qui avaient servi à délimiter la zone de recherche pendaient le long des poteaux. La nuit était profonde, quelques lampadaires indiquaient le dessin des allées. L'accès au parking souterrain restait interdit. Au milieu du jardin, les arbres formaient une sorte de petit cercle à l'intérieur duquel les bancs semblaient posés de manière aléatoire, à distance inégale les uns des autres. Clara s'assit sur l'un d'eux. Autour d'elle, des dizaines de fenêtres étaient éclairées. De cet endroit du jardin, partout où les rideaux n'avaient pas encore été tirés, elle pouvait voir l'intérieur des appartements. Partout les mêmes foyers modernes et fonctionnels : cuisines équipées, canapés deux ou trois places, postes de télévision à écran plat.

La disposition des bâtiments lui rappelait la résidence de son enfance. Pas loin d'ici, dans une autre banlieue, elle avait vécu dans un endroit presque semblable. Plus populaire, certes, mais qui semblait, lui aussi, à l'abri du monde.

Au détour d'une image, d'une odeur, d'un mot, Clara pensait souvent à ses parents. À l'un ou à l'autre, ou plutôt aux deux à la fois. Comme si leurs morts consécutives, survenues dans un temps si bref, les avaient réunis pour toujours. Ils lui manquaient. Elle aurait aimé leur parler d'elle, de son métier, elle aurait aimé qu'ils connaissent la femme qu'elle était devenue. Flic, oui, mais une flic qui aurait mérité leur attention et peut-être même leur considération.

À son âge, sans doute était-ce inhabituel, voire inquiétant, de penser aussi souvent à ses parents. C'était un vide, une absence, un regret, qu'elle n'était pas sûre de vouloir combler. Leur conversation s'était interrompue avant de se tarir. Et n'étant pas devenue mère elle-même, peut-être était-elle restée fille avant tout.

Assise sur ce banc, comme elle le faisait certains soirs quand elle était enfant, elle passa un moment à observer les gens : une femme immobile devant ses fourneaux, un homme en conversation avec un adolescent, un jeune garçon en train de se brosser les dents. Puis elle ferma les yeux pour écouter les bruits alentour ; au loin, le son d'une radio, et plus près d'elle, le glissement continu des feuilles mortes au ras du sol.

Qu'est-ce que ça voulait dire, avoir six ans ?

À six ans, elle pouvait rester ainsi, assise dans le jardin de sa résidence, à regarder la vie des gens. Elle n'imaginait rien, s'interdisait d'inventer. Elle se contentait de repérer les habitudes, les horaires, les absences prolongées. Elle cherchait à deviner les liens, les sentiments. Quand elle remontait chez elle, les pieds gelés et le bout du nez rouge, sa mère ouvrait les bras et l'attirait contre ses hanches puis, dans un souffle, elle murmurait : « Ma petite commère. » À six ans, Clara était entrée en CP dans la classe de madame Vedel. À six ans, elle avait perdu son papy Eddy, mort d'un cancer du poumon. À six ans, elle avait appris par cœur *Le cancre*, une poésie de Jacques Prévert. À six ans, elle s'était penchée pardessus la rambarde du balcon pour attraper un élastique à cheveux, accroché de l'autre côté du treillis. Et elle était tombée. Du deuxième étage, elle avait atterri sur la pelouse, heureusement freinée dans sa chute par les branches d'un arbre. La baby-sitter s'était évanouie, les pompiers avaient été appelés par un voisin. À l'hôpital Antoine-Béclère, où elle était restée en observation, Clara avait dormi pendant vingt-quatre heures. La peur, avaient dit les médecins. Elle était indemne. Des années plus tard, quand il avait fallu constater son retard de croissance, parmi les facteurs envisagés, la chute avait été privilégiée. À six ans, Clara avait cessé de grandir. Les surnoms ne s'étaient pas fait attendre. Miette, Micronimbus, Microbe… Pourtant, quelque chose chez elle, une gravité, ou une apparente tranquillité, décourageait la moquerie. À l'entrée au collège, sa croissance était repartie. Cependant, le retard n'avait jamais été comblé.

Perdue dans ses souvenirs, Clara se tenait ainsi depuis plusieurs minutes, le dos droit, les mains posées à plat sur le bois de l'assise, lorsque Bruno Diore s'approcha d'elle.

— Je peux vous aider ?

Elle n'eut aucun mouvement de surprise ni de recul. Elle se contenta de lui sourire.

Dans la bouche de cet homme dont l'enfant avait disparu, la question paraissait saugrenue. Passé le premier instant de trouble, elle tenta d'expliquer sa présence.

— Je suis venue vérifier deux ou trois choses…

Bruno regarda autour de lui, comme s'il s'attendait à ce qu'un détail resté inaperçu se révèle soudain, puis ses yeux fatigués se posèrent de nouveau sur elle.

— Vous avez l'air frigorifiée, vous voulez monter quelques minutes pour vous réchauffer ?

Clara hésita une seconde.

Le soir de la disparition de Kimmy, afin d'orchestrer le travail des équipes de l'identité judiciaire sur la scène de crime, elle était restée à l'extérieur et n'avait pas vu l'appartement. L'occasion ne se représenterait pas.

— C'est gentil, dit-elle en se levant.

Bruno Diore écrasa son mégot sur le sol, le ramassa, puis, d'un geste maladroit, lui fit signe de le suivre.

Sammy était installé sur le canapé du salon, le visage penché sur sa tablette. Lorsque la porte se referma derrière eux, l'enfant releva la tête, bondit sur ses pieds et courut vers son père. Dans son pyjama en éponge à l'effigie de Super Mario, il ressemblait à n'importe quel petit garçon de huit ans, vif et curieux. Comme il dévisageait Clara, elle se présenta.

— Bonjour, Sammy. Je m'appelle Clara, je travaille avec les autres policiers sur la disparition de ta petite sœur.

Il afficha ce sourire mécanique qu'il arborait sur les vidéos, mais lorsqu'il s'approcha, elle découvrit sur son visage l'empreinte de l'anxiété. Ses yeux étaient cernés de mauve et sa peau était si fine qu'on devinait le dessin de ses veines. Elle remarqua la longueur de ses cils.

Engourdi par les heures d'attente, l'appartement semblait plongé dans une torpeur épaisse, surchauffée. Sammy se tenait debout, face à elle, son regard allant de son père à Clara, puis de Clara à son père, dans l'espoir d'une information ou d'une révélation. Elle arrivait du dehors, elle venait du Bastion, peut-être avait-elle des nouvelles à leur annoncer.

Mélanie s'approcha de son fils et, dans un geste de réconfort ou de protection, le prit par les épaules. Clara jeta un rapide coup d'œil autour d'elle, à la recherche de son collègue de la BRI.

Bruno devança sa question.

— Ma femme a beaucoup de mal à supporter la présence du négociateur, cela n'a rien à voir avec lui, c'est difficile d'avoir quelqu'un tout le temps chez soi, vous savez... dans un moment comme celui-ci. Alors votre collègue reste à l'écart et au moindre signe venu de l'extérieur...

Juste à ce moment-là, prouvant que rien ne lui échappait, Éric Paulin entra dans le salon pour saluer Clara. Elle le connaissait, il était venu plusieurs fois en renfort de son groupe dans des situations de crise ou lors d'interpellations délicates. Ils échangèrent quelques mots, puis il s'éclipsa de nouveau.

Nul doute que les époux Diore avaient l'air de parents rongés par l'angoisse. « Certaines souffrances ne peuvent être contrefaites », songea Clara, mais dans l'instant qui suivit, une pensée dissonante l'oppressa : n'importe quel flic de police judiciaire savait combien les apparences étaient trompeuses. Diffusée dans tous les journaux télévisés, l'image du mari d'Alexia Daval, dévasté de chagrin et sanglotant à chaudes larmes aux côtés de ses beaux-parents, lui traversa l'esprit. Quelques mois plus tard, acculé, il avait avoué avoir tué son épouse et brûlé son corps.

Bruno lui proposa de s'asseoir puis s'éloigna pour

préparer du thé. Aussitôt, Sammy s'invita près d'elle. Sur un ton étrange, comme chargé de sous-entendus, il lui demanda :

— Tu veux voir la chambre de Kimmy ?

Sans attendre la réponse, il se posta à l'entrée du couloir.

Clara n'avait jamais vu autant de peluches, de poupées, de décors, de jeux de société, de matériel créatif et sportif rassemblés dans une chambre d'enfant. L'espace était aussi rempli qu'un magasin de jouets. Sammy se tenait au milieu de la pièce, tel un jeune agent immobilier, suivant son regard, guettant ses réactions, prêt à fournir les explications nécessaires. Un parfum de vanille planait. Avant de découvrir les nombreux flacons posés sur les étagères, Clara ne put s'empêcher de penser que c'était l'odeur de Kimmy, une empreinte sucrée qui subsistait malgré son absence.

Après un premier tour d'horizon, elle s'avança. Derrière le rideau de la fenêtre se dressait une montagne d'articles sous cellophane – jeux, boîtes, coffrets – qui n'avaient pas été ouverts. Sammy expliqua qu'il n'y avait plus de place pour ranger et, à l'appui de sa déclaration, ouvrit les placards. Dans la penderie, Clara découvrit une profusion de vêtements parfaitement pliés et empilés les uns au-dessus des autres, dont la plupart semblaient n'avoir jamais été portés. En bas, une vingtaine de paires de baskets neuves étaient entassées. Sammy fit de nouveau glisser les portes coulissantes et Clara laissa vagabonder son regard dans la chambre, à la recherche d'un espace vacant.

— Tu vois, on a beaucoup de choses, conclut-il dans un soupir.

Sur le bureau de Kimmy, plusieurs boîtes de feutres, de crayons de couleur et au moins trois mallettes de peinture étaient superposées. Sur le côté, Clara repéra les dessins faits par la petite fille que ses collègues avaient photographiés. Au-dessus de la pile, une fée aux cheveux rouges conduisait un tracteur.

Près du lit, dans une sorte de grand bac, des dizaines de peluches neuves étaient entassées.

Pendant quelques minutes, Clara tenta d'imaginer Kimmy au milieu de cette pièce saturée d'objets, dont chaque élément semblait avoir été dupliqué ou multiplié.

Que peuvent désirer des enfants qui ont tout ?

Quel genre d'enfants vivent ainsi, ensevelis sous une avalanche de jouets, qu'ils n'ont même pas eu le temps de désirer ?

Sammy l'observait, l'air grave. Elle lui sourit.

Quels adultes deviendront-ils ?

— Et ta chambre à toi, tu me la montres ?

Il acquiesça, apparemment ravi qu'elle s'intéresse à lui, puis l'entraîna dans la pièce contiguë, où Clara découvrit une profusion semblable et tout aussi ordonnée. Autant la chambre de Kimmy cumulait les stéréotypes de la chambre de fille (couleur rose, abondance de poupées, bijoux, flacons), autant celle de Sammy concentrait leurs équivalents masculins (couleurs sombres, camions, motos, super-héros en plastique et autres soldats...).

Tandis que l'enfant s'asseyait sur son lit, Clara entama la conversation :

— Tu ne vas pas à l'école, alors, en ce moment ?

— Ben non, c'est les vacances de la Toussaint. D'habitude on va dans des parcs de loisirs, à Disneyland et tout, mais cette fois on peut pas... parce que Kimmy n'est pas là.

Sa voix s'était mise à trembler, il était au bord des larmes. Puis, très vite, avec cet air de bon élève qu'il arborait souvent, il se ressaisit.

— Tu veux que je te montre mes dessins ?

— Oui, volontiers.

Sammy se dirigea vers le bureau, ouvrit le tiroir et en sortit quelques feuilles de format A4.

— Tu aimes bien dessiner ?

— Non. Je préfère les jeux vidéo. Hier j'ai dessiné parce que les policiers ont pris ma tablette pour vérifier des choses alors je m'ennuyais. Après ils me l'ont rendue. Je sais pas tellement quoi faire sans Kimmy.

Il lui tendit les dessins puis resta près d'elle de telle sorte qu'elle pouvait percevoir son souffle attentif et régulier.

Sur la première feuille, Sammy avait représenté un personnage de manga. Sur la deuxième, une moto et une voiture de course. Le dernier dessin représentait une famille (le père, la mère et deux petits enfants) assise dans un restaurant ou une brasserie. À en juger par les tasses et les gâteaux représentés, les quatre étaient en train de goûter. Sous leur table, frôlant leurs jambes sans les toucher, une sorte de grand adolescent, les cheveux mi-longs retenus en queue-de-cheval, était recroquevillé.

Clara observa Sammy. Elle n'avait pas la moindre idée de la manière dont il fallait questionner un enfant de cet âge mais elle ne pouvait pas rater cette occasion. Elle désigna le personnage sous la table.

— C'est un garçon, n'est-ce pas ?

Sammy sourit, l'air satisfait.

— Ils ne l'ont pas invité à manger ?

Il réfléchit un instant comme s'il s'interrogeait lui-même.

Puis il bondit hors de la pièce et fila le long du couloir pour rejoindre ses parents. Tout aussi rapide, Clara sortit son portable de sa poche et prit une photo du dessin.

Dans le salon pareillement encombré d'objets, alors qu'elle buvait à petites gorgées la tasse de thé qu'il venait de lui servir, Clara écouta Bruno Diore lui expliquer les relations de la chaîne Happy Récré avec les annonceurs. Dès que celle-ci avait dépassé les dix mille abonnés, les cadeaux avaient commencé d'arriver. À présent qu'ils avaient atteint les cinq millions, ils recevaient chaque semaine des dizaines de colis. Dans l'espoir d'une publicité, des marques de jouets, de vêtements, d'alimentation – « un peu de tout... », résuma-t-il, le geste de sa main désignant l'ensemble de l'appartement – leur envoyaient leurs produits phares ou leurs nouveautés. Face à cette avalanche, ils ne pouvaient pas tout garder. C'était impossible. Parmi tout ce qu'ils recevaient pour Kim et Sam, mais aussi pour Mélanie et pour la maison, il fallait bien faire un tri. Deux ou trois fois par an, ils « vidangeaient ». Kim et Sam choisissaient eux-mêmes les jouets qu'ils souhaitaient conserver et, pour le reste, remplissaient d'énormes cartons destinés aux enfants malades ou démunis. Le tri lui-même était filmé par Mélanie pour une nouvelle vidéo diffusée sur la chaîne, afin de sensibiliser les abonnés à l'action de ces associations. Malheureusement, en comparaison des vidéos d'achat ou de déballage de cadeaux, les vidéos de don n'intéressaient pas beaucoup les abonnés.

À côté de son mari, Mélanie acquiesçait en silence.

En écoutant Bruno Diore, Clara pensa à doudou-sale. À l'heure qu'il était, avec quelques éléments ramassés la veille, le petit chameau en tissu faisait l'objet d'une recherche d'un ADN de contact, qui constituait un espoir précieux.

Elle se tourna vers Mélanie.

— Et... doudou-sale, d'où lui vient ce nom ?

Une expression fugace, de douceur et de tristesse mêlées, passa sur le visage de la jeune femme.

— C'est Kimmy qui l'a appelé comme ça. C'est son jouet préféré. Celui qu'elle ne veut pas quitter. C'est une amie de la résidence qui le lui avait offert, quand elle était toute petite. Une amie qui est partie. Pourtant les doudous, elle en a plein, vous avez vu. Au début, il s'appelait chami-chamo. Elle ne voulait jamais le laver, et je lui disais tout le temps « il est sale, il sent mauvais, il faut le laver ! », alors elle l'a appelé doudou-sale.

La voix de Mélanie s'était brisée.

— À son âge, les peluches, elle s'en fiche un peu. Mais celui-là, elle continue de dormir avec, elle l'emmène partout. Les rares fois où j'ai réussi à le mettre à la machine, elle a piqué une de ces crises... Alors vous imaginez, savoir qu'elle l'a perdu, qu'elle n'a même pas ça avec elle, ça me...

Mélanie s'interrompit quelques secondes, le temps de contrer le sanglot.

Clara ne la connaissait pas assez pour s'autoriser un

geste de réconfort, et les mots qui lui venaient lui semblaient d'une indécente banalité.

Dans un effort manifeste pour contrôler sa voix, Mélanie s'adressa de nouveau à elle.

— Vous avez des enfants ?

— Non.

Clara lui sourit. Elle avait appris à répondre à cette question d'un seul mot, sans s'expliquer ni se justifier. Si elle y ajoutait une certaine fermeté de ton, la plupart des gens n'osaient pas aller plus loin. Mélanie parut impressionnée, mais relança.

— Vous n'allez pas le regretter ?

De la part de quelqu'un d'autre, Clara aurait peut-être mal réagi. Mélanie semblait partir du principe que c'était un choix, et non un empêchement, comme s'il suffisait de voir Clara pour le comprendre.

— Non, répondit Clara, je ne crois pas.

Mélanie se perdit quelques instants dans ses pensées, un kleenex roulé en boule entre les doigts.

— Moi je ne regrette rien, vous savez, j'aime mes enfants plus que tout. Mais parfois, il m'arrive de me dire que plus rien d'autre ne pourra m'arriver. Je ne sais pas pourquoi, cela me rend triste. Quand je suis fatiguée.

— Ma chérie, qu'est-ce que tu racontes, intervint Bruno en s'approchant d'elle. Tu veux une tasse de thé ?

Mélanie ne répondit pas et continua de s'adresser à Clara.

— Est-ce que cela vous arrive, à vous aussi, ce sentiment que le meilleur est derrière vous et que le reste ne vaut pas la peine ?

Bruno observait sa femme, à la fois ému et sidéré.

— Ne dis pas des choses pareilles, mon amour. Tu es épuisée.

Mélanie regardait maintenant son mari. Elle était comme ivre.

— Mais toi, tu ne vois pas le mal, chéri. Tu ne vois jamais rien, ni le calcul, ni le mensonge.

Elle se tourna une nouvelle fois vers Clara.

— Vous vous souvenez de Loana ?

Après une seconde d'hésitation, Clara acquiesça.

— Elle s'en est sortie, finalement. Elle a fait plusieurs tentatives de suicide, des graves dépressions, pourtant elle est restée en vie. Alors on peut dire qu'elle s'en est sortie, n'est-ce pas ? Elle a eu beaucoup de courage, vous savez.

Bruno intervint de nouveau.

— De quoi tu parles, ma chérie ? Tu devrais te reposer un peu dans la chambre.

— Elle avait l'air si confiante. Vous vous souvenez ? Elle était si belle. Si parfaite. Elle se sentait différente des autres parce qu'elle l'était. Elle n'était pas armée pour ce monde.

Elle soupira avant d'ajouter :

— Est-ce que vous allez retrouver ma petite fille ?

Une fois dehors, Clara inspira profondément puis traversa le jardin.

Fugitive, l'image du corps de Kimmy enseveli sous un tas de gravats tenta de s'imposer. Clara trébucha, se rattrapa, puis poursuivit son chemin.

Il avait fallu regarder Mélanie Claux dans les yeux et répondre à sa question. Clara avait dit : « Nous avons mis tous les moyens en œuvre pour retrouver votre enfant. »

Elle avait dit : « Croyez bien que nous faisons tout ce qui est en notre pouvoir pour la retrouver. » Mais elle n'avait pas pu répondre : « Oui, madame, nous allons retrouver votre petite fille », comme d'autres de ses collègues l'auraient fait. Elle n'avait pas su apaiser cette femme. « Il est des désastres contre lesquels on ne peut rien », disait Cédric Berger, parmi ces phrases venues de nulle part qu'il répétait sans doute pour se rassurer.

Clara sortit de la résidence. Une chose était sûre. Tant que l'enquête ne serait pas terminée, la totalité de son espace mental resterait occupée par une petite fille de six ans, qui avait choisi *doudou-sale* parmi une multitude de jouets flambant neufs.

BRIGADE CRIMINELLE – 2019

DISPARITION DE L'ENFANT KIMMY DIORE

Objet :

Description (par genre) des vidéos de la chaîne Happy Récré disponibles sur YouTube.

LA SÉRIE *FAST-FOOD AND HAPPY*

(*Entre trois et six millions de vues.*)

« ON COMMANDE LES YEUX BANDÉS »

Chez McDo, les yeux bandés, Kim et Sam passent commande sur la borne automatique (menu board). À tour de rôle, chacun doit sélectionner dix produits, sans voir ce qu'il effleure sur l'écran tactile.

De retour à la maison, les achats (hamburgers, frites, milkshakes, wraps, boissons) sont sortis du sac et détaillés face à la caméra.

Il y en a évidemment bien plus qu'ils ne peuvent manger.

Les variantes : on mange McDo pendant vingt-quatre heures, Sammy ouvre un drive-in à la maison, Sammy et Kimmy ouvrent un fast-food.

Ces formats existent avec d'autres marques (de hot dogs, de boissons sucrées ou de pizzas).

Clara Roussel était repartie et ils étaient restés là, enfermés dans cet appartement, avec ce type froissé qui rappliquait dès que l'un de leurs téléphones sonnait. Bruno échangeait avec lui, à voix feutrée, lui proposait du café ou du thé, mais elle, non. Elle ne pouvait pas. Elle ne pouvait pas lui parler. Elle préférait faire comme s'il n'était pas là. Admettre la présence de cet homme chez elle, c'était reconnaître que quelque chose de très grave était arrivé et que leur vie s'était arrêtée.

Depuis vingt minutes, Sammy était à table, jouant du bout de sa fourchette avec les petits pois qui roulaient d'un bord à l'autre de son assiette, son visage était si pâle qu'il semblait souffrant. La veille déjà, il n'avait presque rien mangé. Pour la première fois, Mélanie se sentait démunie face à son enfant. Elle ne savait pas quoi lui dire, comment lui parler. Occupée à apprivoiser sa propre angoisse, à la contenir, elle ne pouvait faire face à celle de son fils. Elle n'avait pas la force de dire « mange tes petits pois », ou « ne t'inquiète pas ». Elle aurait voulu que Bruno la rejoigne dans la cuisine, au lieu de parlementer avec ce type, qu'il dise à son fils de terminer son repas et d'aller se coucher. Mais elle était seule avec Sammy qui attendait qu'elle capitule.

— Va chercher un dessert, dit-elle dans un souffle.

Il se leva et se tint face à elle, pendant plusieurs secondes.

Son fils l'observait, cherchant sur le visage de sa mère une indication, une réponse, un signe qui trahirait son humeur.

Il avait toujours été comme ça. À la regarder, à la deviner, à percevoir la moindre inflexion de sa voix. En quelques secondes, Sammy pouvait sentir son inquiétude ou son anxiété. Parfois avant même qu'elle en prenne conscience elle-même. Peut-être était-ce le propre des aînés, d'être reliés à ce point à l'humeur de leurs parents ? Parfois, cela la déroutait.

Il ouvrit le réfrigérateur, attrapa un yaourt vanille puis de nouveau lui fit face, guettant son approbation.

Quand était-il devenu ce petit garçon si docile, si conciliant ? Il l'avait peut-être toujours été. Il se montrait tout le temps si sage, si raisonnable. Soudain, elle eut envie de crier : « Qu'est-ce que tu attends ? »

Devançant son humeur, une fois de plus, il reprit sa place.

Une seule fois, son fils s'était opposé à elle. C'était au début, quand la chaîne avait commencé à décoller, quand elle gagnait plusieurs centaines d'abonnés chaque jour. Mélanie traversait une période stressante, harassante, même. Les gens ne s'en rendaient pas compte, mais elle travaillait beaucoup. Planifier et organiser les tournages, négocier les contrats avec les agences, avec les marques, entretenir les réseaux sociaux, c'était un travail énorme que personne ne semblait voir. Elle y passait des journées et des soirées entières, elle y passait tout son temps. Ce jour-là, Bruno suivait une formation sur l'habillage graphique et elle venait d'installer le studio en prévision d'un tournage. Elle avait averti les enfants : « Je pose la caméra dans ce coin pour essayer un nouvel angle de vue, faites bien attention de ne pas marcher sur le fil. » Quelques minutes plus tard, ça n'avait pas manqué, Kimmy s'était pris les pieds dans le câble et la caméra était tombée dans un fracas épouvantable. Alors Mélanie s'était mise à hurler sur sa fille, la main levée prête à s'abattre sur sa joue. Kimmy la regardait, le menton tremblant, les yeux écarquillés, contenant le sanglot qui ne tarderait pas à exploser, et Mélanie avait continué de hurler comme si plus rien d'autre ne comptait que cette tension accumulée qui trouvait enfin un exutoire. Elle déversait ce flot de reproches, de colère et d'épuisement, quand Sammy s'était interposé entre elles deux, protégeant sa sœur et faisant face à sa mère – faisant rempart en réalité –, elle ne l'avait jamais vu si sombre, si déterminé. Puis il s'était mis à crier plus fort qu'elle : « Mais enfin ça va pas ! C'est ta fille ! », et, sur un ton scandalisé : « Tu préfères une vidéo que ta fille !!! », ou quelque chose comme ça. Quel âge avait-il ? Six ans ? Sept ans ? De fait, il l'avait arrêtée net. Il y avait eu un silence et puis Kimmy avait fondu en larmes. Alors Mélanie s'était mise à genoux pour les serrer tous les deux dans ses bras, ne cessant de répéter « tout va bien, tout va bien, tout va bien », jusqu'à ce que son petit monde soit calmé.

Dans la cuisine, le regard dans le vague, elle revivait

cette scène avec une précision effarante. Et revoyait le visage de son fils soudain si dur, si fermé.

Ce moment l'avait longtemps hantée. Elle n'avait pas pour habitude de crier sur ses enfants et encore moins de lever la main sur eux. Sous la pression, elle s'était sentie basculer dans un état qu'elle ne connaissait pas. Elle avait crié sur Kimmy comme si leur vie entière dépendait de cette caméra, comme si c'était la fin du monde. Sammy avait raison. C'était démesuré. Ensuite, pendant quelques semaines, elle avait revécu ce moment horrible plusieurs fois par jour, et elle avait eu honte. Elle n'avait personne à qui en parler. Élise, son unique amie dans la résidence, était partie. À Élise, elle aurait pu dire ce qu'elle avait ressenti, ce sentiment de perdre pied. Elle aurait pu expliquer cette pression, et tous ces chantiers à mener de front. Élise était douce, elle ne l'aurait pas jugée. Elle lui aurait proposé de prendre les enfants chez elle, le temps d'une soirée, comme elle le faisait parfois, afin que Mélanie puisse souffler. Les enfants adoraient y aller. Pourtant avant son départ, Élise et elle s'étaient déjà éloignées. Comme ça, sans dispute, sans raison particulière. Si ce n'est tout ce temps que Mélanie consacrait désormais à Happy Récré. Personne ne pouvait mesurer l'investissement que cela exigeait. Cette solitude qu'elle devait accepter. La rançon du succès.

Bien sûr il y avait son mari. Il était à ses côtés. Avec lui, elle pouvait échanger sur les vidéos, sur le choix des marques partenaires, sur les contrats. Avec lui, elle pouvait parler du planning des week-ends à venir et des résultats scolaires des enfants. Des projets à court et à moyen terme. Mais ce qu'elle avait ressenti ce jour-là, cet arrière-goût amer qui l'avait poursuivie, elle n'aurait pas pu lui en parler.

Ce jour-là Sammy s'était interposé.

Ensuite il était redevenu ce petit garçon sage, réfléchi, concentré, qui ne se plaignait jamais.

Lorsque Mélanie parvint à s'extraire de ses pensées, Sammy était toujours assis à table. Il avait terminé son yaourt et la regardait. Elle tenta de lui sourire. Il descendit de sa chaise, du bout du pied ouvrit la poubelle pour jeter le pot vide et déposa sa petite cuiller dans le lave-vaisselle. Puis, sans un mot, il s'approcha d'elle.

Alors l'espace d'un instant elle crut lire sur son visage la phrase qu'il ne prononcerait jamais : « C'est de ta faute. Tout ça c'est de ta faute. »

BRIGADE CRIMINELLE – 2019

DISPARITION DE L'ENFANT KIMMY DIORE

Objet :

Procès-verbal d'audition de Loïc Serment.

Réalisée le 12 novembre 2019 par Cédric Berger, capitaine de police en fonction à la Brigade criminelle de Paris.

Il a été précisé à monsieur Serment qu'il était entendu en tant que témoin et pouvait à tout moment interrompre l'entretien.

Sur son identité :

Je me nomme Loïc Serment.

Je suis né le 08/05/1988 à Villeurbanne.

Je demeure au 12 rue de la Truelle, à Lyon (69).

Je suis pacsé.

Je gère la chaîne le Chevalier du Net.

Sur les faits (extraits) :

Ma chaîne consiste à décrypter les tendances de YouTube. Je l'ai créée en 2014 et j'ai aujourd'hui plus d'un million d'abonnés. J'évoque les dérives d'Internet et de YouTube en particulier. On m'appelle le justicier du Net, je me considère plutôt comme un lanceur d'alerte. J'ai fait partie des premiers à dénoncer l'exploitation commerciale des enfants sur YouTube. J'ai publié plusieurs vidéos sur le sujet : *Le scandale des enfants influenceurs* en 2016, *Les chaînes familiales dans le collimateur* et *Oui, les pédophiles récupèrent vos images privées* en 2017. Mais sur ce sujet, la vidéo qui a fait le plus de buzz, c'est celle que j'ai postée l'année dernière : *Les petits esclaves de YouTube*. C'est moi qui ai lancé la première pétition contre ces chaînes. Ça a attiré l'attention des médias. Alors forcément, tous ces parents, je ne peux pas vous dire qu'ils me portent dans leur cœur. Tout ça est resté lettre morte pendant longtemps. Certes, les parents gagnent beaucoup d'argent, mais YouTube aussi, si vous voyez ce que je veux dire... (...)

Oui, c'est la guerre entre certaines chaînes. Kimmy et Sammy ont aujourd'hui cinq millions d'abonnés, tandis que Minibus Team plafonne à deux millions, pourtant Fabrice Perrot a commencé avant elle. Il est furax. Il a investi dans du gros matos, il cherche par tous les moyens à augmenter son audience. Quand vous regardez les vidéos, ses filles ont souvent l'air crevées, blasées, il n'y a que lui qui fait semblant de s'amuser. Elles tournent à des cadences inadmissibles. Il suffit de faire le calcul. Tourner une vidéo, ça prend du temps. Je peux vous dire qu'elles ne doivent pas faire grand-chose à côté, à part dormir, et encore, quand il ne les réveille pas à trois heures du matin pour un *prank*. Lui et Mélanie Claux règlent leurs comptes par vidéos et rumeurs interposées. De mon point de vue, c'est bonnet blanc et blanc bonnet : enfants esclaves et rythme stakhanoviste. Parce que YouTube, c'est une chose, mais quand ils ont compris que cela n'allait pas durer, ils ont diversifié leurs positions : création de chaînes secondaires au nom des parents et lancement des comptes Instagram pour tout le monde. L'objectif est clair : occuper le terrain. Tout est déjà en place pour contourner la future loi. Maintenant, certaines familles tournent même des lives. Oui, des lives, vous vous rendez compte ? (...) Eh bien cela signifie que quand les enfants sont à la piscine, au supermarché, à la fête de l'école, tout est transmis en direct sur le compte Instagram. Les abonnés peuvent réagir ou poser des questions. Succès garanti. (...)

Pour moi, ces enfants sont victimes de violence intrafamiliale. On en reparlera, vous verrez. Je prends les paris. Les parents prétendent que c'est un loisir – qui rapporte des millions –, moi, j'appelle ça du travail dissimulé. Un travail pénible, harassant, et dangereux, quoi qu'ils en disent. Un travail qui isole ces mineurs et les expose au pire. (...)

L'intimité est un mot que ces gens ne connaissent pas. Regardez comme ils filment leurs gamins, à peine réveillés, devant leur bol de petit-déjeuner, quand ce n'est pas dans le bain, je n'invente rien. Il suffit de regarder ces images pour comprendre qu'il s'agit d'un abus. Oui, un abus d'autorité. De pouvoir. Les bons petits soldats répètent les mêmes phrases apprises par cœur, *hello les Minibus friends*, *coucou les happy fans*, *salut les doudou's adorés*, ils font des *poutous-bisous*, ou des *bisous d'étoiles*, et *surtout, n'oubliez pas de vous abonner*, et *le petit pouce vers le haut pour nous liker*. Ils ont appris à sourire comme les singes savants apprennent leur numéro. Vous croyez qu'ils peuvent dire « non, je n'en peux plus, j'arrête », quand la famille entière vit des revenus de ces vidéos ? (...)

Moi je ne crois pas qu'un enfant de trois ans rêve d'être une star de YouTube... Ils sont embrigadés dès le plus jeune âge comme ils le seraient dans une secte. Les fondamentaux ont été adoptés une bonne fois pour toutes : je suis youtubeur donc je suis heureux. Moi j'appelle ça un régime totalitaire. Mélanie Claux vous a peut-être dit que j'étais son ennemi. C'est vrai. Et de tous les parents qui exploitent leurs enfants. (...)

Mes vidéos ont suscité beaucoup de commentaires et de soutiens, y compris de la part des jeunes. Attention, il ne faut pas croire, tous les jeunes n'adhèrent pas à ce système. Beaucoup sont choqués. Parce que le vrai problème, c'est qu'il n'y a pas que ces deux ou trois chaînes dont on parle le plus. Il y en a des dizaines qui ont mille, dix mille, trente mille, cent mille abonnés, gérées par des parents qui rêvent de gagner autant d'argent. Aujourd'hui, rien n'empêche ces parents de filmer leurs enfants toute la journée et d'en faire commerce. (...)

Un jour, il faudra aussi parler des enfants qui regardent ça tous les jours. De la pub qu'ils avalent par kilotonnes à l'insu de tous. Ils ne sont pas quelques dizaines, ils sont des centaines de milliers. Manger du McDo, engloutir des bonbons Haribo, boire du Coca et du Fanta... Voilà l'idéal qu'on leur décrit. Un idéal de vie, n'est-ce pas ? Prenez deux heures de votre temps pour regarder, vous comprendrez de quoi je parle. Vous comprendrez les dégâts... (...)

Oui, bien sûr, je veux bien parler de Mélanie Claux. Je n'ai rien contre cette femme. Je l'ai croisée une fois, dans un salon professionnel, c'est elle qui est venue vers moi. Elle s'est montrée aimable. C'est une femme qui s'exprime bien, toujours très polie. À l'époque j'avais fait une ou deux vidéos sur le sujet, elle voulait me convaincre que je me trompais. Elle voulait que je comprenne qu'elle était une bonne mère, soucieuse du bien-être de ses enfants, de leur scolarité, une mère hyper présente, attentive, tout ce qu'elle ne cesse de mettre en scène. Je n'ai pas cherché à discuter, je l'admets. Je me suis dit : « Nous ne sommes pas du même côté. » (...)

Je sais que sa fille a disparu. Je le sais parce que j'ai mes antennes un peu partout pour suivre ce qui se passe sur Internet. Vous avez de la chance que les médias n'aient pas encore lâché le morceau, mais il y a forcément des fuites. Les gens sont connectés, ça va vite. Très vite. Le silence ne va pas durer. (...)

Non, je ne connais pas Tom Brindisi. (...) Il m'a laissé des commentaires sur ma page YouTube ? Un million de personnes me suivent, vous savez. Surtout des jeunes. Non, je ne l'ai jamais vu, je ne lui ai jamais parlé. (...)

Je suis bien désolé pour eux, j'espère de tout cœur que la petite va bien et qu'elle pourra bientôt rentrer chez elle. Mais je ne suis pas si étonné. Quand vous racontez votre journée du matin au soir, quand vous montrez votre belle maison, vos beaux enfants, et tous ces cadeaux que vous accumulez à ne plus savoir quoi en faire, vous avez beau appeler les gens *mes chéris*, leur faire des *poutous-bisous* ou des *bisous d'étoiles*, vous avez beau leur faire croire qu'en s'abonnant ils vont faire partie de votre famille, il arrive un moment où quelque chose se met en travers de votre chemin. Un moment où vous devez vous rendre compte que ce que vous faites n'est pas bien.

Il arrive un moment où quelqu'un se fâche et vous tape sur les doigts.

Au cours de la troisième journée suivant la disparition de Kimmy Diore, les yeux brûlants, la nuque douloureuse, Clara avait relu avec attention les procès-verbaux d'audition déposés dans sa bannette par ses collègues, puis elle avait classé les premiers retours des laboratoires.

Autour d'elle, dans le silence ou l'effervescence, l'enquête se poursuivait. À l'autre bout du couloir, la salle de crise se réunissait maintenant toutes les quatre heures.

Le gardien, sa femme, et tous les voisins de la résidence avaient été entendus. Par un recoupement des témoignages, les entrées et sorties dans le parking avaient été listées et minutées mais la voiture rouge, aperçue entre 17 h 55 et 18 h 05, n'était toujours pas identifiée.

Renforcé de trois enquêteurs, le groupe Internet continuait de passer au crible toutes les adresses IP régulièrement connectées à Happy Récré. Parmi les spectateurs les plus fidèles de la chaîne, comme on pouvait s'en douter, il n'y avait pas que des enfants. L'utilisation d'images privées par les réseaux pédophiles avait été maintes fois démontrée. Cela n'empêchait pas des milliers de parents de publier chaque jour des photos de leur progéniture. Quelques profils connus de la Brigade de protection des mineurs avaient été rapidement repérés. Il fallait à présent les convoquer, les interroger, et vérifier leur emploi du temps.

À mesure que les heures passaient, l'hypothèse d'une demande de rançon s'éloignait, laissant place à des scénarios plus obscurs. Parmi cette multitude d'enfants exposés en culotte, en tutu, en justaucorps, en maillot de bain, un psychopathe avait peut-être choisi Kimmy.

Dans l'après-midi, Cédric Berger avait perdu un temps fou à essayer d'obtenir le fichier des anciens propriétaires ou locataires ayant bénéficié d'un accès au parking. Le syndic était supposé garder trace de tous les bips fournis, lesquels, on le savait, étaient rarement restitués. Mais en 2017, la résidence avait changé de prestataire. L'ancien syndic, injoignable pendant le week-end, avait fini par répondre dans la matinée. Comme souvent, Cédric avait activé le haut-parleur afin que Clara, plongée dans ses procès-verbaux, ne perde rien de l'échange. D'un ton obséquieux, l'ancien gestionnaire avait expliqué au chef de groupe que les archives venaient d'être délocalisées dans un espace de stockage situé à Bagnolet. Si, par chance, l'historique avait été conservé – car rien n'était moins sûr –, il fallait faire une demande d'extraction en remplissant un formulaire, lequel devait être visé par le directeur. Celui-ci ayant pris quelques jours de congé, la réponse risquait d'être retardée.

D'abord ferme, et néanmoins poli, Cédric avait fini par

se montrer menaçant : il était autorisé à perquisitionner. Ce à quoi le gestionnaire lui avait répondu, sur ce même ton contrit, qu'il transmettait son message à qui de droit et qu'on ne manquerait pas de le rappeler.

Après avoir hurlé « la vie d'un enfant est en jeu ! », Cédric avait raccroché. L'espace d'une seconde Clara avait craint de le voir renverser son bureau, comme il l'avait fait à deux reprises depuis le début de leur cohabitation (un signe d'impuissance plus qu'une perte de contrôle), mais le souvenir de sa hernie discale était sans doute trop présent.

— Qu'est-ce qu'on peut faire avec les connards, Clara, tu vois ce que je veux dire, les vrais gros connards ?

Il avait réfléchi quelques secondes avant d'ajouter :

— J'y vais avec Sylvain. Crois-moi qu'ils ont intérêt à retrouver leurs putains d'archives s'ils ne veulent pas qu'on mette leurs nouveaux locaux très très en désordre.

Sur ces mots, il avait enfilé son manteau et avait disparu.

Vers dix-huit heures, alors que Cédric n'était pas encore rentré, Clara avait reçu les résultats des analyses ADN demandées en urgence. Sur doudou-sale, deux ADN de contact avaient été identifiés : celui de Kimmy et celui de sa mère. Les kleenex et les mégots prélevés dehors et dans le parking avaient révélé quant à eux une dizaine d'empreintes différentes. Malheureusement, aucune n'était répertoriée dans le fichier national.

Vers dix-huit heures trente, elle apprit que Mélanie Claux venait de renvoyer le négociateur de la BRI dont elle ne supportait plus la présence. La psychologue avait tenté de la voir mais elle avait refusé de quitter sa chambre.

Plus tard, Cédric avait appelé Clara. Il ressortait bredouille des bureaux du syndic. Cependant, il avait obtenu le rapatriement des archives délocalisées pour le lendemain matin.

La journée avait été longue et polluée par de multiples contrariétés, elle décida de rentrer chez elle.

Quand Clara ouvrit la porte de son appartement, elle sentit son corps se relâcher, prenant conscience de la contraction de ses muscles au moment où celle-ci se desserrait. Rester sur le qui-vive des heures durant sans que rien ne se passe était, de loin, ce qui l'épuisait le plus. Elle l'avait maintes fois constaté. Elle fit couler un bain, prenant soin de garder son téléphone à portée de main, puis inspecta le contenu du réfrigérateur. Un peu de tarama, un reste de carottes râpées (où avait-elle lu que leur conservation, au-delà de vingt-quatre heures, était fortement déconseillée ?) et quelques tranches de pain de mie passées au grille-pain feraient l'affaire.

Pour la première fois depuis longtemps, une mélancolie familière venue du plexus se diffusa dans sa poitrine. La sensation physique de la solitude l'étreignit. Elle songea à appeler Thomas. C'est avec lui qu'elle avait besoin de partager ces dernières heures. Avec lui et avec personne d'autre. Raconter l'attente, l'angoisse, et la vie d'une petite fille au cœur d'une enquête sans élément tangible. En presque dix années, elle avait vu de près toutes sortes de drames, de blessures et de tragédies. Mais jusque-là, elle n'avait jamais enquêté sur la disparition d'un enfant. Et pour la première fois, assise entre ses piles de dossiers, elle avait le sentiment d'être hors jeu.

Quand ils s'étaient séparés, Thomas avait demandé sa mutation. Il voulait s'éloigner d'elle, de Paris, se donner une chance de vivre autrement. Après son départ, c'est elle qui avait pris l'initiative de lui écrire. Il n'était pas le premier homme avec qui elle rompait de cette manière – brutale, injuste –, mais le seul avec lequel elle avait souhaité maintenir un contact. Car lorsqu'il était parti, elle avait dû se rendre à l'évidence : le silence n'était pas supportable. Elle ne pouvait se résoudre à vivre sans nouvelles de lui. Elle voulait savoir ce qu'il devenait, s'il aimait son nouveau métier, s'il s'était bien adapté à la ville, s'il avait rencontré des gens. À ses premiers messages, Thomas n'avait pas répondu. Constante, elle avait continué à écrire et à raconter : le déménagement au Bastion, la reconfiguration des groupes, les difficultés pour se garer, et autour de l'immeuble ces travaux qui n'en finissaient pas. Les petites et les grandes histoires. Les doutes et les victoires. Pendant longtemps, ses e-mails étaient restés sans réponse. Elle ne savait même pas si Thomas les lisait. Pourtant, consciente de faire preuve d'un certain égoïsme, elle avait continué d'écrire. Et puis un jour, enfin, il avait répondu. Au début factuel, laconique, il avait lui aussi peu à peu cédé au récit. Son rôle au centre de formation des commissaires, ces valeurs qu'il avait toujours essayé de transmettre, sa nouvelle vie. Il s'était installé à quelques kilomètres de Saint-Cyr-au-Mont-d'Or, dans un joli village, et n'allait que rarement à Lyon. Il semblait heureux. Clara chérissait ce lien à distance et redoutait le jour où il lui annoncerait qu'il avait rencontré quelqu'un. Car alors, elle en était sûre, ce lien serait rompu. De fait, depuis quelques semaines, leur correspondance s'était espacée. Il mettait davantage de temps à répondre. Elle s'efforçait de respecter son rythme.

Ce soir, plus que jamais, elle avait envie de lui écrire, de lui parler. Et elle aurait donné n'importe quoi pour qu'il soit là.

Lorsqu'elle arrêta l'eau du bain, elle constata qu'il était beaucoup trop chaud. Elle se composa un plateau-repas à la hâte et s'installa devant l'écran de son ordinateur. En quelques clics, elle afficha sur YouTube la page d'accueil de la chaîne Happy Récré. Une cinquantaine de vignettes apparurent, correspondant aux vidéos les plus populaires. Sous chacune, le nombre de vues réalisées était actualisé en temps réel. En grignotant, Clara commença par regarder quelques vidéos. Elle avait découvert la veille qu'elle pouvait les trier par date (de la plus ancienne à la plus récente, ou bien l'inverse). Il y en avait des centaines.

Commencer par le début, revenir à l'origine…

Quand elle releva la tête, trois heures s'étaient écoulées. Elle s'étira pour dégourdir son dos et ses articulations. Dans la salle de bains, l'eau était froide. Elle ouvrit la bonde pour vider la baignoire et éteignit la lumière.

Malgré la fatigue, il lui semblait impossible de se coucher.

Elle s'assit de nouveau face à l'ordinateur, reprit le

fichier sur lequel elle prenait des notes et tentait, depuis le premier soir, de théoriser.

Il fallait nommer les images, les décrire, les ordonner.

Il fallait les extraire de cet espace infini, sans contours, où elles étaient à la fois dissimulées et surexposées. De cet espace où elles généraient des millions de vues, à l'insu du reste du monde. De cet espace où elles échappaient paradoxalement à toute forme de contrôle.

Il fallait les déplacer dans le monde réel.

Pour cela, les mots étaient sa seule arme.

Pour que d'autres prennent la mesure de ce qu'elle avait vu – ceux qui ne regardaient et ne regarderaient jamais ces images, ceux qui ignoraient jusqu'à leur existence –, il fallait continuer de les écrire.

Les décrire noir sur blanc.

Oui, voilà ce qu'elle devait faire, même si c'était un paradoxe, même si cela n'avait aucun sens.

Même si cela ne servait à rien.

Car face à l'écran, pendant trois heures, à voix haute elle n'avait cessé de répéter : « Il faut le voir pour le croire. »

BRIGADE CRIMINELLE – 2019

DISPARITION DE L'ENFANT KIMMY DIORE

Objet :

Synthèse rédigée par Clara Roussel à propos des vidéos de la chaîne Happy Récré disponible sur YouTube.

À raison de deux ou trois vidéos par semaine, entre 500 et 700 vidéos ont été tournées par les enfants depuis le lancement de la chaîne.

Ces vidéos ont fait l'objet de plus de 500 millions de vues.

La chaîne est suivie actuellement par 5 millions d'abonnés.

Au-delà du traditionnel *unboxing* (ouverture de colis, de jouets ou de friandises), les vidéos les plus populaires sont celles mettant en scène des jeux ou des défis filmés à la maison.

La consommation est au cœur de la plupart des scénarios. Acheter, déballer, manger sont les principales activités des enfants.

En dehors de la maison, les supermarchés, les parcs d'attractions, les salles de jeux vidéo sont les décors secondaires les plus appréciés des abonnés.

Entre 2015 et 2017, Mélanie Claux n'apparaît pas encore à l'écran. En off, sa voix guide les enfants et commente leurs gestes.

À partir de 2017, elle commence à se montrer. On peut noter ensuite l'évolution assez rapide de sa coupe de cheveux et de son maquillage. À mesure qu'elle devient plus présente, son look se précise : elle est généralement vêtue de rose ou de blanc, aime le satin et les paillettes. Son apparence fait clairement référence aux personnages féminins de Walt Disney. Les enfants restent néanmoins au centre des vidéos.

Au fil du temps, les formats, le montage et les effets graphiques se professionnalisent. Les enfants jouent parfois des rôles écrits, visiblement appris par cœur. Il s'agit toutefois de garder cette impression de film amateur et d'immersion dans la famille qui permet l'identification maximale du spectateur.

À mesure qu'ils grandissent, l'attitude des enfants évolue.

Au tout début, Kimmy ne prête aucune attention à la caméra. Seuls les jeux et l'assentiment de sa mère l'intéressent. Le frère et la sœur regardent leur mère, hors champ.

Peu à peu, et à mesure que le décor se transforme (notamment avec la création du studio familial), les enfants maîtrisent le regard vers l'objectif.

De même, progressivement, leurs tenues changent. Au début, Kimmy et Sammy portent des vêtements neutres. À partir de 2017, chaque vidéo les met en scène dans une tenue différente : tee-shirts ou sweat-shirts siglés au nom des différentes marques partenaires de la chaîne ou à l'effigie de leurs principaux héros. Jamais deux fois la même.

Dès la fin 2016, la grammaire et le langage se précisent. Kim et Sam répètent systématiquement les mêmes phrases au début et à la fin de chaque vidéo, incitant les internautes à s'abonner à la chaîne et à leur attribuer des likes.

Gimmick du début : « Salut les happy fans, on espère que vous allez tous bien. Nous on va très très bien ! » Ensuite la voix de Mélanie prend généralement le relais pour confirmer que tout le monde va vraiment bien et interroger ses enfants sur le défi du jour (jeu ou déballage de cadeaux) comme s'ils en décidaient eux-mêmes et qu'elle le découvrait en même temps que le spectateur.

Gimmick de fin (Kim et Sam parlent à tour de rôle, ou en chœur) : « Bye bye les happy fans ! Si vous aimez cette vidéo, n'hésitez pas à la partager ! On vous fait plein de bisous d'étoiles et on vous adore. N'oubliez pas le petit pouce vers le haut et surtout : abonnez-vous ! »

Courant 2017, en réponse aux attaques dont la chaîne fait l'objet, Sammy tourne une vidéo avec sa sœur. Face caméra, sourire un peu crispé, il explique qu'il a toujours rêvé de devenir youtubeur et que son rêve s'est réalisé. Le texte est clairement écrit et récité. À côté de lui, les mains posées à plat sur les genoux, Kimmy acquiesce en silence. Sammy se lève et exécute une sorte de pas de danse, puis remercie « du fond du cœur » tous ceux qui les soutiennent et qui les aiment. Il conclut par ces mots : « Nous devons être un exemple pour les autres enfants qui ont des rêves, et leur montrer qu'il faut toujours croire en soi. »

Depuis quelques mois, l'enthousiasme de Kimmy semble faiblir. Malgré un montage dynamique et des effets de plus en plus présents, les réticences de la petite fille ou sa fatigue – qu'elle dissimule moins bien que son frère – sont parfois perceptibles.

Dans certains épisodes tournés récemment, son regard s'échappe parfois, comme si tout cela ne la concernait pas. Elle décroche, n'écoute plus, ne regarde plus la caméra, généralement rappelée à l'ordre par sa mère.

Comme un bon petit soldat, elle se force alors à sourire.

*

Certaines vidéos de Happy Récré dépassent aujourd'hui 25 millions de vues.

Les défis alimentaires constituent les plus gros succès de la chaîne. À l'ère du bio et du vegan, 80 % des produits présentés par Kimmy et Sammy relèvent de la malbouffe (boissons sucrées, fast-food, friandises).

Le recours au vocabulaire anglais dans l'intitulé des jeux est systématique, l'inspiration venant clairement des chaînes anglo-saxonnes. D'une manière générale, les vidéos de Happy Récré sont semblables à celles de Minibus Team, de La Bande des doudous et d'autres chaînes concurrentes, les unes s'inspirant des autres.

Toutes ces vidéos obéissent au même ressort dramaturgique : la satisfaction immédiate du désir. Kimmy et Sammy vivent le rêve de tous les enfants : acheter tout, tout de suite.

Kim et Sam sont régulièrement invités pour faire la promotion des parcs d'attractions et des salles de jeux. Les week-ends sont presque tous consacrés à ces déplacements.

Au moins une fois par an, Kim et Sam rencontrent leurs fans lors d'un meet-up. Ces rencontres ont lieu dans des parcs d'attractions, sont filmées, et font elles-mêmes l'objet d'une nouvelle vidéo. Kim et Sam sont accueillis comme des stars. Parqués derrière des barrières, les fans font la queue et, après une longue attente (deux heures en moyenne), repartent avec une photo dédicacée. Les plus chanceux peuvent faire un selfie avec les enfants.

Un certain nombre de vidéos ont pour objectif de faire la promotion des produits dérivés lancés par la famille (agendas, jeux de société, cahiers de textes, stylos).

Quelques jours avant la disparition de Kimmy, Mélanie Claux poste une vidéo intitulée *La vérité sur Happy Récré*, où elle apparaît seule. Pour la première fois, elle ne lance aucun jeu et ne fait la promotion d'aucun produit. Son ton est grave. Il s'agit de répondre aux attaques diverses qui se multiplient sur les réseaux sociaux.

Mélanie Claux évoque le projet de loi visant à encadrer l'activité des enfants sur YouTube, qui est à l'étude et qu'elle affirme soutenir. Elle et sa famille respectent déjà toutes les règles à venir. Quelques allusions à des chaînes concurrentes « moins scrupuleuses » jalonnent son discours. Elle évoque par ailleurs des rumeurs les concernant (déscolarisation des enfants, harcèlement dont Sammy aurait été victime à l'école) qu'elle dément avec fermeté. Elle répète plusieurs fois que tout va très très bien pour tout le monde et finit par conclure : « Nous formons une famille très unie. Nos enfants sont très heureux, ils ont une maman qui s'occupe beaucoup d'eux, voilà sans doute ce qui provoque tant de jalousies. Nous sommes plus forts que toutes ces médisances. Nous savons que vous, vous êtes là, et que vous nous aimez. Tout ce qui nous arrive, c'est grâce à vous. Nous aussi, on vous aime très très fort et nous vous remercions du fond du cœur : merci, merci, merci ! »

Au matin du quatrième jour après la disparition de leur fille, Mélanie Claux et Bruno Diore reçurent une enveloppe blanche à bulles de taille standard. Une main enfantine avait écrit le nom de Mélanie (seulement le sien) et leur adresse complète, bâtiment et étage compris. Un enfant très jeune – peut-être Kimmy – avait recopié les mots. Bruno observa l'écriture appliquée et une sueur glaciale glissa le long de son dos. Lorsqu'elle comprit de quoi il s'agissait, malgré les impérieuses consignes qui leur avaient été répétées, Mélanie se jeta sur le courrier et le déchira.

— Ne fais pas ça ! hurla Bruno.

Elle ignora les protestations de son mari et glissa la main à l'intérieur de l'enveloppe. Elle en ressortit un polaroïd, sur lequel elle découvrit Kimmy. Cadrée de près, la petite fille était assise par terre, adossée à un mur blanc. Face à l'image, Mélanie se retint de hurler. Au fond de l'enveloppe, elle trouva ensuite une sorte de petit fagot. À mieux l'observer, le paquet avait été fabriqué à partir d'une feuille de papier de soie, pliée en plusieurs morceaux et fermée par du scotch. Il était accompagné d'un mot inscrit sur une carte lisse. Mélanie lut le message et en une seconde le tremblement de ses mains gagna tout son corps.

Bruno attrapa le carton et découvrit le texte à son tour.

SI TU VEUX REVOIR TA FILLE,
FAIS EXACTEMENT CE QUE JE DIS.
FILME-TOI QUAND TU OUVRIRAS LE PAQUET.
ET *PUBLIE LA VIDÉO*

Il se redressa.

— Ne touche plus à rien !

Mélanie s'était figée, le paquet serré dans son poing.

— Il faut prévenir Cédric Berger. Il y a des empreintes à prélever là-dessus, on va tout saloper. Ils nous l'ont répété vingt fois, Mel, s'ils nous contactent ou si on reçoit quoi que ce soit, on doit les appeler tout de suite !

Son ton était soudain devenu très ferme. Il s'approcha d'elle et tenta de desserrer ses doigts.

— Non, non, supplia-t-elle, écoute-moi ! On va d'abord faire ce qu'ils disent et, ensuite, on appelle. Je te le promets.

Pendant quelques secondes ils se défièrent du regard.

Bruno n'avait jamais vu sa femme dans cet état. Ses lèvres s'étaient vidées de leur sang et ses yeux étaient ceux d'une folle.

Il se dirigea vers la cuisine et revint avec un paquet de gants en latex qu'elle utilisait de temps en temps pour le ménage. Il en sortit une paire et la tendit à Mélanie.

Sans un mot, elle s'installa devant la table et, après

une hésitation, opta pour la position assise. Bruno alla chercher la caméra, la posa sur un pied et l'alluma. Dans le viseur, il vérifia que Mélanie était bien cadrée et se tint prêt à déclencher l'enregistrement.

Elle enfila les gants, inspira profondément, et entreprit d'ouvrir le petit fagot.

Il filmait.

Quand elle découvrit ce que le papier contenait – de là où il était, une chose qui semblait minuscule et presque invisible –, elle poussa un hurlement.

Elle s'effondra en larmes et il coupa la caméra.

Bruno s'approcha. Ses jambes ne le portaient plus. Déconnectées l'une de l'autre, elles flageolaient et ne semblaient obéir que partiellement à son cerveau.

Avant de regarder ce que sa femme avait découvert, il prit lui aussi le temps de s'asseoir, conscient de différer une vision qui risquait de l'anéantir.

Puis il se pencha sur le papier rose, où il vit un ongle d'enfant, lisse et propre. Arraché de l'index ou du majeur, à en juger par sa taille.

Il se retint de mettre un coup de poing dans le mur, attrapa son portable et composa le numéro de Cédric Berger.

Dans les cas de disparition de mineurs, l'auteur présumé est généralement désigné par *il* : hors de la sphère familiale, les homicides et les viols d'enfants sont, dans 98,7 % des cas, commis par des hommes. Lors d'un enlèvement avec demande de rançon, le pluriel s'impose : les ravisseurs ne tarderont pas à préciser leur demande. La langue épouse les statistiques.

Pourtant, même après avoir reçu l'enveloppe contenant la photo de Kimmy Diore et son étrange requête, les enquêteurs continuaient d'utiliser le singulier. Sans raison apparente, l'inconscient de la Brigade envisageait un homme qui avait agi seul. Au lendemain de l'enlèvement, *il* avait donc posté ce courrier quelque part, dans l'une des boîtes du Xe arrondissement de Paris. Affranchie avec un timbre vert, non prioritaire, la lettre avait mis deux jours pour parvenir à Mélanie Claux. Le ravisseur n'était pas pressé. Sur le polaroïd, les vêtements et les chaussures de la petite fille étaient bien ceux qu'elle portait le jour de sa disparition. Kimmy regardait l'objectif avec un air sérieux, concentré, aucune trace de contention ni de blessure n'était visible. Les instructions qui accompagnaient le paquet avaient été écrites à la main, en lettres capitales. Mais Clara n'avait pas tardé à découvrir un second message, griffonné au crayon sur le papier de soie qui entourait l'ongle : « N'oublie pas la vidéo, sinon la prochaine fois tu recevras un doigt. »

Un double message, une écriture à la main. On pouvait y voir une forme d'amateurisme ou d'improvisation. Peut-être un trompe-l'œil.

— Ou une stratégie retorse, conclut Lionel Théry.

Face à ses équipes, le patron affichait sa perplexité.

Depuis le début, la Brigade criminelle attendait une demande de rançon. Cette hypothèse, ainsi que la notoriété de l'enfant, avait conduit le Parquet à la saisir du dossier. Pour l'instant, le ravisseur ne demandait qu'une chose. Que Mélanie poste une vidéo.

— Pas n'importe laquelle néanmoins, précisa Clara. Une vidéo d'*unboxing*, comme ses enfants en ont tourné des centaines.

Après un court silence, elle ajouta :

— Mais cette fois, c'est elle qui ouvre le paquet.

Selon les experts, la photo datait du lendemain de la disparition. L'ongle reçu était bien celui d'un enfant de six ans, mais il avait été nettoyé, rendant peu probable le succès d'une analyse plus précise.

La Brigade devait maintenant prendre une décision : accéder ou non à la demande du ravisseur. En cas de demande de rançon, la stratégie consistait généralement à gagner du temps. Pour l'instant le ravisseur ne demandait pas d'argent. Il ne donnait pas de rendez-vous. Il ne réclamait rien d'autre qu'une vidéo qu'il pourrait voir de chez lui ou de n'importe quel cybercafé, invisible parmi la multitude de fans ou de curieux qui ne manqueraient pas de la regarder en boucle, sans parler de l'algorithme qui, en vertu de sa viralité probable, continuerait longtemps à la promouvoir. Fallait-il céder, en espérant que le ravisseur précise ensuite ses exigences, ou bien attendre, au risque de recevoir une autre preuve de sa détermination ? Les avis étaient partagés. Après un débat sous haute tension, Lionel Théry trancha. Il fallait faire un pas dans *sa* direction. L'obliger à sortir du bois, à établir un contact, à se manifester de nouveau.

Mélanie Claux allait donc accomplir ce qu'il exigeait d'elle. Une nouvelle discussion s'engagea pour savoir sur quel média il fallait diffuser la vidéo, Clara fut formelle : YouTube était le lieu de l'*unboxing*.

Vers dix-neuf heures, depuis les bureaux du Bastion où son ordinateur était toujours saisi, Mélanie Claux publia donc sur la chaîne Happy Récré la vidéo tournée par son mari. Avec pour seul titre la date du jour, celle-ci durait une quarantaine de secondes et n'était accompagnée d'aucun commentaire. On y voyait Mélanie ouvrir le paquet, crier, puis cacher son visage dans ses mains. Muettes, brèves, énigmatiques, ces images n'en contenaient pas moins une réelle intensité dramatique. Quiconque les découvrait pour la première fois, même hors de leur contexte et dépourvues de toute explication, comprenait qu'il ne s'agissait pas d'un canular ni d'une mise en scène. La vidéo, aussi courte soit-elle, convoquait le spectateur dans un drame. La souffrance de Mélanie devenait un spectacle, dont la violence implicite garantirait sans aucun doute la viralité et le succès.

Peut-être était-ce très précisément l'effet recherché.

De fait, dès que la vidéo fut mise en ligne, la rumeur jusque-là plus ou moins contenue déferla en quelques secondes sur tous les réseaux sociaux : Kimmy Diore avait été kidnappée. Les images de Mélanie Claux furent dupliquées et commentées à l'infini. La plupart des interprétations convergeaient vers la même conclusion : la mère avait reçu une phalange de l'enfant.

Clara venait d'avoir treize ans quand ses parents avaient enfin accepté d'acheter une télévision. Après des années de vaines discussions et de refus réitérés, elle avait dû déployer les grands moyens : campagne d'affichage sur les murs du salon et de la cuisine, création d'un mouvement de contestation *in situ*, pétitions et distribution quotidienne de tracts. Un comité de soutien, réunissant son chien Mystic, sa cousine Elvira et son cousin Mario, s'était rapidement constitué. Un premier sitting sous les fenêtres de l'appartement avait ébranlé les convictions parentales, un second devant la loge du gardien – destiné à rallier de nouveaux sympathisants – avait eu raison de leur détermination. Clara avait fini par obtenir gain de cause. Enfin, elle allait pouvoir discuter avec ses copines de *Charmed*, de *Friends* et de *Docteur Quinn*. Elle dut attendre Noël pour que sa victoire se concrétise. Chez Darty, Réjane et Philippe avaient choisi un poste de taille moyenne, auquel il avait fallu trouver une place dans le salon. Quelques mois plus tard, Philippe regardait régulièrement *Arrêt sur images* et *Des mots de minuit* tandis que Réjane ne ratait aucun épisode d'*Urgences*. Si le temps passé par Clara devant le poste restait officiellement réglementé, les nombreuses activités de ses parents à l'extérieur lui laissaient une marge de transgression non négligeable, sur laquelle Philippe et Réjane fermaient les yeux.

Le soir, quand ils étaient tous les trois à la maison, Philippe aimait s'asseoir à côté d'elle pour analyser les images. Peu à peu, il lui avait appris à décrypter la fabrique du spectacle médiatique : l'emploi du conditionnel pour pallier l'absence d'information, les raccourcis du journal de vingt heures, la dramaturgie des reportages ou des magazines économiques, et l'irréductible fiction des programmes de téléréalité. Philippe s'intéressait en particulier aux premières chaînes d'information continue, à leur grammaire, à leur vocabulaire, et à leur fantastique aptitude à meubler le vide. Clara et lui avaient inventé un sketch, « L'envoyé-sur-place-en-direct-du-Grand-Rien », qu'ils ne rataient pas une occasion de se jouer.

Clara l'avait compris une fois adulte, alors que ses parents n'étaient plus là : elle avait été la fille unique et choyée d'un couple d'amoureux militants. Parmi leurs amis, Réjane et Philippe avaient été les premiers à avoir un enfant. Ils étaient très jeunes quand elle était née et ils l'avaient emmenée partout. Clara avait été de toutes les fêtes, de tous les pique-niques, de toutes les réunions. Parmi les anecdotes cent fois racontées, la fête qui avait suivi la première manif à laquelle Clara, âgée de quelques mois, avait participé était l'une de ses préférées. Arrivés en début de soirée, Réjane et Philippe avaient déposé sur le lit de leurs hôtes le couffin dans lequel elle dormait. Puis d'autres amis et d'autres gens étaient arrivés. Serrés dans le petit salon, ils avaient bu et discuté. Deux heures plus tard, Réjane avait découvert le couffin enseveli sous un tas d'écharpes et de manteaux. Dans lequel, impassible, elle dormait toujours. La frayeur rétrospective était entrée dans la légende familiale et Philippe en avait conclu que sa fille ne manquerait jamais d'air.

Elle avait grandi au milieu des conversations d'adultes, bercée par les mots reproduction, domination, violence, insoumission, combat, et bien d'autres encore. Enfant, Clara avait une conscience aiguë de la misère du monde et du privilège d'être née au bon endroit. Lorsqu'à six ans elle avait cessé de grandir, parmi les hypothèses envisagées pour expliquer l'arrêt de sa croissance, la chute n'avait pas été la seule. Pendant quelques mois, Clara avait vu un psychologue qui s'inquiétait de sa maturité et d'une lucidité qu'il jugeait préoccupante pour son âge. Avec fermeté, il avait recommandé à ses parents de la tenir à l'écart de certaines discussions.

De son éducation, elle avait gardé le souci de l'exigence et l'esprit de résistance. Elle tentait de prendre part aux choses sans cesser de s'interroger. Et c'est avec ce même regard qu'elle appréhendait son travail. Elle pensait souvent à l'amour que ses parents avaient l'un pour l'autre. Il avait été pour elle une source d'équilibre. Une force, indéniablement.

Mais aujourd'hui, au centre de cette mythologie que rien ne pourrait nuancer ni contredire, cet amour était devenu un modèle inaccessible.

Certaines affaires réactivaient les souvenirs, les traumas. Ils en parlaient parfois entre flics, du bout des lèvres, mais il était rare qu'ils admettent qu'ils éprouvaient de l'empathie, de la haine, ou qu'une histoire résonnait plus fort qu'une autre. Ils devaient montrer leur solidité. Leur sang-froid. Pas leurs affects. Un soir, elle s'en souvenait, Cédric avait rompu le silence. À Clara, il avait raconté combien les homicides conjugaux l'empêchaient de dormir. Son père était violent avec sa mère et à plusieurs reprises avait failli la tuer. Chaque fois que dans sa carrière il avait été confronté à cela, il avait senti son métabolisme se modifier. Il suffisait de quelques mots, de quelques images pour que circule dans son sang une inquiétude amplifiée, contre laquelle il avait appris à lutter.

Clara était sortie du Bastion une heure plus tôt. Elle avait d'abord différé sa descente dans le métro, puis, une fois de plus, avait décidé de rentrer à pied. Un bonnet de laine enfoncé sur la tête et les mains protégées par des gants, elle marchait maintenant le long de l'avenue de Saint-Mandé, consciente que la disparition de Kimmy Diore la renvoyait étrangement à la petite fille qu'elle avait été.

Et sans doute à celle qu'elle n'aurait jamais.

Comme ses collègues, Clara aimait travailler dans le silence, et à l'abri de la lumière. « Obscurs et sans gloire », telle avait été à une époque la devise, réelle ou fictive, des enquêteurs de la Crime.

La trêve, elle le savait, était terminée. Une bombe

venait d'exploser dans les médias et sur les réseaux sociaux. Désormais, les projecteurs seraient braqués sur eux : parents, famille, flics, voisins, et aucun n'échapperait au radar.

Une heure après la diffusion de la vidéo, une dizaine de journalistes faisaient déjà le pied de grue devant le Bastion. D'autres avaient investi la résidence du Poisson Bleu, d'autres encore avaient pris d'assaut les commerces alentour. Les envoyés-sur-place-en-direct-du-Grand-Rien étaient à l'œuvre. Le nez rougi par le froid et le micro à la main, ils resteraient là jusqu'à la fin, en quête d'anecdotes, d'hypothèses et de commentaires.

Quand Mélanie balayait l'écran de son téléphone portable vers la droite, une sélection d'informations récentes s'affichait. Des alertes dont le caractère spectaculaire, sensationnel ou scandaleux ne lui échappait pas, sans doute était-ce d'ailleurs la raison pour laquelle elle balayait son écran : le matin au réveil, dans la journée lorsqu'elle s'accordait quelques minutes de pause, aux toilettes, dans la file d'attente du supermarché, le soir, juste avant de se coucher. Si elle avait dû évaluer combien de fois dans une journée elle reproduisait ce geste, elle aurait été au-dessous de la réalité. Car celui-ci, une simple virgule dessinée du pouce, était devenu, pour elle comme pour beaucoup, une manière d'être reliée au monde, ou plutôt à la propension du monde à produire du drame.

Aussi, vers vingt-deux heures ce soir-là, Mélanie lut pour la vingtième fois les alertes apparues sur l'écran de son iPhone.

NEWS

lci.fr

EN DIRECT : la petite Kimmy, star de YouTube, a disparu depuis quatre jours.

bfmtv.com

LA VIDÉO DE L'ENFER. À la demande du ravisseur de sa fille, la mère de la petite Kimmy publie une vidéo.

ouest-france.fr

VIRUS DE LA TOMATE. Contamination confirmée dans une exploitation du Finistère.

leparisien.fr

ALLOCATION CHÔMAGE : ce qui va changer en 2020.

Météo

Châtenay-Malabry
Ensoleillé
Risque de pluie : 20 %

En temps normal, elle se serait arrêtée sur la première nouvelle et, par une curiosité naturelle pour le fait divers, aurait effectué des recherches complémentaires, malgré un vague sentiment de culpabilité. « Quelle horreur », aurait-elle songé, et son corps aurait éprouvé une émotion réelle, de peur et de chagrin mêlés, une sorte d'élan compassionnel doublé du soulagement de ne pas être concernée. Car elle le savait : il fallait entrevoir la catastrophe pour mesurer l'étendue de sa propre quiétude. Lorsqu'on a conscience que les vies basculent en un éclair dans des drames irrémédiables, la paix devient plus précieuse encore.

Sauf que cette fois ce n'était pas *une* petite fille qui avait disparu. C'était *sa* petite fille.

Dans la soirée, Mélanie Claux et son mari avaient été transférés sous un faux nom au TimTravel, un hôtel relativement récent, situé à une centaine de mètres du Bastion. Une suite junior, spacieuse et claire, avait été mise à leur disposition. Calfeutrés chez eux depuis la veille, les parents de Bruno avaient réussi jusque-là à protéger Sammy des photographes et à le tenir éloigné de la télévision.

Mélanie avait publié cette vidéo et, dans la seconde qui avait suivi, le compteur des vues s'était mis en marche.

Avant de se coucher, elle tourna en rond pendant quelques minutes, hésita, puis ne put s'empêcher de regarder le tableau de bord de sa chaîne. Les statistiques étaient automatiquement produites par YouTube.

Mise à l'honneur, sa nouvelle vidéo apparaissait sur la première page, accompagnée du commentaire suivant : « Votre dernière vidéo enregistre des performances exceptionnelles ! »

En pareille circonstance, Mélanie percevait l'absurdité et la violence de ce commentaire généré par une machine, mais elle ne pouvait en détacher son regard.

Indéniablement, les autres vidéos de Happy Récré avaient profité de ce coup de projecteur. Toutes les données étaient au vert : sur les vingt-quatre dernières heures, l'audience avait progressé de 24 %, la durée de visionnage de 23 % et les revenus de 30 %.

En caractère gras et en majuscules, la plateforme la

complimentait : « EXCELLENT ! Votre chaîne a enregistré 32 millions de vues au cours des 28 derniers jours. FÉLICITATIONS ! »

Mélanie relut les commentaires plusieurs fois. Elle se sentait flattée. Récompensée.

Lorsqu'elle s'en rendit compte, elle fut envahie par un sentiment de dégoût. Oui, elle se dégoûtait.

Elle pensa à ce plaisir qu'on éprouvait parfois à respirer ses propres odeurs corporelles. Odeurs de transpiration, de fluides, de cheveux sales. Enfant, quand elle ôtait ses chaussettes, elle les portait ensuite à ses narines pour les sentir.

C'était exactement ce qu'elle était en train de faire.

Au matin du cinquième jour après la disparition de sa fille, Mélanie se leva juste avant six heures. Les anxiolytiques lui avaient accordé trois heures de sommeil. Ce n'était pas si mal.

Dès le réveil, l'angoisse se manifesta. Un fluide acide se propageait dans son corps, et sans relâche entravait sa respiration. Par moments, Mélanie se retenait de hurler en se roulant par terre, à d'autres, elle cherchait juste un endroit où se recroqueviller. Elle rêvait d'enfouir sa tête à l'intérieur d'une matière molle et de perdre conscience. Des images de Kimmy – son sourire, sa frimousse adorable, ses gestes de petite fille – venaient sans cesse la percuter. Parfois, dans le silence, elle entendait sa fille l'appeler au secours. Jamais auparavant elle n'aurait pu imaginer une telle souffrance et l'effort qu'il lui fallait à présent déployer pour tenir debout.

Leur vie s'était arrêtée et pourtant le temps continuait de s'écouler au même rythme, peut-être un peu plus lent, oui, peut-être ralenti, mais elle n'en était pas tout à fait sûre. Elle n'était sûre de rien, comme si une partie de ses perceptions premières, essentielles, avait été amputée. Par moments, elle ne savait plus où elle se trouvait, ni l'heure qu'il était.

Toutefois, la lettre reçue la veille lui avait redonné espoir. Kimmy était vivante.

Elle s'approcha de la fenêtre. Pendant un instant, elle regarda la ville s'éveiller : les premières livraisons, les premiers piétons sortant du métro, et le ballet des camionnettes vertes de la mairie. Sur Internet, il était devenu impossible d'échapper à l'information. Sur tous les moteurs de recherche, *Disparition*, *morte*, *enlèvement*, *rançon*, *phalange coupée* étaient les mots clés les plus fréquemment associés à Kimmy Diore. Les suppositions se multipliaient. Certains affirmaient, de source sûre, que la demande de rançon s'élevait à un million d'euros, d'autres pointaient les incohérences de l'histoire, sa révélation tardive, privilégiant l'hypothèse d'un faux kidnapping organisé par la famille à des fins publicitaires.

La veille, la mère de Mélanie l'avait appelée. Sanglotant au téléphone, elle reprochait à sa fille de ne pas la tenir informée. Elle aussi avait le droit de savoir. Les parents de Bruno n'étaient pas les seuls à s'inquiéter. Déjà qu'il avait fallu supporter toutes ces questions, ces insinuations, ces vérifications, mais maintenant que tout le monde était au courant, son téléphone n'arrêtait pas de sonner. Mélanie l'avait écoutée se lamenter sur son propre sort (« Tu ne veux rien nous dire, tu n'en as rien à faire de nous, tu ne te rends pas compte ») sans prononcer un mot. À aucun moment sa mère ne s'était inquiétée de savoir comment elle allait, n'avait demandé des nouvelles de Sammy, n'avait exprimé de la compassion pour Kimmy ou pour qui que ce fût. Sa mère s'était plainte de tous ces gens qui défilaient chez eux ou les harcelaient au téléphone pour en savoir davantage sur l'enquête, chez eux et chez Sandra d'ailleurs, au point que sa sœur avait dû retirer ses enfants de l'école. Tout cela était très difficile pour elle, ces indiscrétions, cette pression médiatique, d'autant qu'elle apprenait par Internet les rebondissements de l'affaire. Elle avait employé ce mot, *rebondissement*, et Mélanie avait raccroché.

Comme anesthésiée par le ronronnement du système de climatisation, elle s'était alors laissé envahir par un immense découragement. Sa mère avait tenté de la rappeler, incapable d'imaginer que l'interruption de la conversation pût être volontaire, mais dès la première sonnerie, Mélanie avait rejeté l'appel. Ce geste, répété trois fois, l'avait soulagée. Elle ne devait pas se laisser aller. Elle devait tenir. Elle n'était pas seule. Elle avait une communauté. Une famille de cœur. Car sur son compte Instagram, des centaines de messages lui étaient adressés. Des messages de soutien, de compassion. Des avalanches de *j'aime*, des cœurs de toutes les couleurs, des émoticônes débordant d'amour.

Sa mère n'avait pas sauté dans un train pour être à ses côtés. Sa mère était restée chez elle pour répondre aux questions des voisins. C'était un constat qu'elle ne pouvait contourner. Mais ses abonnés, eux, ceux qui la suivaient et l'aimaient depuis longtemps, étaient là. Avec elle. Près d'elle. Ils lui souhaitaient bon courage et l'assuraient de leur soutien.

Sous l'effet du somnifère qu'il avait fini par prendre, lui aussi, tard dans la nuit, Bruno dormait encore. Pour la première fois depuis quatre jours, Mélanie avait faim. Elle hésita à appeler le service en chambre pour commander un petit-déjeuner, puis décida d'attendre le réveil de son mari.

Elle regarda de nouveau par la fenêtre. Le jour se levait, le mouvement de la ville s'était intensifié. La circulation était plus dense, des hommes et des femmes surgissaient de plus en plus nombreux des bouches de métro. Vues de haut, leurs silhouettes semblaient glisser sous la bruine. Au bas de l'immeuble, le tramway passait à intervalles réguliers, laissant entrer et sortir les voyageurs par grappes. Des gens pressés, parfois usés, mais fidèles à leur routine. Des gens dont la vie n'avait pas sombré dans un océan d'angoisse. Mélanie resta ainsi un moment, le nez collé à la vitre. Puis elle se retourna vers la chambre et observa son mari en train de dormir. Bruno était allongé sur le dos, un bras le long du corps, l'autre en équerre, posé au-dessus de la couette. Son front, ses paupières, ses sourcils étaient parcourus de minuscules sursauts. Sous l'effet d'images, d'impressions ou de rêves dont il ne garderait sans doute aucun souvenir – comme autant d'infimes décharges d'électricité –, son visage ne pouvait trouver le repos. Mélanie s'approcha de lui jusqu'à percevoir son haleine. La peau de Bruno était lisse. Il était beau. Il mangeait sainement, ne fumait pas, pratiquait plusieurs sports. Il était l'homme dont elle avait toujours rêvé. Un homme sur lequel on pouvait compter. Bruno l'avait toujours suivie. Sans hésiter, il avait quitté son travail pour se lancer avec elle dans cette conquête virtuelle qu'elle avait menée jusqu'au sommet. Il avait renoncé à une belle carrière d'informaticien, il s'était formé à la prise de vue, au montage, à la comptabilité, aux effets spéciaux. Il avait cru en elle, en ses capacités, en son pouvoir de changer leur vie. Bruno était un homme loyal, qui ne la trahirait jamais. Il l'admirait. Combien de fois l'avait-elle entendu dire en plaisantant à propos de leur famille : « C'est ma femme qui commande », ou « Il faut voir ça avec la patronne ». Bruno était un homme moderne. Un homme bon. Et pragmatique. Il n'avait pas besoin de diriger ni d'être le chef pour affirmer sa virilité. Il était de ces hommes sur lesquels une femme pouvait s'appuyer.

Dans la semi-obscurité, elle observait son torse se soulever au rythme de sa respiration. De temps à autre, dans le silence de cette pièce parfaitement isolée des bruits extérieurs, son mari laissait échapper un gémissement bref. Elle eut envie soudain de caresser ses cheveux, de l'embrasser, puis renonça, de peur de le réveiller.

Mélanie se déshabilla devant la glace de la chambre et se trouva nue face à son propre reflet. Elle s'approcha, jusqu'à ce que son souffle se dessine en buée sur la surface lisse du miroir. Un coup de tête sec, rapide, ouvrirait son front et répandrait le sang sur son visage. L'image la traversa. Puis elle tourna le dos et s'enferma dans la salle de bains pour prendre sa douche.

Alors que l'eau chaude glissait le long de sa peau, elle prit le temps de se regarder. Ses cuisses, son ventre, ses seins. Elle avait longtemps rêvé d'avoir un autre corps.

Un corps désirable au premier coup d'œil. Un corps explicite. Évident. Un corps dessiné pour le sexe, comme celui de Nabilla, de Savane, de Vanessa. Elle avait rêvé de posséder leurs jambes longues, leurs fesses rebondies et musclées. Son corps n'était pas si attirant. Il n'était pas perfectible comme l'était celui de ces femmes qui continuaient de le transformer pour le rendre plus désirable encore. C'était un corps ordinaire, ni plus laid ni plus beau que la moyenne. Elle avait eu deux enfants et, avec le temps, il s'était légèrement épaissi. Sa peau s'était relâchée. Mais ses seins étaient intacts. Pleins, denses, tendus vers l'Autre.

Elle ferma les yeux et une image la traversa : des mains caressaient ses seins ou plutôt ses seins étaient entièrement contenus par des mains. Des mains larges, avides. Qui n'étaient pas celles de son mari.

Lorsqu'elle sortit de la douche, Mélanie prit une décision.

Elle allait s'habiller, sortir et marcher jusqu'au numéro 36 de la rue du Bastion. À l'accueil, elle demanderait à parler à Clara Roussel et elle lui raconterait tout.

Au matin du cinquième jour après la disparition de Kimmy Diore, à peine arrivée dans son service, Clara croisa Cédric Berger qui gesticulait dans le couloir, en grande conversation sur son portable. D'un mouvement de tête, il lui fit signe de le suivre jusqu'à leur bureau. Elle lui emboîta le pas.

Debout face à lui, elle avait maintenant tout le loisir de l'observer. Ses traits étaient tirés, son teint livide. « Il n'a pas dormi depuis quatre jours », songea Clara en lui souriant. Cédric s'assit le temps de terminer sa conversation et lui fit signe d'en faire de même. En l'écoutant, elle comprit qu'il était en ligne avec la BRI.

Entre eux, le premier contact n'avait pas été facile. Avant de travailler avec elle, Cédric Berger avait eu vent de sa réputation. On la disait maniaque, pointilleuse, cérébrale. Elle était fille de profs et, lors d'une précédente affectation, avait eu une liaison passionnelle avec un capitaine : deux informations indélébiles qui la suivraient désormais partout où elle irait. Il l'avait rencontrée deux ou trois fois avant qu'elle soit affectée à son équipe, impressionné par son air juvénile et sa silhouette de danseuse convertie au marathon. Il s'était d'abord méfié de l'autorité étrange qui émanait d'elle malgré sa petite taille et l'avait accueillie sans dissimuler ses réserves. À son crédit, elle avait la réputation de pouvoir travailler des heures d'affilée sans avaler un verre d'eau et de ne jamais rien lâcher. Il avait pour habitude de se forger sa propre opinion. De son côté, Clara l'avait informé qu'elle tenait à ce qu'on dise *procédurière* et non *procédurier*. Cédric n'y voyait aucun inconvénient, mais n'avait pas manqué de lui faire remarquer que *procédurière* rimait avec *mégère* et *commère*. Ce à quoi elle avait répondu que cela lui convenait tout à fait. Ils avaient ri ensemble pour la première fois. Plus tard, Cédric avait été surpris par son instinct, son ouverture d'esprit et sa résistance physique. Clara s'exprimait comme les jeunes femmes des années soixante exhumées par les archives de l'INA, mais elle ne manquait pas d'autodérision. En bon chasseur, il savait adapter ses focales et ses angles d'observation. Il n'avait pas tardé à comprendre qu'elle était une excellente enquêtrice et qu'elle serait un élément moteur au sein de son groupe. Au bout de quelques mois, alors qu'elle harcelait l'équipe avec ses exigences de grammaire ou d'orthographe, obtenant de tous (lui compris) qu'ils recommencent leurs PV – au motif, légèrement exagéré, que l'image de la Brigade était en jeu –, il l'avait surnommée « l'Académicienne ».

Le surnom lui était resté.

Après quelques minutes, il finit par raccrocher.

— Tu ne sais pas ce que j'ai découvert ?

— Non.

— Mes filles, elles sont fans de Happy Récré. Et de Mélanie ! Elles en sont dingues ! Toutes les deux ! Apparemment, ça fait un moment que ça dure, parce qu'elles m'ont fait un résumé de tout ce qui s'est passé dans la famille au cours des deux dernières années. Je suis à deux doigts de les convoquer pour une audition. Ma petite, elle adore Kimmy, tandis que mon aînée préfère Sammy. Depuis qu'elle a son portable, la grande s'est également abonnée à Mélanie Dream sur Instagram. Elle est fascinée. Elle la trouve « trop belle, trop gentille, on dirait une fée », je cite. Bref, elles regardent ce truc en boucle depuis des mois, sans que ni moi ni ma femme ne nous en soyons rendu compte. On a dû voir ça de loin, la musique sympa, les gamins en train de jouer, on ne s'est pas méfiés. Tant qu'elles ne regardent pas du porno, tu sais, on se dit que tout va bien. On n'a pas pensé une seconde à la quantité de pubs qu'elles se sont bouffé l'air de pas y toucher... Tu sais, je suis sûr que c'est la même chose pour la plupart des parents. De loin, ils ne voient pas le mal. Leurs mômes regardent d'autres mômes en train de jouer, au pire c'est un peu cucul mais ça ne présente pas de danger. Mais maintenant que j'ai lu ta note, je t'avoue que je suis un peu plus inquiet. Je comprends mieux pourquoi ma petite m'a fait une véritable crise l'autre jour chez Carrefour pour acheter des figurines Disney qui venaient à peine de sortir. Et sa passion soudaine pour les biscuits Oreo.

— Tant qu'elle ne te demande pas d'aller à Europa-Park tous les week-ends...

— Tu ne crois pas si bien dire, Clara. Il n'y a même pas un mois, ma fille aînée m'a demandé pourquoi nous,

nous n'allions pas dans des parcs d'attractions. Sous-entendu : nous, pauvres âmes sans divertissement, indigentes et désœuvrées.

Ils rirent tous les deux. Il fallait évacuer la tension. Il continua.

— Hier soir, j'ai pris le temps de regarder quelques vidéos. Je vais te dire, Clara, je ne pensais même pas que ça pouvait exister. Il faut le voir pour le croire, non ? C'est dingue... Sérieusement, est-ce que les gens savent que ça existe ?

— Les gens, je ne sais pas. Mais des centaines de milliers d'enfants et de jeunes adolescents rêvent d'avoir la même vie que Sammy et Kimmy. Une vie sous le signe de la profusion.

— Qu'en dit l'Académie ?

— Justement, je voulais t'en parler. Mélanie emploie le mot « partager » à tout bout de champ. Elle dit « je vous partagerai ça tout à l'heure » ou « nous avons plein de super nouvelles à vous partager ». Un usage qui vient de l'anglais mondialisé. Or, en français, on partage quelque chose *avec* quelqu'un.

— En réalité ils ne partagent pas grand-chose, si j'ai bien compris...

Cédric marqua une pause et enchaîna, plus sérieux.

— Avec le fric qu'elle s'est fait, elle n'a sans doute pas tort quand elle dit qu'elle a des ennemis.

Il se perdit un instant dans ses pensées avant de continuer.

— D'ailleurs à ce propos, le type de Minibus Team, il était en vacances tous frais payés avec ses filles dans un hôtel-club pour la Toussaint, il rentre aujourd'hui. Il sera dans nos locaux cette après-midi. On a vérifié les emplois du temps et la téléphonie, tout est OK, mais ça m'intéresse quand même de savoir ce qu'il raconte. Enfin bon…

Il chercha peut-être l'une de ces sentences par lesquelles il aimait conclure, mais rien ne vint. Clara commençait à bien connaître son chef de groupe. Il jouait les fanfarons, mais il avait l'air contrarié. Parfois, une sensation, une impression, un comportement qu'il ne comprenait pas pouvaient lui gâcher la journée. Elle s'apprêtait à lui demander ce qui n'allait pas, quand il passa lui-même aux aveux.

— Tu sais, Clara, au bout de la troisième, Mélanie Claux, j'avais envie de la faire taire. J'avais envie de lui dire : fous la paix à tes mômes ! Laisse-les vivre… En fait, Happy Récré, moi ça ne me rend pas joyeux du tout. Ça pourrait même me rendre assez déprimé. Tu vois ce que je veux dire ?

Clara voyait bien ce qu'il voulait dire. La gaieté outrancière du ton, la multiplication des jeux stupides et parfois avilissants, l'adhésion sans réserve et sans discernement à la consommation ou à l'acte d'achat, la malbouffe accueillie avec extase, les mêmes phrases répétées jusqu'à la nausée, tout cela provoquait chez l'adulte qu'elle était un malaise confus.

Au moment où Clara s'apprêtait à lui répondre, le téléphone de Cédric sonna de nouveau. Il décrocha, écouta sans un mot, le visage tourné vers Clara, puis raccrocha.

— Mélanie Claux est là. Elle veut te voir. Toi.

BRIGADE CRIMINELLE – 2019

ENLÈVEMENT ET SÉQUESTRATION DE L'ENFANT KIMMY DIORE

Objet :

Procès-verbal de la deuxième audition de Mélanie Claux.

Réalisée à la demande de l'intéressée le 15 novembre 2019 par Clara Roussel.

(Extraits.)

Ce n'est pas un détail, je pensais juste que cela n'avait rien à voir. Oui, en fait, voilà, je me répétais tout le temps : ça n'a rien à voir. Ce matin, j'ai changé d'avis. Je me suis dit que je devais vous raconter. Il faut que vous sachiez que j'aime Bruno, mon mari. Nous sommes une famille unie. Je ne voulais pas prendre le risque de briser ce que nous avons construit. (...)

Après la naissance de Sammy, mon mari et moi nous avons eu un passage à vide. Cela arrive dans beaucoup de couples.

La fatigue, les contraintes, la routine… Toute cette nouvelle vie qui se met en place autour du bébé et qui ne tourne plus qu'autour de cela : la poussette, le siège auto, le porte-bébé, le relax, le lit parapluie quand on va chez des amis, tout ce matériel, vous voyez, qu'il faut déplier, replier, ces modes d'emploi, et puis ces doses à respecter, pour les biberons, l'introduction des légumes, c'est ridicule, car c'est si simple au fond, mais à l'époque cela me paraissait parfois si compliqué. Alors petit à petit, entre nous, une sorte de distance s'est installée et s'est creusée sans faire de bruit. Nous faisions moins souvent l'amour et après quelques semaines, nous ne faisions plus l'amour du tout. En fait, je ne pouvais plus supporter mon mari. Je ne pouvais plus supporter qu'il s'approche de moi. J'aimais qu'il me prenne dans ses bras, qu'il me tienne par la taille, ou l'épaule, qu'il me caresse la joue, mais dès que je percevais son désir, je me crispais. Je ne pouvais plus supporter que mon mari me touche. Voilà. Je suis désolée de vous dire cela, j'ai bien conscience que c'est intime, vous êtes une femme, vous pouvez peut-être comprendre. (…)

Pour le reste tout allait bien, jamais une dispute, jamais une colère, pas une ombre au tableau. Je lisais des témoignages de jeunes mamans sur les forums, vous savez il y en a beaucoup, et c'est plutôt rassurant de savoir que d'autres femmes ont vécu cela avant vous. Les choses se sont installées, figées même, et plus le temps passait, plus il devenait difficile d'en sortir. Mon mari avait fini par intégrer mon rejet. Il ne tentait plus aucune approche. Plus de caresses, plus de vrais baisers. Il se tenait à bonne distance. Un soir, je suis sortie avec une amie au restaurant. C'était une amie de mon lycée, en Vendée, retrouvée quelques mois plus tôt grâce à Facebook. Elle venait de s'installer en région parisienne. C'est fou le nombre de gens que l'on retrouve grâce aux réseaux sociaux, c'est formidable, n'est-ce pas ? Elle voulait renouer contact. Sammy avait un peu plus de deux ans et depuis tout ce temps je n'avais pas fait l'amour. Pas une seule fois.

Nous avons dîné dans une brasserie du XIVe arrondissement. C'était rare à l'époque que je sorte dans Paris. Pendant tout le repas, à la table la plus proche, un homme me dévisageait. Il me faisait face et dînait avec un autre homme, que je ne voyais que de dos. Quand ils ont eu terminé, il a laissé partir son ami et il s'est installé au bar, seul. Il m'attendait. Je l'ai compris tout de suite. Son visage m'était familier, comme peut l'être quelqu'un que vous avez connu il y a longtemps, à une autre époque. Pourtant, j'étais incapable de me souvenir où j'avais pu le croiser. J'ai terminé de dîner sans empressement. Je savais que je rejoindrais cet homme au bar. Je savais que je lui plaisais. Cela ne m'était jamais arrivé avant, cette certitude que la rencontre pouvait avoir lieu. Cela ne tenait qu'à moi. Après le repas, j'ai accompagné mon amie à sa voiture et puis j'ai fait semblant d'avoir oublié mon écharpe. Elle est repartie, je suis revenue sur mes pas et suis entrée dans la brasserie. Il n'a pas eu l'air surpris. Il m'a souri. Et alors là seulement, je l'ai reconnu. (...)

Il s'appelle Greg. Vous l'avez peut-être vu, il était dans l'une des toutes premières saisons de *Koh-Lanta*. Je ne le connaissais pas personnellement, mais, comme tout le monde, je l'avais vu à la télévision. Dans l'équipe des rouges. Cela ne vous dit rien ? Ils le surnommaient Rahan parce qu'il avait les cheveux longs, blonds, et qu'il était très musclé. Il avait beaucoup changé. Je me suis approchée de lui, nous avons bu un verre, puis un deuxième, je crois qu'il était touché et flatté que je l'aie reconnu, après tout ce temps, plus de dix ans, oui je crois que ça lui a fait plaisir. Il n'avait pas gagné le jeu, en revanche il avait fait partie des finalistes. Il m'a dit qu'il me trouvait belle. Il m'a demandé s'il pouvait glisser sa main sous mon pull et j'ai dit oui. Il habitait juste à côté du restaurant, je suis montée chez lui et nous nous sommes allongés sur son lit. Avant mon mari, je n'avais couché qu'avec un seul homme. Je n'avais jamais fait l'amour de cette manière, je veux dire en me sentant aussi libre, et cela ne m'est plus jamais arrivé depuis. Je suis remontée dans ma voiture, je me sentais bien, comme si mon corps venait soudain de reprendre vie, de se remettre en marche. Comme si c'était juste une histoire de mécanique : un circuit, une courroie s'étaient enrayés et quelqu'un d'un peu habile venait de relancer la machine. (...)

À partir de ce moment-là, cela vous paraîtra sans doute bizarre, j'ai pu refaire l'amour avec mon mari. Le soir même, pour tout vous dire. Oui, le soir même. (...)

Une semaine après j'ai su que j'étais enceinte. C'est très tôt, mais je l'ai senti. (...)

Je n'ai pas revu Greg, nous n'avions même pas échangé nos numéros de téléphone. Je pensais à lui, parfois, avec reconnaissance, comme on pense à quelqu'un qui vous a tiré d'un mauvais pas. J'ai rangé cette histoire dans une boîte, une belle boîte, mais une boîte qui fermait à double tour. Vous savez, les femmes ont appris à faire cela, enfermer les souvenirs sur lesquels il vaut mieux ne pas revenir, parce qu'ils font plus de mal que de bien. Oui, les femmes savent faire cela. Une ou deux semaines plus tard, j'ai acheté un test de grossesse qui s'est révélé positif. J'ai bien vu que Bruno était un peu déçu quand je lui ai annoncé que j'étais enceinte, nous venions à peine de reprendre une vie sexuelle, mais ni dans son éducation ni dans la mienne il n'était envisageable d'avorter. (...)

Alors j'ai décidé que le bébé était de lui. Je l'ai décidé comme si cela dépendait de ma volonté et de rien d'autre. (...)

Kimmy est née et tout m'a paru plus simple. Elle était si mignonne. Elle a acquis le langage très tôt, elle était si vive, tout le monde l'adorait. J'ai commencé les vidéos parce que j'avais envie de partager cela avec d'autres, ces moments merveilleux. J'avais vu comment cela se passait aux États-Unis pour certaines familles, je me suis dit pourquoi pas nous. Il m'a fallu plusieurs mois pour parvenir à cent mille abonnés. Et puis soudain la progression est devenue plus rapide, et ensuite Sammy a commencé à participer aux vidéos et vous connaissez la suite. (...)

Peu de temps après le quatrième anniversaire de Kim, Greg m'a contactée. Je venais de créer mon compte Instagram Mélanie Dream en complément de notre chaîne YouTube, il m'a adressé un message privé. Il voulait me voir. J'ai eu un coup au cœur, vous ne pouvez pas imaginer. J'avais oublié son existence. Je l'avais oublié, oui. Comme on dit : *rayé de la carte*. Je lui ai donné rendez-vous dans Paris. J'avais peur. Peur qu'il détruise tout. Nous nous sommes retrouvés dans un café, pas loin de la brasserie où nous nous étions rencontrés. Il n'a même pas attendu qu'on soit servis. Il m'a demandé si Kimmy était sa fille. Cela faisait longtemps qu'il y pensait, il trouvait qu'elle lui ressemblait, il avait fait le calcul. Je lui ai dit que non, qu'elle était le portrait craché de mon mari, qui est brun mais qui lui aussi était blond quand il était petit. Greg a sorti de son portefeuille des photos de lui enfant et même si j'ai dit « ah oui, peut-être », en essayant de prendre le ton de quelqu'un qui voulait juste éviter de le contrarier, cela m'a troué le ventre parce que Kimmy lui ressemblait. À lui aussi. Car elle ressemble beaucoup à Bruno, tout le monde le dit. J'ai eu une sorte de vertige. J'ai pensé que ma vie allait s'écrouler. Tout était fichu. Tout ce que j'étais en train de bâtir – notre famille, notre succès, ce rêve éveillé que nous vivions depuis quelques mois – allait voler en éclats. J'ai pensé que Greg m'avait demandé de venir pour me faire chanter. Les journaux commençaient à parler de nos revenus, il y avait déjà eu un ou deux reportages à la télévision. Lui, il avait fait la couverture de *Télé Star* et de *Télé 7 jours*, il avait eu son heure de gloire, mais après *Koh-Lanta* tout était retombé. Il se voyait animateur de télévision ou journaliste sportif. La vérité, c'est qu'il était resté surveillant dans un collège privé. Quand je me suis ressaisie, je lui ai demandé combien il voulait. Il m'a regardée avec une grande tristesse. Il était calme. Il ne voulait pas d'argent. Il voulait voir la petite, une fois, seulement une fois, il pensait que cela lui suffirait pour se faire son idée. C'est tout ce qu'il me demandait. Et ensuite, je n'entendrais plus jamais parler de lui. Il m'a répété qu'il ne voulait rien d'autre. Juste savoir. De toute façon, il n'avait rien à lui offrir. Il était seul et fatigué. Elle n'aurait rien à apprendre de quelqu'un comme lui. Je me souviens qu'il m'a dit : « J'ai tout foiré, qu'est-ce que tu veux que je fasse d'une gamine ? » Cela m'a fait de la peine. Nous avons parlé un peu, je lui ai dit que j'allais réfléchir et organiser une rencontre, et je suis repartie. Dans la voiture, j'ai pensé qu'il allait peut-être se suicider, il avait l'air tellement déprimé, et je vous avoue que je l'ai souhaité, un instant, oui, j'ai souhaité qu'il rentre chez lui et qu'il avale toute son armoire à pharmacie, cela aurait été tellement plus simple. J'ai honte d'avoir pensé cela, mais j'avais tellement peur de tout perdre.

J'ai fait en sorte qu'il rencontre Kimmy, un mercredi après-midi, dans un salon de thé à Paris. C'est lui qui connaissait l'endroit. J'avais amené les deux enfants, je ne pouvais pas faire autrement, cela aurait paru suspect. Je leur ai dit que je devais retrouver un ancien ami avec lequel j'avais été au lycée. Nous avons bu un chocolat, ils ont été tous les deux très sages. D'habitude Kimmy gigote tout le temps, mais cette fois elle se tenait tranquille. Droite comme un i. On aurait dit une petite fille modèle. Elle était impressionnée par Greg, je le sentais bien. Lui aussi, il était impressionné. Il l'observait à la dérobée, il était trop ému pour croiser son regard. Ils n'ont échangé que quelques mots. Elle avait commandé un millefeuille, c'est son gâteau préféré, elle y a à peine touché.

Dans la voiture, sur le chemin du retour, Sammy m'a demandé s'il pouvait dire à son père qu'ils avaient vu Greg. C'est fou ce que les enfants sentent. C'est terrifiant. Je lui ai répondu oui, bien sûr, moi-même j'avais prévenu leur père que j'allais retrouver un ami perdu de vue. Nous sommes rentrés à la maison, Kimmy a pris son doudou-sale et puis elle s'est allongée un moment. Nous n'en avons jamais reparlé.

Voilà. Je pensais qu'il me contacterait de nouveau. Qu'il finirait par me demander de l'argent. Mais je n'ai plus jamais eu de nouvelles. J'ai suivi son compte Facebook. Quelques mois après notre rencontre, j'ai vu qu'il était parti vivre en Australie. Depuis deux ans, il ne poste plus rien. Plus rien du tout. Parfois, dans la barre de recherche de Google, je tape : *Greg, Koh-Lanta*, pour voir si quelque chose apparaît. Et même parfois, j'ajoute le mot *mort*. Au cas où. (...)

J'aurais dû vous en parler avant, je le sais. Vous me l'avez dit à plusieurs reprises : toutes les pistes doivent être étudiées. Le moindre détail, le moindre souvenir, même les plus anecdotiques en apparence. Je suis désolée… (…)

Vous savez, je suis certaine que Kim n'est pas de lui. En grandissant ses cheveux deviennent plus foncés, vous avez vu, et elle ressemble de plus en plus à mon mari. Mais ce matin j'ai pensé qu'il fallait quand même vous le dire. On ne sait jamais, n'est-ce pas ? Je préférerais que mon mari ne sache rien de tout cela, vous vous en doutez. Vous pensez que c'est possible ?

Le nom et l'adresse de Grégoire Larondo n'avaient pas été difficiles à trouver. Il n'avait passé qu'une année en Australie, où il avait travaillé dans plusieurs fermes agricoles, puis comme chef de rang dans un restaurant français de Melbourne. À la fin de son visa, il était rentré en France. Une brève enquête de voisinage confirmait qu'il était retourné vivre chez sa mère, dans un trois-pièces du XIVe arrondissement. Son téléphone bornait à l'adresse indiquée. Les informations recueillies au préalable esquissaient le portrait d'un homme solitaire et peu communicatif. Il était au chômage depuis son retour et, selon toute vraisemblance, sa mère s'occupait du ravitaillement.

En quelques heures, la Crime avait pu identifier son adresse IP et observer son activité sur YouTube. Grégoire Larondo se connectait régulièrement à la chaîne Happy Récré et avait passé, au cours du dernier mois, une quinzaine d'heures à regarder les vidéos de Kim et Sam. Pour peu qu'il suive aussi les stories de Mélanie Dream, il avait pu connaître en détail l'emploi du temps de la famille : le retour annoncé à la maison après les courses à Vélizy 2 et la partie de cache-cache commencée à 17 h 15. Du XIVe arrondissement, il avait juste eu le temps de venir avec la voiture de sa mère, une vieille Twingo rouge selon le fichier des immatriculations.

Cédric Berger avait opté pour une perquisition matinale. Le groupe avait rendez-vous au Bastion, le temps de s'équiper et de suivre un court briefing. La présence de Kimmy Diore dans l'appartement n'était pas exclue. Clara avait demandé à venir avec eux, elle n'en pouvait plus de tourner en rond dans son bureau.

À cinq heures, les membres du groupe Berger avalèrent un café, puis chacun enfila son gilet pare-balles. Clara aimait ces moments d'apprêt : la fébrilité contenue, le claquement des armes de service qu'on enclenche, les armoires métalliques refermées avec impatience.

Ils étaient cinq, ils prirent deux voitures dans le parking : Cédric et Sylvain dans la première, Clara, Maxime et Tristan dans la seconde. À cette heure, les rues étaient encore désertes.

Tandis qu'ils roulaient en silence vers cet homme qui, en l'espace de quelques heures, était devenu le suspect numéro un, elle pensa à Mélanie Claux. Ou plutôt à la manière dont cette femme s'exprimait : claire, fluide, légèrement empruntée. Un mélange étrange de confessions intimes et de phrases vides, stéréotypées. Mélanie disait des choses comme « nous sommes une famille très unie », « je ne voulais pas prendre le risque de briser ce que nous avions construit », ou encore « je suis une vraie maman poule, vous savez ». Des expressions qu'elle semblait reproduire par une sorte de psittacisme assumé ou inconscient. D'où venaient ces mots ? D'Internet ? D'une série télévisée ? Clara l'avait écoutée sans intervenir, elle l'avait laissée dérouler son histoire. C'est ainsi qu'elle avait appris à faire. D'abord laisser parler. S'il le fallait, elle reviendrait sur chacune de ces phrases. Parfois, un prévenu se tenait face à elle et elle savait qu'il mentait. Elle déchiffrait le langage du corps. Mais ce n'était pas ce qu'elle avait ressenti en face de Mélanie Claux. Cette femme était venue pour lui révéler un secret, un secret qu'elle avait pris le risque de taire jusque-là. Clara avait éprouvé pour elle de la compassion. Dans sa détresse, son inquiétude, Mélanie Claux la touchait et, en même temps, quelque chose en elle – une forme de déni ou d'aveuglement – lui était insupportable. Mélanie Claux brandissait son statut de mère comme un étendard. Être une mère parfaite, irréprochable, telle était aujourd'hui sa principale identité. Son meilleur rôle. Leurs vies n'avaient pas grand-chose en commun. Clara avait toujours vécu seule, elle ne savait rien de l'usure du couple ni des transformations liées à la maternité. Mais cela n'était pas seulement un écart de perspective. Le langage même de cette femme lui échappait.

Peu avant six heures, Cédric et Sylvain entrèrent dans la rue Mouton-Duvernet. Ils trouvèrent une place près de l'objectif tandis que les trois autres se garaient dans la rue d'à côté. Grâce au *vigik*, ils pénétrèrent ensemble dans l'immeuble et montèrent l'escalier en silence. À six heures pile, ils sonnèrent à la porte.

Après quelques minutes, on entendit un pas traînant s'approcher puis une voix féminine demanda qui était là. Cédric Berger se présenta et brandit sa carte devant le judas. La porte s'ouvrit sur une petite femme d'une soixantaine d'années. Elle les laissa entrer, visiblement abasourdie. Cédric resta près d'elle, tandis qu'en silence les membres du groupe commençaient déjà à se disperser dans l'appartement.

— Bonjour madame, votre fils est ici ?

— Oui… il dort dans sa chambre.

— Il est seul ?

— Oui…

— Alors si vous le voulez bien, nous allons le réveiller.

Cédric Berger était connu pour son sens de la politesse, observé même dans les situations les plus critiques et parfois poussé jusqu'à l'absurde. D'un geste, la femme indiqua le couloir. La première porte était ouverte sur une chambre vide, la deuxième était fermée. Cédric fit signe à ses enquêteurs de l'ouvrir sans frapper.

Grégoire Larondo se redressa d'un coup dans son lit, hébété. Seulement vêtu d'un caleçon, il demanda à s'habiller. La maladresse de ses gestes trahissait l'état de sidération dans lequel il se trouvait. Il réussit malgré tout à enfiler à la hâte un tee-shirt et un jean, rejoignit sa mère dans le salon et s'assit près d'elle. Quand elle le vit ainsi, recroquevillé sur le canapé, Clara repensa aussitôt au dessin de Sammy. Aucun doute. Ce grand adolescent aux cheveux longs, passager clandestin que l'enfant avait représenté sous la table comme on cache la poussière sous le tapis, c'était bien lui.

La perquisition fut signifiée à la mère et au fils, et commença sur-le-champ. Ni l'un ni l'autre n'opposèrent la moindre résistance.

Trois heures plus tard, il fallut bien admettre que la fouille menée par le groupe Berger n'avait rien donné. Aucune trace de Kimmy Diore, ni aucun élément découvert sur place ne pouvait laisser penser qu'elle avait séjourné dans l'appartement. En outre, depuis l'année précédente, la mère de Grégoire Larondo prêtait sa Twingo rouge à sa fille et n'avait jamais pris le temps de modifier la carte grise. Cela lui avait permis de libérer sa place de parking pour la louer.

En fin de matinée, afin d'être entendus dans les locaux de la Brigade, la mère et le fils acceptèrent sans aucune difficulté de suivre les enquêteurs. Quelques objets, dont l'ordinateur et le téléphone portable de Greg, furent saisis.

Aux abords de la porte de Clichy, malgré la sirène, ils restèrent bloqués une bonne demi-heure dans un écheveau inextricable de voitures et de camions. Au carrefour, les travaux n'en finissaient pas.

De retour à son bureau, Clara se sentit épuisée. Elle avait besoin de caféine. Surtout, il fallait bien se l'avouer, elle était déçue. Le scénario du père biologique qui pense retrouver sa fille sur YouTube, c'était certes un peu romanesque, mais elle y avait cru. Que Greg Larondo soit ou non le géniteur de la petite, la piste était bel et bien en train de s'effondrer. Dans quelques heures, de nouveau, ils brasseraient de l'air.

Elle n'avait plus qu'à se remettre au travail.

Lire et relire des dizaines de fois les mêmes documents,

les organiser, passer en revue les photos, les relevés, en quête d'un indice qui lui aurait échappé, mémoriser les horaires, les évidences et les angles morts, c'était son métier. Parfois, de la *procédure*, cette quantité de papier qui grandissait à vue d'œil comme sous l'effet d'une inéluctable multiplication, surgissait un motif, un minuscule détail, qui éclairait soudain l'ensemble. Ou bien, au cours d'une nuit fourbue passée à tout reprendre, au détour d'un mot, d'une association d'idées, un chemin s'ouvrait.

Mais ici, aucun chemin n'apparaissait. Au contraire, les éventuelles issues semblaient s'être refermées.

BRIGADE CRIMINELLE – 2019

ENLÈVEMENT ET SÉQUESTRATION DE L'ENFANT KIMMY DIORE

Objet :

Procès-verbal d'audition de Fabrice Perrot.

Réalisée le 16 novembre 2019 par Sylvain S., brigadier-chef de police en fonction à la Brigade criminelle de Paris.

Il a été précisé à monsieur Perrot qu'il était entendu en tant que témoin et pouvait à tout moment interrompre l'entretien.

Sur son identité :

Je me nomme Fabrice Perrot.

Je suis né le 15/03/1972 à Pantin.

Je demeure au 15 rue de la Cheminerie à Bobigny (93).

Je suis divorcé.

J'ai la garde de mes deux filles : Mélys (7 ans) et Fantasia (13 ans).

Je gère la chaîne Minibus Team.

Sur les faits (extraits) :

Bien sûr que je suis au courant, on ne parle plus que de ça. Les filles, elles ont peur dans la rue maintenant. Surtout ma petite, elle est terrorisée à l'idée d'être kidnappée. Mais pour moi, il n'y a pas de fumée sans feu. (...)

Je trouve ça triste pour la gamine, ce qui leur arrive. Très triste. Vous savez, Mélanie Claux, elle s'est fait beaucoup d'ennemis. On a dû vous parler de quelques échanges un peu musclés qu'on a eus, elle et moi, j'imagine que c'est pour ça que je suis là, mais croyez-moi, il y a beaucoup de gens qui trouvent qu'elle va trop loin. Et en plus, elle se permet de donner des leçons. Elle prétend qu'elle s'est inspirée des chaînes américaines. En fait, dès le départ, elle a pompé sur moi. En France, sans me vanter, c'était moi le premier. Vous pouvez vérifier. Mélanie Claux, elle n'a rien inventé. Tous les défis, tous les jeux, toutes les idées, vous savez où elle les trouve ? Chez Minibus Team ! Moi je regarde ce qui se fait aux US, c'est vrai, mais j'adapte, j'améliore, j'invente ! Elle, elle pique à droite ou à gauche, surtout chez moi, et elle fait pareil. Il suffit de regarder les dates. Je poste une nouvelle vidéo avec les filles, *Papa dit oui à tout pendant 24 h*, ça cartonne, une semaine après elle balance *Maman dit oui à tout pendant une journée*. Regardez les historiques sur YouTube, les dates parlent d'elles-mêmes... Moi, je suis parti de rien. Au début, je les ai achetés moi-même, les produits, les Kinder, les Lego, les Barbie. J'ai investi. Ensuite, les marques m'ont contacté. Mélanie Claux, elle a commencé en mode faux cul, genre « je filme ma petite fille qui chante une comptine, je ne suis pas du tout là pour faire du business », mais très vite l'objectif s'est précisé.

Question : Ceci étant, il n'y a pas que vous deux, il y a d'autres chaînes familiales ?

Réponse : Oui, oui, maintenant, il y en a plein. Au-dessus d'un million d'abonnés, il y en a trois : Happy Récré, La Bande des doudous et nous. Les autres, Le Club du jouet, Rigolo Toy, tout ça, elles sont arrivées après. Mais bon, certaines s'en sortent pas mal en se positionnant sur des niches. Felicity, par exemple, vous voyez ? La mère de la petite qui a donné son nom à la chaîne est une ancienne miss Côte d'Azur. Sur un créneau très *girly*, ça marche. En fait, on se connaît tous plus ou moins. Il y a des clans... Les filles et moi, on s'entend bien avec Liam et Tiago, de La Bande des doudous. Ils habitent en Normandie. On a même fait des vidéos en duplex avec eux pour nos abonnés. On se serre les coudes. Mélanie Claux, elle l'a toujours joué en solo. Depuis le début. Elle s'en fout des autres, elle n'a pas de morale, tout ce qu'elle veut c'est gagner de l'argent. Vous avez vu la baraque qu'ils se font construire ? Ah ! Elle vous en a pas parlé ? Et tous les produits dérivés, là, les agendas, les cahiers, bientôt vous allez voir qu'elle va lancer sa marque de vêtements pour enfants et de cosmétiques pour mamans. Je suis prêt à prendre les paris.

(...)

Question : Avez-vous déjà rencontré Mélanie Claux et ses enfants ?

Réponse : Oui, oui, on les a vus plusieurs fois. Lors des meet-up à Aquapark ou Europa-Park, je ne sais plus. Plusieurs chaînes familiales étaient invitées. On s'est aussi croisés à la

Paris Game Week, l'année dernière ou l'année d'avant, je ne sais plus. C'est là que ça a clashé. Elle ne dit jamais bonjour, cette femme. Elle fait comme si elle ne nous reconnaissait pas… Moi je ne suis pas du genre à me dégonfler, alors je suis allé la voir et je lui ai dit que j'en avais ras-le-bol de ses insinuations. Il y avait des témoins, ça a fait un gros buzz sur Internet. Parce qu'elle avait répondu à plusieurs interviews où elle disait qu'*elle*, elle respectait les règles. À chaque fois, elle ne peut pas s'empêcher d'ajouter que ce n'est pas le cas de tout le monde. C'est moi qu'elle vise. Mais vous avez vu combien de vidéos elle tourne par semaine ? Et le style de capsules qu'elle poste maintenant ? Moi je peux vous dire que ça prend un max de temps : il faut répéter, recommencer… y a du décor, de la mise en scène, ses mômes ils sont sur le pont comme tous les autres. Et alors ? Pourquoi pas l'admettre ? Moi, mes filles, elles adorent ça. C'est elles qui réclament. Elles s'ennuient sinon. Mais quand Mélanie Claux se permet d'insinuer que moi je tourne plus qu'elle, que je ne respecte pas les temps de repos de mes filles ou que je dépense tout leur fric… ça me rend fou.

Question : Elle a dit ça ?

Réponse : Elle ne cite jamais notre nom. Elle est plus maligne que ça. Vous l'avez vue, la vidéo de Sammy où il prend la défense de sa mère pour expliquer qu'il n'est pas exploité ? On dirait un otage ! Pauvre môme… Je vous dis pas ce qu'il s'est pris comme insultes sur les réseaux sociaux : *fils à maman, p'tit pédé, fayot de première* et je vous passe les pires.

Question : Aujourd'hui, la chaîne Happy Récré vous a largement dépassés, comment expliquez-vous ça ?

Réponse : Je viens de vous le dire, elle pompe sur tout le monde. Franchement, moi je ne les envie pas. C'est vrai, mes filles, elles ont pris cher quand Kim et Sam nous ont doublés. Jusque-là, elles étaient les reines. Elles étaient fières d'être les premières. C'est normal. Alors forcément, elles ont eu un bon coup de bambou. Surtout Mélys, la petite, j'ai bien cru qu'elle allait me faire une dépression. Elle ne comprenait pas pourquoi les gens préféraient Kim et Sam. Elle avait l'impression que plus personne ne les aimait. Je leur ai expliqué. L'important ce n'est pas d'être les premiers. L'important, c'est tous ces enfants qui nous regardent toujours et qui comptent sur nous. Car la roue tourne, n'est-ce pas ? Alors oui, Mélanie Claux nous a dépassés, je peux pas dire le contraire. Mais à l'heure actuelle, sans me vanter, je préfère être à ma place qu'à la sienne.

Selon les us et coutumes, les chefs de groupe de la Crime partageaient leur bureau avec leur adjoint mais Cédric Berger avait longtemps occupé le sien tout seul. D'humeur changeante, connu pour osciller entre des longues périodes de mutisme et de subites colères, il n'était pas submergé par les candidatures. Lorsque Clara avait intégré son équipe, à la surprise de tous, il lui avait proposé la place vacante à côté de lui. Il voulait l'avoir à l'œil. Elle avait accepté sans hésiter. Elle avait l'habitude des cohabitations à risque et sa capacité de concentration était telle qu'elle aurait pu travailler au milieu d'un concert de hard-rock. Les pronostics lui donnaient deux semaines mais, contre toute attente, elle partageait avec lui, sans heurts et depuis plusieurs années, un espace relativement étroit. Au point qu'en accord avec lui, elle avait refusé quelques mois plus tôt un bureau isolé.

Assise face à l'ordinateur, Clara terminait la lecture des deux procès-verbaux d'audition qu'elle avait trouvés au matin dans sa bannette lorsqu'elle reçut un appel du laboratoire. Elle écouta son interlocuteur pendant une quarantaine de secondes puis raccrocha. Elle se tourna aussitôt vers Cédric pour lui transmettre les informations : l'ongle reçu par Mélanie Claux ne comportait aucune trace d'ADN. S'il y avait eu du sang, il avait été bien nettoyé.

Cédric réfléchit un instant.

— Ce que je ne comprends pas, Clara, c'est que le mec ne s'est toujours pas manifesté depuis que la vidéo a été mise en ligne. Il sait qu'on attend ses instructions. Soit il nous balade, soit il cherche le moyen le plus sûr de récupérer le fric qu'il va finir par demander. La photo de la petite a été diffusée dans tous les commissariats, les lignes téléphoniques des deux parents sont sur écoutes et on a trois équipes qui tournent en permanence dans le Xe arrondissement.

Clara tenta une légère diversion.

— As-tu des nouvelles du groupe Internet ?

— Rien de fou. Sur YouTube, tous les commentaires sont désactivés depuis 2019 sous les vidéos mettant en scène des enfants, à cause des contenus tendancieux voire carrément pédophiles qui s'y glissaient. Certains annonceurs menaçaient de retirer leurs budgets publicitaires. Sur Instagram, Mélanie Claux dit qu'elle passe un certain temps chaque jour à supprimer les commentaires négatifs voire agressifs. Quant aux adresses IP, vu que les mômes regardent les vidéos en boucle, ce n'est pas évident de repérer un utilisateur suspect. Cela étant, ils ont réussi à faire le rapprochement avec le fichier et ont identifié quatre types déjà repérés ou interpellés pour téléchargement d'images pédopornographiques qui regardent régulièrement Happy Récré, avec une prédilection pour les vidéos estivales dans lesquelles les deux enfants sont peu vêtus ou en maillot de bain. Deux d'entre eux étaient en région parisienne au moment des faits. Leur emploi du temps a été vérifié, ainsi que les traces laissées par leurs téléphones portables le jour de l'enlèvement. A priori, les deux sont hors de cause. De toute façon depuis le début de cette enquête, aucune hypothèse ne semble pouvoir tenir plus de trois heures.

— Et Grégoire Larondo ?

— Larondo et sa mère étaient bien chez eux le soir de l'enlèvement. Elle a passé un appel d'une demi-heure de son téléphone fixe et lui est revenu vers dix-huit heures trente de sa promenade hebdomadaire : toujours le même tour, qui passe par l'avenue du Général-Leclerc, l'avenue René-Coty et la rue Bezout. Les voisins l'ont vu sortir et rentrer. J'attends les résultats de la vidéosurveillance, mais il y a de fortes chances pour qu'il n'ait pas dérogé au rituel. Il est déprimé et sa vie est réglée comme du papier à musique. En outre, je ne vois pas bien ce qu'il aurait fait de la petite, vu qu'on n'a rien trouvé dans l'appartement et que rien ne justifie l'hypothèse d'un complice. C'est ce qu'on appelle un retour à la case départ.

— Le ravisseur va forcément se manifester de nouveau.

— Il entame la résistance psychique des parents, il nous teste, et ensuite il présentera la facture.

— Crois-tu qu'il va demander de l'argent ?

— Je l'espère, Clara. Sinon, c'est qu'il est vraiment tordu, et ce ne serait pas une très bonne nouvelle. Et toi, t'en es où ?

— Je suis à jour. J'ai transmis les éléments que tu

m'avais demandés à la juge dans l'affaire Clerc, j'ai bouclé mes PV de jonction dans l'affaire Rocher... j'ai revu les dernières auditions dans l'affaire Diore.

Elle hésita à aller plus loin mais Cédric commençait lui aussi à bien la connaître.

— Qu'est-ce que tu veux ?

Elle lui sourit avant de se lancer.

— Je souhaiterais voir toutes les stories. Toutes celles que Mélanie Claux a diffusées ces derniers mois sur son compte Instagram et qui sont restées dans ses archives. J'aimerais les avoir sur mon ordinateur pour les regarder une par une, tranquillement.

— C'est pas très orthodoxe...

— Ce n'est qu'un petit programme et quelques données à recopier. On a des services qui font ça très bien...

Elle attendit deux ou trois secondes avant d'ajouter :

— Je veux comprendre.

Mélanie Claux commençait chaque story par une prise de parole face caméra. Récemment, elle avait de nouveau changé de coiffure (une coupe plus dégradée, qui mettait en valeur ses boucles) et de style vestimentaire (sa prédilection pour les fleurs semblait s'être affirmée, à mesure que ses finances et ses sponsors lui avaient permis la multiplication des tenues).

Au fil du temps, Mélanie Claux était devenue Mélanie Dream. À la fois glamour, féerique et domestique, son image mêlait les codes avec habileté.

Mais Mélanie Dream restait, avant tout, la mère de Kim et Sam. Une maman fée qui orchestrait leur bonheur. Du matin au soir, dans un va-et-vient permanent entre elle et ses enfants – les rendant ainsi indissociables d'elle-même, et réciproquement –, elle racontait leur journée et produisait ainsi une sorte de téléréalité familiale autogérée, aux sponsors plus ou moins bien dissimulés. Il s'agissait avant tout de donner à chaque abonné le sentiment d'appartenir au clan.

Clara avait commencé par regarder les plus anciennes stories (les archives lui permettaient de remonter jusqu'à 2016), puis elle avait avancé jusqu'à l'hiver précédent, période à partir de laquelle elle avait laissé le programme dérouler les images dans leur ordre chronologique.

Les journées s'enchaînaient et, dans une immuable répétition, chacune commençait et se terminait par les mêmes mots : *Bonjour mes chéris, j'espère que vous allez tous très bien / Voilà mes chéris, je vous souhaite une très bonne nuit et vous envoie plein de bisous d'étoiles !*

Peu à peu, Clara s'était laissé happer. De confidence en confidence, modulable à l'excès, la voix de Mélanie Claux provoquait chez elle une forme d'envoûtement, elle en était consciente, entre fascination et répulsion. Le potentiel addictif de ces images était indéniable.

Au bout d'une heure, elle mit l'ordinateur en pause. Elle avait besoin de prendre du recul.

Au cours des derniers mois, Mélanie avait augmenté la cadence. La captation du quotidien commençait dès le réveil et les occasions étaient de plus en plus nombreuses. La moindre activité, le plus petit événement, le plus banal déplacement faisaient l'objet d'une story.

Dans leur lit, dans leur chambre, dans la cuisine, dans le salon, au retour de l'école, devant la télévision, penchés sur leurs devoirs ou sur leurs tablettes, dans la rue, dans les supermarchés, en voiture, en forêt, à la piscine, Kim et Sam étaient filmés par leur mère. Elle surgissait sans prévenir, portable à la main, et commentait les images.

Aucun moment, aucun endroit (à l'exception des toilettes et de la douche) n'échappait à l'œil de la caméra.

Les cahiers d'école, les bulletins scolaires, les dessins, les lits défaits, tout était filmé. Et lorsqu'elle ne pouvait pas montrer, Mélanie racontait. Telle une envoyée spéciale au sein de sa propre maison, elle rendait compte de tout. Si par malheur elle avait été souffrante ou fatiguée ou si, pour toute autre raison, elle avait passé quelques heures sans se manifester, elle s'en excusait auprès de ses abonnés.

Comme pour les vidéos de YouTube, on pouvait se contenter de voir ces images de loin (et alors sans doute, paraissaient-elles inoffensives), ou bien décider de les voir de près.

Indéniablement, le malaise venait de la répétition.

Dans cette succession d'images, une chose apparaissait de manière claire. Ces dernières semaines, l'attitude de Kimmy s'était modifiée. Parfois, il ne s'agissait que d'un détail : une expression sur le visage de l'enfant, un mouvement de recul, un geste interrompu pour tenter d'esquiver la caméra. Mais à d'autres moments, le malêtre de la petite fille était flagrant. À plusieurs reprises, elle avait eu envie de la prendre dans ses bras. De l'extraire de l'image. De la sortir de là.

De plus en plus souvent, alors que Sammy tentait de faire bonne figure – sourire réflexe, pouce levé en signe d'assentiment –, Kimmy se protégeait avec sa capuche ou tournait le dos. Elle semblait chercher à disparaître.

Face à ces images, Clara avait eu envie de dire : coupez ! Et d'éteindre tout.

Elle remit le programme en marche et la voix de Mélanie envahit de nouveau la pièce. À l'écran, Clara observait la petite fille, ne la quittait pas des yeux.

Dans une story datée de la fin de l'été, filmée chez l'opticien Optic Future, Mélanie faisait voter ses abonnés pour choisir les lunettes de Sammy. Elle sollicitait Kimmy pour avoir son avis, mais la petite fille, assise sur une chaise et visiblement épuisée, ne répondait plus.

À peine sortie de la boutique, Mélanie annonçait le résultat des votes : grâce aux conseils de ses *chéris*, la monture Jacadi l'avait emporté !

Sammy souriait à la caméra tandis qu'en arrière-plan, Kimmy se tenait debout, le regard dans le vide. Au bout de quelques secondes, comprenant qu'elle était dans le champ, d'un geste las, épuisé, elle cachait son visage derrière son doudou-sale.

Ce jour-là, Kimmy semblait avoir déclaré forfait, incapable de jouer le jeu, de sourire, de faire semblant.

Dans une autre story, datée d'un mercredi de septembre, le frère et la sœur étaient filmés par leur mère alors qu'ils dédicaçaient la nouvelle gamme d'articles de papeterie lancée par Happy Récré.

Assis côte à côte dans le hall d'une grande enseigne de distribution, Sammy et Kimmy faisaient face à une horde d'enfants et de jeunes adolescents, venus avec leurs parents de toute la région pour les rencontrer. Mélanie commentait la scène, s'extasiant sur l'affluence et la longueur de la file d'attente. Appuyée sur un coude, Kimmy avait l'air exténuée.

Une fois leur agenda ou leur cahier de textes signé, la plupart des enfants réclamaient un bisou ou un selfie.

À chaque fois qu'on l'embrassait, peinant à dissimuler son dégoût, Kimmy s'essuyait la joue avec sa manche. Et ce geste était d'une tristesse infinie.

Un autre jour encore, dans une chambre d'hôtel, alors que toute la famille avait apparemment été invitée pour un week-end à Fantasia Park, Kimmy s'était retrouvée enfermée dans la salle de bains. Le système de verrouillage était coincé. L'intervention d'un technicien de maintenance avait été nécessaire et le sauvetage de l'enfant avait fait l'objet de plusieurs stories. Pour finir, aucune explication satisfaisante n'avait pu être apportée. Une fois la gamine délivrée, le technicien lui avait demandé dans quel sens elle avait tenté d'ouvrir le verrou. Kimmy n'avait pas su répondre. « Elle est fatiguée », concluait sa mère.

Quelques jours à peine avant la disparition de Kimmy, une scène terrible avait été archivée par Mélanie. Celle-ci cherchait sa fille partout dans l'appartement, lorsqu'elle l'avait trouvée toute seule au milieu du studio d'enregistrement.

Kimmy était assise sur une chaise, face à la caméra.

Comme souvent, Mélanie s'était approchée d'elle, filmant la scène, le portable à la main.

— Qu'est-ce que tu fais là, ma chérie, tu sais que le studio est interdit sans les parents ?

La petite n'avait pas répondu.

— Tu voulais te filmer ?

Kimmy avait fini par acquiescer.

— Qu'est-ce que tu voulais filmer, comme ça, toute seule dans le studio ?

Un sanglot précédait la réponse de la petite fille.

— Je voulais dire adieu aux happy fans.

— Adieu ?

— Oui, adieu pour toujours.

Kimmy ne regardait pas l'objectif, elle regardait sa mère.

Le menton tremblant, les larmes aux yeux, elle attendait une réponse.

Alors Mélanie avait retourné la caméra vers elle-même et s'était adressée à ses abonnés : « Eh bien vous voyez, on l'a échappé belle ! Kimmy voulait faire ses adieux au music-hall ! »

Puis, dans un clin d'œil complice à la caméra, toujours sans regarder sa fille, elle avait ajouté : « Mais tu es trop jeune pour dire adieu, ma chérie, tu imagines tous les happy fans qui t'aiment et qui seraient si malheureux ! »

Clara se sentit envahie d'une terrible mélancolie. Elle avait du mal à respirer, elle mit de nouveau sur pause. Sur son écran, transformé par l'un de ces filtres Instagram qui lui donnaient l'air d'une poupée – cils allongés, peau de pêche et iris bleu nuit –, le visage de Mélanie Dream était figé dans un sourire de speakerine. La bouche aussi semblait plus brillante et légèrement ourlée.

Clara fit rouler son siège pour s'éloigner de l'image.

« Qui est cette femme ? » demanda-t-elle soudain à voix haute.

On ne pouvait ignorer le besoin de reconnaissance qui transparaissait de ces images. Mélanie Claux voulait être regardée, suivie, aimée. Sa famille était une œuvre, un accomplissement, et ses enfants une sorte de prolongement d'elle-même. L'avalanche d'émoticônes qu'elle recevait chaque fois qu'elle postait une image, les compliments sur ses tenues, sa coiffure, son maquillage comblaient sans doute une faille ou un ennui. Aujourd'hui, les cœurs, les likes, les applaudissements virtuels étaient devenus son moteur, sa raison de vivre : une sorte de retour sur investissement émotionnel et affectif dont elle ne pouvait plus se passer.

Clara ouvrit le tiroir de son bureau en quête d'une barre de céréales ou d'un paquet de gâteaux qu'elle y aurait laissé. Elle mourait de faim mais ne pouvait se résoudre à rentrer chez elle. Elle fouilla sous les stylos et les papiers, ne trouva rien d'autre qu'un vieux chewing-gum. Elle rapprocha son siège et scruta de nouveau le visage figé.

Ou bien Mélanie Claux était une redoutable femme d'affaires. Elle avait compris le fonctionnement de l'algorithme, la complémentarité des médias et la vitrine incontournable des réseaux sociaux. Elle ne s'était pas seulement transformée en fée, mais en chef d'entreprise. Elle organisait les plannings, les tournages, le montage et la communication, et prévoyait plus de six mois à l'avance les déplacements de sa famille. Rien n'était laissé au hasard. Kimmy et Sammy devaient être visibles tous les jours. Les week-ends et les vacances scolaires permettaient d'honorer les invitations dans les hôtels, les fast-foods et les parcs d'attractions. Autant de moments qui feraient l'objet de nouvelles vidéos. Il fallait distribuer de l'amour à ceux qui les regardaient. Il fallait leur adresser des tas de *poutous-bisous* et des *bisous d'étoiles*, et leur donner le sentiment que tout était partagé. *Partager* était un investissement. Partager les secrets, les marques, les anecdotes, telle était la recette du succès. Depuis que Mélanie s'était lancée sur les réseaux, les compteurs n'avaient jamais cessé de grimper.

Clara soupira et entreprit de rassembler ses affaires.

Et si elle faisait fausse route... Elle se demandait qui était Mélanie Claux, mais cette question n'avait pas de sens. Mélanie Claux n'était pas une exception. Mélanie Claux était comme les autres. Elle était comme Fabrice Perrot, comme les parents de La Bande des doudous, comme la mère de Felicity, comme ces dizaines d'adultes qui avaient créé des chaînes au nom de leurs enfants et pour lesquels la question de l'exposition ou de la surexposition n'en était pas une. Et ils n'étaient pas les seuls.

Il suffisait de regarder les plateformes de partage pour voir que la notion d'intimité, d'une manière générale, avait profondément évolué. Les frontières entre le dedans et le dehors avaient disparu depuis longtemps. Cette mise en scène de soi, de sa famille, de son quotidien, la quête du like, Mélanie ne les avait pas inventées. Elles étaient aujourd'hui une manière de vivre, d'être au monde. Un tiers des enfants qui naissaient avaient déjà une existence numérique. En Angleterre, des parents avaient partagé avec leurs abonnés l'enterrement de leur fils, mort quelques jours plus tôt. Aux États-Unis, une jeune fille avait tué son petit ami accidentellement en tournant une vidéo à sensation, destinée à devenir virale. Et aux quatre coins du monde, des centaines de familles partageaient leur vie quotidienne avec des millions d'abonnés.

Une troisième hypothèse effleura Clara : cette femme n'était ni une victime ni un bourreau, elle appartenait à son époque. Une époque où il était normal d'être filmé avant même d'être né. Combien d'échographies étaient publiées chaque semaine sur Instagram ou Facebook ? Combien de photos d'enfants, de famille, de selfies ? Et si la vie privée n'était plus qu'un concept dépassé, périmé, ou pire, une illusion ? Clara était bien placée pour le savoir.

Nul besoin de se montrer pour être vu, suivi, identifié, répertorié, archivé. La vidéosurveillance, la traçabilité des communications, des déplacements, des paiements, cette multitude d'empreintes numériques laissées partout avaient modifié notre rapport à l'image, à l'intime. *À quoi bon se cacher puisque nous sommes si visibles*, semblaient dire tous ces gens, et peut-être avaient-ils raison ?

Aujourd'hui, n'importe qui pouvait ouvrir un compte sur YouTube ou Instagram et tenter de conquérir un public, une audience. N'importe qui pouvait se mettre en scène et multiplier les contenus pour satisfaire ses abonnés, ses amis virtuels ou quelques voyeurs passés par là.

Aujourd'hui, n'importe qui pouvait imaginer que sa vie était digne de l'intérêt des autres et en récolter la preuve. N'importe qui pouvait se considérer et se comporter comme une personnalité, un *people*…

Au fond, YouTube et Instagram avaient réalisé le rêve

de tout adolescent : être aimé, être suivi, avoir des fans. Et il n'était jamais trop tard pour en profiter.

Mélanie était une femme de son temps. C'était aussi simple que cela. Pour exister, il fallait cumuler les vues, les likes et les stories.

Clara se sentait parfois si triste et si décalée. Ce n'était pas nouveau. Cependant cette sensation s'était accrue au cours des dernières années et, bien que dénuée d'amertume, était devenue douloureuse. Elle avait raté une marche, un épisode, une étape. Elle, à qui on avait offert *1984* et *Fahrenheit 451* le jour de ses quatorze ans, elle qui avait grandi au milieu d'adultes toujours prompts à contester les dérives de leur époque (qu'auraient pensé Réjane et Philippe de celle dans laquelle elle vivait ?), elle qui venait d'un monde où tout devait sans cesse être questionné, pensé, avait regardé le train partir sans pouvoir monter dedans. Ses parents s'étaient trompés. Ils croyaient que Big Brother s'incarnerait en une puissance extérieure, totalitaire, autoritaire, contre laquelle il faudrait s'insurger. Mais Big Brother n'avait pas eu besoin de s'imposer. Big Brother avait été accueilli les bras ouverts et le cœur affamé de likes, et chacun avait accepté d'être son propre bourreau. Les frontières de l'intime s'étaient déplacées. Les réseaux censuraient les images de seins ou de fesses. Mais en échange d'un clic, d'un cœur, d'un pouce levé, on montrait ses enfants, sa famille, on racontait sa vie. Chacun était devenu l'administrateur de sa propre exhibition, et celle-ci était devenue un élément indispensable à la réalisation de soi.

La question n'était pas de savoir qui était Mélanie Claux. La question était de savoir ce que l'époque tolérait, encourageait, et même portait aux nues. Et d'admettre qu'ils étaient inadaptés, dépassés, voire réactionnaires, ceux qui, comme elle, ne pouvaient plus s'y mouvoir sans s'étonner ou s'indigner.

Clara parvint enfin à couper l'ordinateur. Elle avait les cervicales en miettes.

Elle attrapa ses affaires, éteignit les lumières du bureau et sortit du Bastion. Dehors l'air était frais, elle prit son chemin habituel.

Qui, à part elle, allait visionner jusqu'à l'épuisement ces vidéos et ces stories ? Personne.

Mais si la réponse était là ? Dans ce choc entre les mondes. Entre ce monde virtuel, qui avait ses règles et ses idoles, et son monde à elle, où ces images d'abondance miraculeuse et de joie contrefaite ne généraient rien d'autre que de l'angoisse et de la tristesse.

Elle pensait à la petite fille. Tout le temps.

À l'imperceptible mouvement de recul de son corps. Au regard qu'elle avait quand sa mère entrait dans la pièce, portable à la main. Ce regard qui, l'espace d'un dixième de seconde, cherchait l'issue.

Quel que soit le portrait que Clara retiendrait finalement de Mélanie Claux, elle était sûre d'une chose : aucune loi ne pourrait l'arrêter.

Six jours après l'enlèvement de Kimmy Diore, un nouveau courrier parvint à la résidence du Poisson Bleu. Le gardien avertit aussitôt la Brigade et, en moins d'une heure, l'enveloppe fut récupérée et rapportée au Bastion.

Mélanie et son mari venaient d'arriver à la Crime, escortés par deux enquêteurs. Mélanie était plus pâle que jamais et semblait tenir debout avec difficulté. Le visage fermé, tendu, moins affable que les jours précédents, Bruno soutenait sa femme. Il avait maigri, ses traits semblaient s'être affaissés.

Face à leur détresse, Clara oublia ses questions de la veille. Épuisés, dévorés d'angoisse, les Diore redevenaient avant tout les parents d'une petite fille disparue.

Comme la fois précédente, l'adresse avait été écrite au stylo bille par une main d'enfant et postée du Xe arrondissement. De peur qu'elle ne s'évanouisse, Cédric proposa à Mélanie de s'asseoir, puis il enfila des gants en latex et déchira l'enveloppe avec précaution. Il découvrit un nouveau polaroïd de Kimmy, assise sur une chaise de cuisine.

Le cliché était cadré de près, les murs blancs derrière elle ne leur apprendraient rien de plus. Elle fixait l'objectif.

Un regard sérieux, intense, indéchiffrable.

Cédric Berger déplia ensuite le message qui accompagnait la photo et le lut à voix haute.

« J'ACHÈTE LA LIBERTÉ DE MA FILLE. »
VOICI LE TITRE DE TA FUTURE VIDÉO.
FAIS UN DON DE 500 000 EUROS
À L'ASSOCIATION ENFANCE EN DANGER.
ANNONCE CE DON SUR YOUTUBE
ET MONTRE LA PREUVE DU VIREMENT.
SI TU FAIS CE QUE JE DIS
AVANT 72 HEURES,
LA PETITE SERA LIBÉRÉE.
CE N'EST PAS INSTAGRAM
QUI CONTRÔLE TA JOURNÉE. C'EST MOI.

Quelque chose était resté au fond de l'enveloppe. Le chef de groupe y plongea la main et en ressortit une minuscule dent de lait. Mélanie fut prise de tremblements. Elle s'empara de la photo et refusa de la lâcher. Il fallut plusieurs minutes pour la convaincre de la laisser à l'identité judiciaire, afin qu'elle puisse être analysée et qu'y soient prélevées les éventuelles traces laissées par le ravisseur. Aucune empreinte n'avait été trouvée sur le précédent cliché, mais le type d'appareil utilisé, sa marque et son année de fabrication avaient pu être déterminés.

Plus tard, alors qu'il les raccompagnait au rez-de-chaussée, Cédric Berger tenta de rassurer les parents : la petite était vivante et le ravisseur avait formulé une demande. Que celle-ci soit sérieuse ou qu'il s'agisse d'un leurre pour récupérer l'argent, c'étaient de bonnes nouvelles. La salle de crise allait se réunir en urgence et décider des suites à donner. Par ailleurs, les enquêteurs continuaient leur travail : surveillance nuit et jour de la résidence, rondes spéciales dans le Xe arrondissement, analyse des bandes de vidéoprotection, vérification de tous les témoignages laissés sur le numéro dédié.

À onze heures, Mélanie et Bruno quittèrent le Bastion. La journée s'annonçait longue. En passant par le tunnel, ils échappèrent aux journalistes. Une fois sur le boulevard Berthier, Bruno proposa à Mélanie de marcher un peu avant de s'enfermer de nouveau dans la chambre d'hôtel, mais elle n'avait plus la force.

Ils étaient rentrés depuis une heure dans leur suite quand Mélanie décida de faire couler un bain. Elle était frigorifiée et ne parvenait pas à se réchauffer.

À côté d'elle, Bruno faisait les cent pas, incapable de s'asseoir.

Depuis la veille, ils n'avaient échangé que quelques mots. Bruno l'avait soutenue jusqu'à la Brigade criminelle, et dans le bureau de Cédric Berger. Elle avait pu s'appuyer sur lui, comme elle le faisait depuis des années, mais il ne l'avait pas prise dans ses bras. Il n'avait pas tenu sa main, il ne l'avait pas serrée contre lui.

Son mari, son cher mari. Si fiable et si dévoué. Son mari qu'elle avait trahi.

De là où elle se trouvait maintenant, elle pouvait voir la tension de son dos, de ses cuisses, « une boule de nerfs », pensa-t-elle, n'osant pas s'approcher.

La veille, elle avait tout dit. Elle n'avait pas eu le choix.

Car après que Grégoire Larondo avait été auditionné par les enquêteurs, il n'avait cessé de lui téléphoner. Comment il avait réussi à se procurer son numéro, elle l'ignorait. La première fois, par chance, Bruno n'avait rien entendu. Mélanie s'était éloignée pour expliquer ce qu'elle savait, l'avancement de l'enquête et les moyens mis en œuvre. Avec dureté, elle avait demandé à Grégoire de ne pas la rappeler. Mais trois heures plus tard, il avait recommencé. À sa voix, elle avait compris qu'il ne s'arrêterait pas là. Quelque chose d'hermétique, qui jusque-là contenait son anxiété, s'était fissuré. Il voulait connaître les détails de l'enquête, participer aux recherches, il ne pouvait pas rester les bras croisés alors que sa fille était en danger. Il perdait pied.

Alors, comme Clara Roussel lui avait conseillé de le faire (il était impossible, avait-elle répété, que Bruno n'entende jamais parler de l'audition de Grégoire Larondo), Mélanie s'était décidée à parler à son mari. Sans entrer dans les détails, mais sans omettre l'essentiel, elle avait raconté cette soirée qui avait eu lieu près de sept ans plus tôt et la requête de Grégoire, des années après. Les poings serrés, Bruno l'avait écoutée sans l'interrompre. Elle avait vu les muscles de sa mâchoire palpiter, exactement comme ce jour où il en était venu aux mains, en pleine rue, avec un homme qui avait fait mine de cracher sur Mélanie.

Puis, il s'était levé sans rien dire et s'était enfermé dans la chambre. Tout ce temps, Mélanie était restée assise sur le canapé du salon, parfaitement immobile.

Quand Bruno était ressorti, les yeux rougis, il lui avait parlé sur un ton qu'elle ne lui connaissait pas. Un ton qui n'autorisait ni le doute ni la contestation. Lui qui était si doux, si conciliant, avait énoncé son verdict. Kimmy était sa fille, il le savait. Le débat était clos. Dans le cauchemar qu'ils traversaient, ils devaient rester unis. Ils n'avaient pas d'énergie à perdre pour des querelles ou des faux pas. Ils avaient un combat bien plus important à mener.

Bruno regardait maintenant par la fenêtre. Elle l'entendait respirer. Fort, trop fort. En attendant que la baignoire soit pleine, Mélanie alluma la télévision et tomba sur l'une des chaînes d'information continue. Elle faisait mine de ranger quelques affaires quand elle entendit la voix de sa mère. Elle s'approcha de l'écran avec prudence.

Un micro sous le menton, sa mère affichait une mine préoccupée.

— Oui, c'est une terrible épreuve pour ma fille et mon gendre. Ils tiennent, bien sûr, mais on est tous très inquiets pour la petite. Si au moins on avait une idée des conditions dans lesquelles elle est enfermée. Vous savez bien dans quel état on retrouve parfois les gosses… La police est au point mort, voilà la vérité. Des pédophiles, il y en a partout, monsieur. On ne peut pas s'empêcher d'y penser.

La caméra la filmait de près, en légère contre-plongée. Son visage paraissait très rouge.

— Vous avez des nouvelles de Mélanie ?

— Elle tient le coup. Ils attendent et nous aussi. C'est dur… très dur…

D'un geste vif, Mélanie Claux dirigea la télécommande vers la télévision et se laissa tomber sur le canapé. Bruno n'avait pas bougé. Elle éclata en sanglots. Depuis la disparition de sa fille, elle avait pleuré, mais chaque fois que le sanglot menaçait de la submerger, elle était parvenue à le maîtriser. À plusieurs reprises, elle s'était sentie au bord d'un point de bascule irrémédiable – une chute ou un effondrement –, et toujours elle était parvenue à contrer la vague, le courant, cette puissance obscure qui l'entraînerait au fond, tout au fond, là où il n'y avait plus aucun appui, aucun secours, là où elle ne pourrait plus se relever. Elle ne pouvait pas se le permettre. Elle devait garder ses forces pour tenir. Pour survivre.

Mais cette fois, l'assaut était plus puissant. Des spasmes d'une violence inconnue soulevaient sa poitrine, comme si son organisme tout entier cherchait à se débarrasser d'un corps étranger ou d'une molécule toxique, et une douleur insoutenable entravait sa respiration.

Une plainte ancienne, lointaine, une plainte venue de son enfance ou de toutes les enfances, sortit de sa gorge. Elle n'avait jamais rien exprimé d'aussi horrible. Elle ne s'était jamais sentie aussi seule. Elle se laissa glisser sur le sol. Alors il lui sembla sortir de son propre corps et elle se vit là, roulée en boule dans cette chambre d'hôtel, pauvre petite fille abandonnée, et elle éprouva une peine immense pour elle-même. Elle n'avait pas mérité ça.

Au bout de quelques minutes, Bruno quitta la fenêtre. Il s'approcha d'elle, l'aida à se relever et la prit dans ses bras.

— Si je comprends bien, une gamine de six ans est kidnappée en pleine journée par un malade qui lui arrache les ongles et les dents pour les envoyer à sa mère et six jours plus tard, on est toujours comme des cons.

Lionel Théry était connu pour son sens de la synthèse. Vu l'ambiance, il était périlleux de nuancer.

Cédric Berger prit la parole.

— Mélanie Claux nous a signalé que les deux dents du bas de Kimmy bougeaient, quelques jours avant sa disparition. Le docteur Martin nous a confirmé que la dent découverte dans l'enveloppe était l'incisive centrale mandibulaire droite, la 81, pour être précis. Il est vraisemblable qu'elle soit seulement tombée, comme tombent généralement les dents de lait des enfants à cet âge.

— Ça, c'est du renseignement.

Clara se lança.

— Ce n'est peut-être pas un détail. Le ravisseur a envoyé une dent, il ne prétend pas l'avoir arrachée. Il nous donne la preuve qu'il détient la petite. Sur la photo, Kimmy porte un caleçon et un sweat-shirt à sa taille, mais ce n'est pas la tenue qu'elle portait le jour de sa disparition. À y regarder de plus près, ces vêtements ne sont pas neufs. Le ravisseur possédait donc des vêtements à la bonne taille, déjà portés, ou bien il les a achetés dans une friperie. Toujours est-il qu'il a pris soin de donner à la petite une tenue propre, ce qui, en soi, n'est pas inintéressant.

Lionel Théry était beau joueur.

— En effet. Et on n'a toujours rien sur cette putain de bagnole ?

Cédric Berger reprit la parole.

— Une Twingo, une Clio, peut-être une 206, aux dires des témoins... Pas vraiment un modèle rare. Je rappelle qu'aucune des personnes actuellement autorisées à se garer dans le parking ne possède officiellement de voiture rouge et qu'aucune n'a prêté son bip d'accès à quelqu'un de l'extérieur. En ce qui concerne les ex-propriétaires ou locataires ayant bénéficié de cet accès, l'ancien syndic, qui a été révoqué, est incapable de retrouver cette information. Ils ont jeté ou perdu une partie de leurs archives.

Un silence se fit. Clara hésita, puis elle prit le relais.

— Le ravisseur a regardé suffisamment la télévision pour avoir l'idée de mettre des gants quand il envoie ses courriers écrits à la mère (et non aux deux parents). Des messages qui font allusion à la chaîne que celle-ci gère sur YouTube. Les demandes arrivent par la poste, écrites à la main. À l'heure où n'importe quel dealer peut acheter un téléphone jetable et une carte SIM prépayée, il y a un petit côté *old fashion* qui n'est pas pour me déplaire. En outre, le ravisseur n'exige pas de rançon pour lui-même, mais pour une bonne cause. Nous pouvons en douter, bien sûr, et cela reste à vérifier. Il demande à Mélanie Claux de verser un demi-million à une association qui a pignon sur rue depuis vingt ans : Enfance en danger. Ce pourrait être un message. Et celui-ci me paraît d'autant plus limpide qu'il fait allusion de manière explicite à Happy Récré. Car quand le ravisseur écrit : « Ce n'est pas Instagram qui contrôle ta journée, c'est moi », la référence aux vidéos *Instagram contrôle notre vie*, qui rencontrent un succès fou sur la chaîne, est plus que probable.

Elle se tut un instant, hésitant à poursuivre. Lionel Théry l'encouragea d'un geste.

— Je m'explique. Environ une fois par mois, pendant toute une journée, Mélanie Claux lance des sondages auprès de ses abonnés. C'est eux qui décident de tout : quelles céréales Kimmy et Sammy vont avaler au petit-déjeuner, quel dessin animé ils vont regarder, quel sweat-shirt ils vont porter. Elle pose la question sur son compte Instagram, et, en quelques minutes, obtient le résultat. La journée elle-même fait l'objet d'une nouvelle vidéo, montée et habillée d'effets graphiques, qui est postée sur YouTube. Les dernières en date ont fait cinq ou six millions de vues chacune. Mélanie Claux n'a rien inventé. Seulement voilà, aujourd'hui, ce ne sont pas les fans qui contrôlent sa journée, c'est le ravisseur de sa fille... Et il lui demande de faire un gros chèque.

Lionel Théry écoutait, tendu. Cédric Berger reprit la parole.

— L'association est une institution, difficile d'imaginer qu'elle puisse avoir un lien avec le ravisseur. Néanmoins le président, le trésorier et le secrétaire général seront entendus ici dans la journée. Évidemment les parents veulent payer. Je les ai convaincus d'attendre, je revois Bruno Diore tout à l'heure. Il semble avoir pris les choses en main et il comprend nos arguments.

Lionel Théry se racla la gorge.

— Ils ont le fric, j'imagine ?

— Oui. Les fonds peuvent être rapidement disponibles.

Lionel Théry réfléchit un instant avant de conclure.

— Qu'il y ait un côté amateur dans tout ça, soit. Pour le coup, ça pourrait même avoir l'air d'un méchant canular, sauf que la gamine est bel et bien introuvable depuis six jours. Alors je vous rappelle une chose : l'amateurisme n'exclut pas la perversion. Et l'improvisation n'est pas incompatible avec la barbarie. Alors on ne lâche rien. On ne bouge pas tant qu'on n'a pas la certitude que l'association est réglo et qu'elle sera prête à restituer l'argent si les parents le demandent. Ensuite, le cas échéant, on fait mine de céder. Si la petite est relâchée, il sera toujours temps de réfléchir à la manière de communiquer sur notre stratégie. Mais avant tout, il faut qu'on oblige le type à sortir du bois.

La nuit venait de tomber et Mélanie relisait les commentaires de soutien et d'amour qu'elle continuait de recevoir sur son compte depuis la publication de la première vidéo et la confirmation par les médias que sa fille avait disparu. Ses *chéris* ne l'oubliaient pas. Savoir qu'ils étaient là, à ses côtés, était un tel réconfort. Des dizaines de mamans se disaient prêtes à cuisiner pour elle, à s'occuper de Sammy, ou à les accueillir chez elles. Des dizaines d'enfants exprimaient leur inquiétude et leur tristesse, avec des fleurs, des cœurs de toutes les couleurs et des emojis adorables.

Elle avait créé une communauté. Ce n'était pas qu'un mot. C'était une réalité. Une communauté dont elle était l'épicentre. Dans ce monde si dur, si violent, cela représentait beaucoup. « *It means a lot* », avait dit un jour Kim Kardashian sur son compte Instagram, et elle avait raison. Depuis le tout premier jour, lorsque Mélanie s'adressait à ses abonnés, elle les appelait *mes chéris*. Parce qu'elle voulait leur dire son amour. Parce qu'elle les chérissait.

Ils lui avaient tant apporté.

Tout.

Ses *chéris* étaient si nombreux qu'elle ne pouvait se les représenter un par un. Ses *chéris* formaient une sorte de famille immense et sans visage. Une famille bienveillante, unie au-delà des générations, où petits et grands étaient représentés. Elle aimait cette idée d'un public qu'il fallait satisfaire, contenter, auquel il fallait faire plaisir. Elle aimait cette récompense immédiate, si chaleureuse, si enthousiaste, qu'ils lui offraient chaque fois qu'elle se manifestait. Elle avait besoin de leur attention. De leurs compliments. Ils lui donnaient le sentiment d'être quelqu'un d'unique. Quelqu'un qui méritait d'être remarqué. Il n'y avait pas de honte à cela.

Sa fille lui manquait horriblement. Le souvenir de son petit corps, collé à ses hanches quand elle venait se blottir contre elle, ses bras menus entourant sa taille, était insoutenable. Sa Kimmy jolie. Si sauvage, si indépendante. Elle ne ressemblait pas à la petite fille que Mélanie avait été. Elle ne ressemblait à aucune petite fille que Mélanie connaissait.

Bien sûr, parfois il y avait eu des bouderies. Ou des pleurs. Depuis quelque temps, Kimmy était d'humeur maussade. Elle rechignait à tourner certaines vidéos, non pas parce qu'elle n'aimait pas ça, mais parce que certains élèves de sa classe se moquaient d'elle. Madame Chevalier avait convoqué Mélanie pour en parler. L'institutrice lui avait posé des questions sur les tournages, comment cela se passait, à quelle heure, à quelle fréquence, elle voulait tout savoir… Combien de temps Happy Récré prenait chaque semaine et combien de temps il restait pour jouer et s'ennuyer. « S'ennuyer ? Mais elle ne s'ennuie jamais ! » avait répondu fièrement Mélanie. Happy Récré était leur vie. Cela, cette femme ne pouvait pas le comprendre. Madame Chevalier disait que Kimmy commençait à prendre conscience des choses, notamment du fait que les vidéos étaient vues par un grand nombre de gens, des gens qu'elle ne connaissait pas. Selon l'institutrice, cela provoquait chez elle de l'inquiétude. Elle trouvait Kimmy fatiguée, voire un peu déprimée. « Cette femme est folle », avait pensé Mélanie. Cette femme n'avait aucune preuve de ce qu'elle avançait, elle s'appuyait sur des impressions qui ne révélaient rien d'autre que ses préjugés. Mais l'institutrice avait continué. Elle prétendait que Kimmy se bouchait les oreilles dans la cour dès qu'un autre enfant lui parlait de Happy Récré. Certains élèves plus âgés l'appelaient *bébé-sale* ou *bébé-doudou*. Un jour, Kimmy avait pleuré parce qu'un garçon d'une classe supérieure lui avait dit, reproduisant sans doute mot pour mot les propos malveillants de ses parents : « Ta mère, elle va être dénoncée au tribunal des enfants. »

Lors de ce rendez-vous, Mélanie avait écouté la maîtresse poliment puis elle avait mis les choses au point : il était hors de question que ses enfants soient l'objet de telles médisances. Elle les avait inscrits dans une école privée pour éviter ce genre de difficultés, alors si Kimmy ou Sammy étaient victimes de railleries ou de moqueries – guidées par la seule jalousie –, c'était au corps enseignant et à la direction de prendre des mesures.

Voilà ce qu'elle avait répondu à madame Chevalier, non sans une certaine fermeté.

Dans les semaines qui avaient suivi, Kimmy s'était montrée de plus en plus réfractaire pour tourner les vidéos, au point que Mélanie s'était demandé si l'institutrice n'avait pas monté la tête de sa fille. Kimmy se faisait prier pour tout. Elle oubliait son texte, n'écoutait pas les consignes, et faisait mine de ne rien comprendre. Le principal sujet d'achoppement concernait les tenues qu'elle devait porter. À six ans, sa petite fille refusait catégoriquement d'enfiler jupes, robes, collants et, à vrai dire, n'importe quel vêtement connoté de manière féminine. Elle ne voulait plus entendre parler de la couleur rose, de la dentelle, ni des volants. Cela mettait Mélanie hors d'elle, d'autant plus qu'à la veille de la sortie du film *La Reine des Neiges 2*, elle venait de signer un important contrat avec Disney. La marque leur avait fourni une série de déguisements, de jouets et de produits dérivés à mettre en avant sur la chaîne et les réseaux sociaux. Kimmy n'avait jamais voulu enfiler la robe ni le manteau de la Reine des Neiges et Mélanie avait dû porter elle-même la couronne, les gants de satin et les boucles d'oreilles.

Sans parler du jour où Kimmy s'était enfermée toute seule dans cette salle de bains d'hôtel. Une enfant ne pouvait pas avoir une idée aussi tordue. Cela venait bien de quelque part. L'institutrice lui en voulait. Elle lui en voulait personnellement. Cette femme était jalouse de son succès, de ses vêtements, de sa vie. Cela crevait les yeux. Et cet air qu'elle arborait, en regardant Mélanie, lorsqu'elle venait chercher sa fille. Ce sourire en coin. Supérieur. De quoi se mêlait-elle ?

Mélanie avait failli prendre rendez-vous avec la directrice de l'école pour dénoncer l'institutrice, mais Bruno l'en avait dissuadée. Cela risquait de faire toute une histoire et Mélanie n'avait aucune preuve. Elle s'était rangée à l'avis de son mari. Bruno était moins émotif, moins affectif qu'elle. Il avait réussi à la calmer.

Elle ne pouvait s'empêcher de repenser à ces moments de conflit et ces souvenirs lui brisaient le cœur. Mais elle ne devait pas se laisser envahir par les pensées négatives, ni par toutes ces rumeurs qui avaient tenté de les atteindre. Elle devait rester forte comme elle l'avait toujours été.

Bruno attendait le feu vert de la Brigade criminelle pour effectuer le virement demandé sur le compte de l'association. Peu importait l'argent. Elle aurait donné le double s'il le fallait.

Alors que le jour commençait à décliner, Mélanie ouvrit le rideau pour observer la rue. Regarder les gens marcher, parler, aller et venir, l'apaisait un peu.

Soudain, elle songea qu'elle n'avait pas remercié ses *chéris* pour leurs nombreux messages. Depuis plusieurs jours, elle n'avait pas répondu. Pas une seule fois. Elle ne pouvait pas les laisser comme ça, sans nouvelles, sans un mot.

Elle attrapa son portable et écrivit :

« Merci à vous tous pour votre soutien et pour tout cet amour que vous nous donnez. Vous êtes nos étoiles dans la nuit noire, notre horizon dans cette épreuve. »

Elle ajouta une dizaine d'émoticônes prière, deux mains jointes vers le ciel, et une émoticône étoiles dans les yeux.

Quelques secondes plus tard, les premiers cœurs et les premières émoticônes *bisous* apparurent. En quelques minutes, elle avait déjà obtenu sept cent dix-huit mentions *j'aime*.

Elle sourit.

Longtemps Clara s'était demandé si on pouvait être flic et mener une vie normale. Si tant est qu'elle pût se représenter une vie normale, la réponse était non. La réalité était qu'elle menait une vie de flic, dans une résidence de flics, avec des amis flics, des conversations de flic et des problématiques de flic. D'ailleurs, la plupart des flics se mariaient entre eux, mais pas elle, qui avait laissé partir le flic de sa vie.

Telle était la conclusion à laquelle elle parvenait les soirs de *bleu*, comme les appelait sa mère quand elle était enfant, lui demandant toujours de préciser la nuance, du bleu le plus pâle au bleu le plus foncé – comme on évalue sa propre douleur sur une échelle de 1 à 10 –, les soirs de *bleu* donc, où Chloé, son amie depuis la fac, n'était pas disponible pour aller boire un verre. Les autres jours, Clara considérait son existence avec un peu plus d'indulgence.

Ce soir-là, elle aurait aimé se dire que les choses prenaient bonne tournure. Kimmy Diore était vivante et ne semblait pas maltraitée. Enfance en danger était reconnue par un grand nombre de partenaires privés et publics et présentait tous les agréments souhaités. Dans la journée, l'implication de l'association ou de l'un de ses membres dans l'enlèvement de Kimmy Diore avait été écartée. Son président s'était engagé à suivre les instructions de la Brigade criminelle, y compris à rendre l'argent s'il le fallait. Le virement avait été effectué dans la soirée, Cédric Berger avait convaincu les Diore d'attendre le lendemain matin pour en publier la preuve.

Aucun membre de la Brigade ne semblait croire réellement à cette histoire. Qui était capable d'enlever et séquestrer un enfant pour que la rançon soit versée au profit d'une association ? L'idée d'un profil pervers, désorganisé, multipliant les injonctions pour faire durer le plaisir, n'était pas exclue.

Clara quant à elle ne pouvait s'empêcher de penser qu'il s'agissait d'abord de mettre fin au système que Mélanie Claux avait construit.

De fait, depuis quelques jours, Kimmy et Sammy ne s'extasiaient plus en ouvrant des paquets, ne testaient plus des chips ou des sodas en poussant des cris de joie, avaient cessé d'acheter n'importe quoi dans les supermarchés et de commander à l'aveugle plus de hamburgers qu'ils ne pourraient en manger en une semaine.

De fait, leur mère ne racontait plus leur vie heure par heure à des milliers d'inconnus.

Quelqu'un avait dit stop. Et la machine s'était arrêtée.

À vingt et une heures, alors qu'elle commençait tout juste à écrire une lettre à Thomas, Clara reçut un message de Cédric l'incitant à allumer sa télévision. Sur France 2, un reportage consacré aux enfants stars de YouTube était rediffusé. Elle s'exécuta et se cala dans son canapé.

À en juger par la taille des enfants, le magazine datait de quelques années. Il était question de plusieurs chaînes, mais l'essentiel de l'enquête était consacré à Happy Récré. Kimmy devait avoir quatre ans et Sammy six. La journaliste et le caméraman les avaient suivis dans un grand centre commercial où ils étaient attendus par plusieurs centaines d'enfants. Ravissante poupée vêtue de rose, Kimmy avançait au côté de son frère, soucieuse de marcher au même rythme que lui. Tel un jeune garde du corps, Sammy ne la quittait pas des yeux. Les images montraient leur arrivée dans l'espace de rencontre, applaudie à grand bruit, puis la séance de dédicaces et de selfies, qui avait duré plusieurs heures. Pendant tout ce temps, Mélanie surveillait et orchestrait l'ensemble, gérant la file d'attente et les priorités, attentive aux plus petits et soucieuse que personne ne s'attarde au-delà de la durée autorisée.

Avant de repartir, elle avait accepté une courte interview. Oui, bien sûr, elle se félicitait de leur succès et remerciait surtout les happy fans pour leur enthousiasme et leur fidélité. La journaliste lui demandait si elle comprenait que certaines personnes, y compris parmi les plus jeunes, puissent être choquées de voir des enfants ainsi exposés. Mélanie hochait tristement la tête en signe d'incompréhension, puis répondait d'une voix douce, posée. En tant que mère, elle savait bien ce qui était bon ou pas pour ses enfants. D'ailleurs, c'étaient *ses* enfants, précisait-elle, insistant sur le pronom. Et *ses* enfants étaient très heureux comme ça. La journaliste se tournait ensuite vers eux pour recueillir leurs impressions. D'une voix lente, telle une poupée activée à distance dont les piles commençaient à faiblir, Kimmy expliquait qu'elle trouvait ça génial de faire plaisir aux happy fans et de « voir le bonheur dans leurs yeux ». Avec plus de conviction, Sammy affirmait que c'était son rêve et qu'il voulait en faire son métier.

Radieuse, Mélanie ajoutait : « C'est leur version, que dire de plus ? »

Et puis dans un sourire épanoui, rassurant, elle concluait : « Vous savez, chez nous, les enfants sont rois. »

Au matin du huitième jour après la disparition de Kimmy Diore, Clara entra parmi les premiers dans les locaux du Bastion. Elle s'était réveillée à cinq heures et n'avait pas réussi à se rendormir. Une étrange impatience l'avait poussée hors du lit.

Elle passa les portiques de sécurité puis s'avança vers les ascenseurs. Derrière la vitre, l'agent d'accueil lui fit signe de s'approcher.

— Une dame vient d'arriver, elle veut voir quelqu'un de chez vous.

Clara se tourna vers les salles d'attente, habituellement vides à cette heure. Dans la salle numéro quatre, elle découvrit une femme de son âge, les traits fatigués, enveloppée dans un imperméable de couleur claire. Elle s'approcha.

Puis ses yeux glissèrent vers l'enfant assise à côté d'elle.

La petite fille releva la tête et leurs regards se croisèrent.

Son pouls s'accéléra d'un coup et elle sentit son cœur cogner dans sa poitrine.

Elle l'avait tellement observée au cours des derniers jours qu'elle avait l'impression de la connaître.

BRIGADE CRIMINELLE – 2019

ENLÈVEMENT ET SÉQUESTRATION DE L'ENFANT KIMMY DIORE

Objet :

Procès-verbal d'audition d'Élise Favart.

Réalisée le 18 novembre 2019 par Clara Roussel, officier de police judiciaire à la Brigade criminelle de Paris, et Cédric Berger, capitaine de police à la Brigade criminelle de Paris.

Sur les faits :

Élise Favart se présente le 18/11/19 à 8 h 05 dans les locaux de la Brigade criminelle accompagnée de l'enfant Kimmy Diore, disparue le 10/11/2019. Sans attendre l'audition, elle explique à l'officier de police judiciaire Clara Roussel qu'elle est l'auteur des faits d'enlèvement et séquestration sur la personne de Kimmy Diore et que l'enfant vient de passer chez elle les sept derniers jours.

Sur son identité :

Je me nomme Élise, Irène Favart.

Je suis née le 10/09/1985 à Suresnes.

Je demeure au 209 rue Lafayette, à Paris, 10ᵉ.

Je suis divorcée et mère d'un petit garçon de 6 ans né en 2013.

Je suis secrétaire médicale mais je ne travaille plus depuis un an.

(Extraits.)

Je me suis installée dans la résidence du Poisson Bleu avec Norbert S. peu de temps après notre mariage. Mon compagnon travaillait pour une compagnie de sécurité, il s'occupait du recrutement et de la gestion des équipes. J'ai rencontré Mélanie Claux quand Ilian, mon fils, avait quelques mois. Nous avions accouché la même semaine, je la croisais souvent dans la résidence avec la poussette ou le porte-bébé. C'était son deuxième enfant, Mélanie connaissait bien la ville et elle m'a donné pas mal de conseils, pour le pédiatre, l'inscription à la crèche… Après la naissance d'Ilian, j'ai repris mon travail à temps partiel comme secrétaire dans l'un des centres médico-psychologiques d'Antony. Nous sommes devenues amies. Nous allions ensemble au parc, ou bien nous nous retrouvions en ville, pour faire quelques courses. Mélanie était très sympathique. Elle me semblait parfois un peu triste et il m'est arrivé de penser qu'elle s'ennuyait parce qu'elle ne travaillait pas. Depuis toute petite, Kimmy s'entendait bien avec mon fils. Elle adorait jouer avec les voitures, le circuit électrique ou les figurines de soldats. Elle a toujours eu un côté « garçon manqué » que sa mère n'aimait pas beaucoup. Pendant quelques mois, nous nous sommes vues assez souvent, je gardais ses enfants quand Mélanie avait des choses à faire. Et Ilian adorait aller chez eux. (...)

En 2015, mon mari m'a quittée. Il est parti vivre à Marseille pour saisir une opportunité professionnelle. Je crois surtout qu'il a compris bien avant moi qu'Ilian avait un problème. À peu près au même moment, Mélanie a commencé son activité avec Kimmy sur YouTube. Elle ne m'en a pas parlé, je l'ai appris par des voisins, quand ça a commencé à marcher. Dans la résidence, c'était devenu le sujet de conversation numéro un. À l'époque, je n'étais pas douée avec l'informatique et ce qui se passait sur Internet ne m'intéressait pas. Mélanie a commencé à être très occupée par ses tournages et ses montages, parfois elle me demandait de garder ses enfants parce qu'elle devait rencontrer des agences ou des marques à Paris, moi ça ne me gênait pas. La petite parlait bien, elle était drôlement éveillée. Kimmy et Ilian avaient le même âge et j'ai bien vu qu'ils ne se développaient pas au même rythme. Je ne m'en suis pas inquiétée au début parce que beaucoup d'enfants défilaient au centre où je travaillais et je voyais comme ils étaient différents les uns des autres. Je travaillais trois jours par semaine, c'est ma mère qui gardait Ilian. J'ai fini par demander à la pédopsychiatre du CMP si elle pouvait le voir. Mon fils avait deux ans et demi. Elle a pris beaucoup de précautions pour m'expliquer qu'Ilian souffrait d'un retard important, et qu'il devait faire des examens complémentaires. Mon fils était handicapé, c'est ce mot avec lequel il a fallu que j'apprenne à vivre. Quand je me suis confiée à Mélanie, elle s'est montrée vraiment compatissante. Elle a essayé de me rassurer, elle m'a dit qu'il ne fallait jamais perdre espoir. La médecine pouvait évoluer et Ilian était un enfant si gentil, si facile, c'était déjà beaucoup. C'était vrai. Mon fils est une grande source de joie. Mais peu à peu, Kimmy et Ilian ont cessé de jouer ensemble. Il y avait toujours une bonne raison. Sa fille était fatiguée, elle devait tourner une nouvelle vidéo, l'emmener chez le coiffeur, essayer de nouvelles tenues... À ce moment-là, Happy Récré a pris un véritable essor. Mélanie était très prise. Je crois qu'elle était déjà dans un autre monde. Elle me donnait des jouets de temps en temps, ils commençaient à en avoir beaucoup, et même des vêtements, mais elle était toujours pressée... On se croisait, c'est tout. Cela m'a blessée, c'est vrai. Je croyais que nous étions amies. Quand il a eu trois ans, j'ai trouvé une école spécialisée pour Ilian. Quelques mois plus tard, j'ai quitté la résidence pour me rapprocher de l'endroit où il était accueilli. Je n'ai pas gardé beaucoup de contacts. Le handicap fait peur, il éloigne les gens. Il y a juste madame Sabourin, chez qui je vais une ou deux fois par an, pour boire le thé. Elle est à la retraite et elle a toujours été très gentille avec nous. (...)

Le 10 novembre, madame Sabourin m'avait invitée à boire le thé chez elle, je lui ai dit que je viendrais avec Ilian. Il est arrivé que nous fassions l'inverse, qu'elle vienne chez nous, mais comme elle n'a pas de voiture, c'est plus compliqué. J'aime bien passer un peu de temps au Poisson Bleu. J'éprouve malgré tout une nostalgie de ces moments, quand Ilian n'avait que quelques mois et que tout paraissait si simple.

Quand je viens voir madame Sabourin, je me gare toujours dans le parking. J'ai oublié de rendre le bip d'accès quand je suis partie et puis finalement je l'ai gardé. Il y a un renfoncement près de l'entrée du local poubelles, dans lequel on peut glisser une petite voiture sans que cela ne gêne personne pour entrer ou sortir. Je ne suis pas la seule à me mettre là, pour une heure ou deux, cela n'a jamais posé de problème. (...)

J'étais en train de garer la voiture quand j'ai vu Kimmy sortir du local. Ilian s'était endormi pendant le trajet. La petite m'a tout de suite reconnue. J'ai ouvert la vitre pour savoir ce qu'elle fabriquait là, elle m'a demandé si elle pouvait se cacher dans la voiture. J'ai dit oui et je suis sortie pour lui ouvrir la porte arrière. Elle était tout excitée à l'idée d'avoir trouvé une si bonne cachette. Elle s'est glissée entre le siège et la banquette sans faire de bruit, elle avait repéré qu'Ilian dormait. Elle m'a demandé si je pouvais mettre un vêtement au-dessus d'elle pour mieux la dissimuler. Elle n'avait pas changé, elle a toujours été très vive. Je lui ai donné mon manteau et c'est elle qui l'a arrangé de telle sorte qu'il la recouvre entièrement. Quelques secondes se sont écoulées, elle s'était complètement recroquevillée et il était impossible de la voir de l'extérieur. (...)

Non, je vous l'ai dit. Je n'étais pas venue pour ça. Je n'avais pas vu les stories de Mélanie qui disait que les enfants étaient dehors. J'allais chez madame Sabourin et les choses se sont passées exactement comme je vous les raconte. Je n'ai pensé à rien. (...)

Je ne saurais pas dire combien de temps cela a duré. Je ne me rappelle plus. Deux minutes, peut-être. Ensuite j'ai tourné la clé de contact. La voiture a démarré et j'ai dit à Kimmy : « On va se cacher encore mieux, tu vas voir. Ne bouge surtout pas. » J'ai enclenché la marche arrière, j'ai manœuvré et puis je suis sortie. Je ne me suis pas dépêchée. Ma tête était complètement vide. Je l'ai entendue pouffer derrière moi, ravie de jouer un tour à son frère et à ses amis. En sortant du parking, j'ai eu un moment d'hésitation. Je ne savais pas où aller.

Je ne me suis pas dit « Je suis en train d'embarquer la petite » ni « Qu'est-ce que tu fais ? ». Non. C'était très étrange. Mon esprit était vide et en même temps il me semblait obéir à quelque chose. J'ai finalement pris le même chemin que d'habitude et j'ai roulé. Je me souviens de la conversation que nous avons eue dans la voiture, Kimmy m'a demandé si la maîtresse d'Ilian était gentille et s'il avait beaucoup de copains dans son école. Ilian s'est réveillé pendant le trajet, il lui a fait une fête ! J'étais si heureuse qu'il la reconnaisse. Je me suis garée dans une rue près de chez moi. Je n'ai pas cherché à dissimuler Kimmy, nous sommes rentrés tranquillement. Je n'ai croisé aucun voisin. J'ai appelé madame Sabourin pour m'excuser de ne pas être venue, j'ai prétexté un empêchement de dernière minute.

Plus tard dans la soirée, j'ai dit à Kimmy que j'avais appelé sa maman et qu'elle m'avait demandé de la garder un peu parce qu'elle devait partir en Vendée. Je ne voulais pas qu'elle s'inquiète. Elle a eu l'air de trouver ça tout à fait normal, elle m'a juste demandé si Mélanie était fâchée contre elle à cause de la vidéo qu'elle n'avait pas pu tourner. Je l'ai rassurée : sa maman l'embrassait fort et pensait bien à elle. (...)

Les premiers jours, elle a beaucoup dormi. Elle se réveillait tard le matin, et il lui est arrivé de dormir dans l'après-midi. Je me suis demandé si elle n'était pas malade, mais elle n'avait aucun symptôme. Les enfants ne sont pas sortis pendant une semaine, ils ont joué à toutes sortes de jeux. Ilian adore la peinture, et Kimmy aussi. Ils ont composé une très belle fresque, avec des poissons, des pieuvres, et des algues de toutes les couleurs. Deux ou trois fois j'ai appelé l'épicerie en bas de chez moi pour commander, et je suis descendue chercher les paquets. Je n'ai laissé les enfants seuls que quelques minutes, j'ai prétexté qu'Ilian était malade. Les gens nous connaissent dans le quartier. (...)

Il y a quelques semaines, Ilian s'est pincé le doigt. L'ongle était devenu tout noir, il est tombé pendant que Kimmy était là. Un jour, en regardant une série policière à la télévision, j'ai appris que les ongles ne contiennent pas d'ADN. C'est la fine couche de cellules qui les recouvre qui le révèle, ou bien les traces de sang. J'ai laissé tremper l'ongle d'Ilian dans l'eau de javel toute une nuit, et je l'ai frotté. Ensuite je l'ai mis dans une enveloppe avec le polaroïd. Jusque-là, je n'avais pensé à rien. À partir de là, je ne sais pas. Je me suis laissée glisser... Je sentais un grand danger, mais je ne pouvais pas m'arrêter. (...)

Les lettres, oui, c'est moi qui les ai écrites. J'ai juste demandé à Kimmy de recopier l'adresse sur l'enveloppe et je lui ai fait croire qu'on allait envoyer un dessin à ses parents. C'est ridicule. Je ne peux pas l'expliquer. Je ne sais pas si je voulais faire du mal à Mélanie. Peut-être. Je voulais surtout l'obliger à faire une chose qu'elle n'avait aucune envie de faire. Je voulais qu'elle prenne conscience de ce que cela voulait dire.

Les deux, je les ai postées dans la boîte qui est au coin de ma rue. J'ai veillé à ne jamais allumer la télévision ou la radio en présence des enfants. (...)

Oui, je regarde les vidéos de Happy Récré et le compte Instagram de Mélanie Claux. Au début je voulais juste voir ce que les enfants devenaient, avoir des nouvelles d'eux, de Mélanie. Ensuite, je me suis laissé prendre. Cela vous aspire et vous effraie à la fois. Je n'avais pas envie de le faire et en même temps, je ne pouvais pas m'en empêcher. C'est difficile à expliquer. Les dernières semaines, je voyais que Kimmy en avait vraiment marre, qu'elle n'en pouvait plus. Je ne voyais plus que ça. Elle esquivait la caméra et quand elle la regardait, j'avais l'impression qu'elle m'appelait au secours. Qu'elle me demandait de venir la chercher. Cela m'est arrivé à plusieurs reprises. Je me suis dit que je déraillais. Mais à chaque fois, cela m'a laissé une impression terrible, qui me poursuivait toute la journée. J'avais l'impression d'être comme ces gens qui détournent le regard et poursuivent leur chemin, alors qu'un enfant est brutalisé sous leurs yeux. Puisque moi je percevais sa détresse, j'étais coupable de ne rien faire. (...)

Une fois qu'elle m'a paru reposée, je n'ai plus su quoi faire. Je voulais un signe... un symbole. J'ai cherché sur Internet. L'association Enfance en danger se préoccupe de toutes les formes de maltraitance, même les moins visibles. C'est ce qui est écrit sur leur page d'accueil. C'est tout. Il n'y a pas d'autre raison. J'ai envoyé le deuxième message. Je n'ai pas cru une seconde que ça marcherait. (...)

Je ne pense pas que Kimmy se soit sentie captive. Elle a réclamé son frère, ou ses parents, mais à chaque fois j'ai eu le sentiment de réussir à la réconforter. Sauf hier soir. Hier soir, elle a compris qu'il se passait quelque chose d'anormal. Elle a commencé à avoir peur. Ça a été... comme un électrochoc. Tout à coup, je me suis rendu compte que Kimmy était chez moi depuis une semaine et que... je... que j'étais seule à le savoir... C'était comme si je reprenais conscience, comme si... je revenais d'une réalité parallèle. J'ai paniqué.

Alors ce matin, j'ai déposé Ilian chez ma mère, et un sac avec presque toutes ses affaires dedans. Elle m'a demandé ce qui se passait, je suis partie sans répondre. J'avais peur de m'effondrer. Je suis remontée dans ma voiture et je suis venue. Je suis très fatiguée. (...)

Je voulais aider Kimmy. Lui offrir un moment de paix, de liberté. C'était... Cela s'est passé comme je vous l'ai dit. Je n'ai pas réfléchi. Ce matin, j'ai compris que tout cela ne servirait à rien. Ne changerait rien. Je ne sais pas si vous pouvez comprendre. En fait, quand je regarde ces images, j'ai peur pour les enfants.

2031

On pressentait que dans le temps d'une vie surgiraient des choses inimaginables auxquelles les gens s'habitueraient comme ils l'avaient fait en si peu de temps pour le portable, l'ordinateur, l'iPod et le GPS.

ANNIE ERNAUX,
Les Années

Longtemps rattaché à l'école de la cause freudienne, Santiago Valdo est psychiatre et psychanalyste, une espèce en voie de disparition, ajoute-t-il quand il se présente. Il exerce la moitié de son temps à l'hôpital et partage l'autre moitié entre son activité libérale et la rédaction d'articles universitaires ou d'essais destinés au grand public. Connu pour ses travaux sur l'incidence de la révolution numérique sur les troubles anxieux, il est notamment l'auteur de deux ouvrages de référence : *En cas d'exposition prolongée* et *Violence des réseaux*. Depuis quelques années, il s'est affranchi de toute obédience et poursuit des recherches qui intègrent l'apport des neurosciences sans renier celui de la psychanalyse.

En ce jour de juin 2031, la montre de Santiago Valdo vibre, affichant un numéro inconnu, alors qu'il s'apprête à rentrer chez lui. Il hésite, puis accepte l'appel. La voix sort de son enceinte connectée : un jeune homme s'assure qu'il a composé le bon numéro. Puis, sur un ton dénué d'affect, comme si cet énoncé ne le concernait pas, il dit : « Je m'appelle Sammy Diore et j'ai besoin d'aide. »

Santiago Valdo se répète *Sammy Diore*, le nom lui évoque un vague souvenir, que sur l'instant il ne parvient pas à préciser, d'autant que sa mémoire, sans doute défaillante, l'associe à une personnalité féminine.

— Vous êtes adressé par quelqu'un ?

— Une interne de l'hôpital Sainte-Anne m'a donné vos coordonnées.

— Vous avez été hospitalisé ?

— Non. Mais je l'ai vue aux urgences et elle m'a conseillé de vous appeler.

La voix est très jeune. Son intonation continue de sonner étrangement faux (le garçon semble réciter ou lire un texte qu'il a sous les yeux), au point que Santiago se demande s'il ne s'agit pas d'une blague. Ses coordonnées sont disponibles sur Internet et il lui est déjà arrivé d'être la cible de mauvaises plaisanteries.

— Je n'accepte pas de nouveaux patients pour le moment, s'excuse-t-il, toutefois je peux vous indiquer quelqu'un.

Le jeune homme semble pris de panique, la voix suspendue dans les aigus.

— Non, non, c'est vous, vous ! Je vous en supplie…

Cette fois Santiago Valdo jette un œil à son agenda électronique, lequel est paramétré pour s'ouvrir automatiquement sur l'écran de son ordinateur chaque fois qu'il reçoit un appel sur sa ligne professionnelle.

— Écoutez. Je vous propose de venir me voir à mon cabinet demain à vingt heures et nous ferons un point. Après cet entretien, je vous adresserai à un confrère ou une consœur. Le plus important est que vous trouviez de l'aide, n'est-ce pas ?

— Mais je ne peux pas sortir.
— Vous ne sortez pas de chez vous ?
— Non. Je ne peux plus. Plus du tout.
— Pour quelle raison ?
— Il y en a partout… Dans la rue, dans les magasins, dans les taxis. Partout.
— De qui me parlez-vous, monsieur Diore ?
— Des caméras. Elles sont cachées, mais je les vois. Ils me filment, tout le temps, quoi que je fasse. Ils ont d'abord piraté tous les systèmes de vidéosurveillance près de chez moi, maintenant ils ont leurs systèmes propres, planqués dans tous les endroits où je vais. Et quand ils ne me trouvent pas, ils envoient des drones.

Santiago entend son souffle, il devine que le garçon respire par la bouche. Peut-être le signe qu'il est déjà sous traitement.

— Et… pour quelle raison seriez-vous filmé ?
— Ils vendent les images.
— Je vois. Et d'après vous, cela dure depuis combien de temps ?
— Je ne sais pas. Au début, ils envoyaient des gens, avec des caméras cachées. Je ne les ai pas tout de suite repérés. Ça a duré un moment. Quand je m'en suis rendu compte, ils ont été obligés de développer d'autres moyens, moins visibles.
— Par conséquent vous avez cessé de vous déplacer ?
— Oui.

Partagé entre l'envie de mettre fin à l'échange (les ficelles lui semblent un peu grossières) et la crainte de passer à côté d'une réelle détresse, Santiago Valdo laisse de nouveau un court silence s'installer.

Il écoute la respiration inquiète du jeune homme, puis finit par relancer.

— Comment faites-vous pour vous alimenter ?

— Je commande par Internet. Je demande au livreur de poser les sacs devant la porte et j'ouvre une fois qu'il est parti.

— Quel âge avez-vous, monsieur Diore ?

— Vingt ans.

— Il y a des gens autour de vous ? Des parents, des frères et sœurs, des amis ?

— Non. Enfin il y a ma mère, mais… Non.

— Depuis quand n'êtes-vous pas sorti ?

— Je ne sais pas… Trois mois. Peut-être quatre.

— Vous venez de passer quatre mois sans mettre le nez dehors ?

— Oui.

— Et personne n'est venu vous voir ?

Le jeune homme perd soudain patience.

— Vous ne comprenez pas ! Je suis obligé de me méfier de tout le monde, des commerçants, des taxis, de mes amis, il n'y a pas un seul endroit où je suis en sécurité ! Ils ont implanté des caméras dans les yeux de mes proches pour me filmer !

— Monsieur Diore, un médecin ou un infirmier pourrait tout à fait venir vous chercher pour vous emmener à l'hôpital. Vous y seriez en sécurité. Nous pouvons interdire les visites et faire en sorte que vous soyez à l'abri.

— Non, non, non ! Ils seront là ! Ils enverront quelqu'un !

À présent, Santiago entend sa peur. Sa terreur, même.

— *Ils*, c'est qui ?

Sammy Diore hésite une seconde avant de répondre.

— C'est ce que je dois découvrir. Je dois savoir où sont diffusées ces images. À qui ils les vendent, vous comprenez ? Mais ce qui est sûr, c'est qu'ils les vendent cher. Très cher...

— Sammy, je peux vous appeler Sammy ?

— Oui.

— Vous savez quel est mon métier ?

— Oui.

— Si vous m'appelez, c'est peut-être parce que vous-même vous n'êtes pas tout à fait certain que ces gens sont réellement là pour vous filmer ?

— Si. Je sais qu'ils sont là. Je vous appelle parce que l'interne de Sainte-Anne m'a dit que vous étiez spécialiste du numérique et des réseaux. Alors je me suis dit que vous pouviez m'aider à découvrir qui se cache derrière tout ça.

— Sammy, je suis psychiatre. En effet, je me suis spécialisé dans les pathologies associées au développement des réseaux sociaux, de la réalité virtuelle, de l'intelligence artificielle. Mais je suis médecin. Alors, je vous propose une chose : je vais venir vous voir chez vous, pour m'assurer que vous vivez dans des conditions convenables et que vous n'êtes pas en danger. Ensuite, nous déciderons ensemble quoi faire pour vous aider. Vous êtes d'accord ?

Le soulagement du garçon l'attendrit.

— Oui, docteur, merci. Mais surtout ne dites à personne que vous venez.

Santiago Valdo n'a pas eu le réflexe d'enregistrer l'échange. Il le regrette, il aurait aimé pouvoir réécouter la conversation. Il aime travailler a posteriori sur le discours de ses patients, leurs associations, leurs intonations. Deviner leurs références. Aujourd'hui, pour la plupart, il s'agit de jeux vidéo et de séries. En général, il leur demande s'il peut garder une trace de la séance. Toutefois, il arrive qu'il s'affranchisse de cette précaution et les enregistre à leur insu, bien que cela soit contraire à la déontologie.

Il est tard. Il doit rentrer chez lui à une heure décente pour dîner avec sa compagne et lire le projet de thèse sur la plasticité cérébrale que lui a adressé l'une de ses étudiantes, dont l'approche l'intéresse au plus haut point.

Alors qu'il s'apprête à quitter son bureau, il interpelle son assistant personnel, qu'il a surnommé « Jacquot le Cacou », en hommage à Jacques Lacan.

— Dis Jacquot…

La voix synthétique répond aussitôt.

— Oui, Santiago, que puis-je faire pour toi ?

Comme toujours, c'est ce ton affable, un rien obséquieux, qui l'exaspère. Depuis le temps, ils auraient pu proposer différentes options… Il est tenté de lui répondre « Va te faire foutre ! » – bien qu'il admette volontiers les bénéfices de l'assistance vocale, notamment lorsque ses mains sont occupées par une autre tâche (en l'occurrence ranger les nombreux dossiers entassés sur son bureau) ou lorsqu'il fait plusieurs choses en même temps (un travers largement partagé, contre lequel il ne tente même plus de lutter) –, mais il s'abstient. À l'époque où il voulait tester les limites de l'outil, il a eu son lot de conversations absurdes et stériles avec Jacquot et il sait qu'aux insultes ce dernier refuse de répondre.

— Qui est Sammy Diore ?

Le processeur se met en marche puis, en moins de deux secondes, l'écran affiche les résultats de sa recherche. Suave et docte, la voix de Jacquot énonce la réponse qu'il a jugée la plus pertinente :

« Sammy Diore est un youtubeur français. Né en 2011, il se fait connaître grâce à la chaîne Happy Récré créée par sa mère Mélanie Claux. Entre 2016 et 2023, la chaîne publie plus de 1 500 vidéos sur la plateforme YouTube. Les revenus de la famille sont estimés par différents médias à une vingtaine de millions d'euros.

En 2019, Kimmy, la sœur de Sammy, alors âgée de six ans, est kidnappée par Élise Favart. Après sept jours de recherches intensives, la ravisseuse se rend elle-même à la Brigade criminelle accompagnée de l'enfant.

Entre 2019 et 2020, la chaîne Happy Récré passe de cinq à sept millions d'abonnés.

En prévision de la loi à venir sur l'exploitation commerciale des enfants youtubeurs, la famille Diore crée de nouvelles chaînes au nom de chacun de ses enfants. La chaîne Happy Sam, consacrée à Sammy Diore, rencontre aussitôt un large succès. Sur Instagram, en quelques mois, le compte Sam officiel atteint plus d'un million d'abonnés.

Le 19 octobre 2020, le Parlement adopte définitivement la loi encadrant l'activité des enfants influenceurs. Happy Récré et Happy Sam poursuivent néanmoins leur activité sans changement de rythme.

Sur sa propre chaîne, Sammy se spécialise dans le test de jeux vidéo.

En 2023, une enquête menée par le journal *Le Monde* révèle les stratégies et les montages financiers mis en place par les parents d'enfants influenceurs afin de contourner les exigences de la loi.

En 2029, âgé de dix-huit ans, Sammy disparaît sans explication. Il cesse d'alimenter sa chaîne YouTube et les réseaux sociaux associés. À partir de cette date, il n'apparaît plus non plus dans aucune vidéo de sa mère. Plusieurs journalistes ont tenté de connaître les raisons de cet arrêt brutal, sans succès.

L'ensemble des vidéos de Happy Récré et de Happy Sam demeurent néanmoins disponibles sur YouTube et continuent de générer trafic et revenus. »

— Merci Jacquot, dit Santiago.

— De rien, Santiago. Je suis très heureux d'avoir pu te rendre service.

— C'est ça…

Santiago range quelques dossiers et répète le nom pour lui-même : *Diore*… Mais oui… bien sûr… L'affaire avait défrayé la chronique. Une de ses collègues de l'hôpital avait d'ailleurs été sollicitée pour l'expertise d'Élise Favart, la ravisseuse de la petite. Dans son souvenir, la jeune femme ne présentait pas de trouble psychiatrique. Après plusieurs évaluations, malgré quelques signes de dépersonnalisation, elle avait été considérée pénalement responsable de ses actes. De fait, elle avait passé au moins deux années en prison sans injonction de soins.

Alors qu'il éteint les lumières de son cabinet, les détails lui reviennent peu à peu : la jeune femme voulait sauver la petite fille. Un genre de Don Quichotte en jupons qui se battait contre des moulins à fric. Pendant quelques semaines, des débats au sujet des enfants influenceurs et de la responsabilité de leurs parents avaient pas mal occupé l'espace médiatique. Par un hasard du calendrier, la loi avait été votée peu de temps après l'enlèvement. Et puis, comme toujours, l'attention était retombée.

Santiago claque la porte de son cabinet. Le système de verrouillage automatique s'enclenche dans son dos tandis que l'ascenseur s'annonce par une note haute.

Il relève la tête pour la reconnaissance faciale, la cabine s'ouvre devant lui.

Clara Roussel a quarante-cinq ans. Elle vit toujours seule et n'a pas d'enfant. Dans un contexte paradoxal d'épuisement des ressources et de multiplication des objets connectés, sa vie, en apparence, n'a pas beaucoup changé. Il lui semble pourtant avoir entamé une lente et nécessaire métamorphose. À la barbarie jamais démentie des affaires sur lesquelles elle enquête, elle oppose une distance émotionnelle obtenue de haute lutte et au prix d'une exigeante discipline. L'ascétisme de son existence s'est précisé : elle boit volontiers quelques verres mais mange peu, ne possède pas grand-chose à part quelques bijoux qui appartenaient à sa mère, parmi lesquels une vieille montre Lip qu'elle ne quitte jamais. Elle aspire à une forme d'allègement, voire de dénuement, et ne craint pas le repli : une manière de se soustraire à la violence et au chagrin. C'est ainsi qu'elle se protège. Ou croit se protéger.

Ses relations se comptent sur les doigts d'une main. Chloé, son amie devenue juriste, est la mère de deux petits garçons dont Clara s'occupe régulièrement et qui l'adorent. Ses voisins, deux couples de flics qu'elle connaît depuis quinze ans, l'invitent à dîner presque chaque semaine. Elle est l'amie célibataire qu'ils aiment taquiner sur ses conquêtes ou sa vie sentimentale, figée à leurs yeux dans une sorte d'adolescence éternelle, et que leurs enfants considèrent comme l'une des leurs.

Plus que jamais il lui semble être au service d'une Raison Supérieure, à laquelle elle se garde bien de donner un nom. Ni Dieu ni maître, mais un chemin. Le sien, indéniablement, passe par le sang. S'il lui arrive de se laisser aller à quelques rêveries teintées de nostalgie, elle ne concède rien aux regrets. Elle est là où elle devait être.

Au Bastion, elle occupe toujours la fonction de procédurière, dorénavant au sein du groupe Lasserre. Par tradition, les groupes portent le nom de leur chef et Cédric Berger a quitté la Crime il y a quelques années pour prendre un poste de chef de section à la Brigade de protection des mineurs, au sein de laquelle il avait commencé sa carrière. Sa fête de départ est restée dans les annales, pas seulement en raison du nombre de cadavres de bouteilles retrouvés le lendemain : les mots adressés à Clara lors de son discours d'adieu appartiennent désormais à la mythologie du service. Rarement plus belle déclaration d'amour professionnelle avait été prononcée au sein de la police judiciaire. Après le départ de Cédric, Clara s'est vu proposer le poste d'adjointe au chef de groupe, qu'elle a refusé. De plus en plus volumineuse et de plus en plus complexe, c'est la procédure qui l'intéresse. Elle aime former les plus jeunes et il n'est pas rare que les procéduriers des autres groupes viennent lui demander conseil.

En dehors des constatations sur les scènes de crime et

des autopsies auxquelles elle doit assister, elle passe la majeure partie de son temps à son bureau, à rédiger des actes et des réquisitions, à répertorier des scellés et des analyses, à mener ou relire des auditions. Au cœur de la procédure, le procès-verbal reste son cheval de bataille. S'attacher à lever les ambiguïtés et les approximations, à produire un récit au plus près des faits, voilà ce qui l'occupe en premier lieu. Et ce qu'elle veut transmettre.

De temps en temps, quand elle en a marre de la paperasse (qui subsiste malgré la numérisation exhaustive des pièces et des données et l'apparition régulière de nouveaux logiciels), elle est de sortie.

Il y a quelques années, alors qu'elle participait à une interpellation a priori sans risque – et sans renfort –, Clara et deux de ses collègues ont été piégés dans un guet-apens. Elle est restée immobilisée plusieurs minutes, un bras inconnu serré autour du cou et une arme braquée sur la tempe. Elle se souvient d'avoir senti son rythme cardiaque se ralentir et, comme sous l'effet d'une réduction drastique des flux, son corps tout entier se polariser sur ses fonctions vitales. Les bruits, les mots, les gestes, tout ce qui se jouait autour d'elle semblait provenir d'un monde ouaté, lointain, dont la rapidité ne pouvait plus l'atteindre. Elle n'a pas eu peur. Un de ses collègues a été blessé à la jambe, l'autre à l'épaule, elle s'en est tirée avec plusieurs hématomes sur le cou et une torsion cervicale. Les deux suspects ont fini par s'enfuir. Ils ont été interceptés deux jours plus tard sur une aire d'autoroute.

De retour après un bref passage par l'hôpital, Clara avait cherché en elle-même la trace de ce moment suspendu, à la fois irréel et inscrit dans son corps. Des hommes armés avaient ouvert le feu devant elle, l'un d'eux l'avait tenue en joue, mais elle n'avait ressenti aucune peur. Elle n'en tirait aucune fierté. Ce n'était pas normal. Ce soir-là, une idée bleu marine lui était venue : l'absence de peur révélait l'absence d'amour.

Elle ne pense plus aussi souvent à ses parents. Un signe de l'âge, sans doute, ou du temps qui passe. Les souvenirs qu'elle a gardés d'eux semblent recouverts d'une fine pellicule collante, comme ces photos qui jaunissent au contact prolongé de l'air. Ils appartiennent à une autre époque, que l'on dit *prénumérique*, et qui lui paraît parfois aussi lointaine que la préhistoire qu'elle étudiait avec passion à l'école élémentaire.

Dans ce monde où chaque geste, chaque déplacement, chaque conversation laisse une empreinte, elle aimerait n'en laisser aucune. Elle est bien placée pour savoir à quel point le smartphone, quelle que soit la forme qu'il prend (aujourd'hui multiple), les assistants vocaux, la domotique, les réseaux sociaux sont autant de mouchards sans scrupule et d'inépuisables mines de renseignements pour le commerce comme pour la police. Aujourd'hui, à la Crime comme ailleurs, une bonne partie de l'enquête se joue sur le *tracking* : vidéosurveillance, reconnaissance faciale, suivi en temps réel ou rétroactif des déplacements, étude des communications, des factures, des disques durs et des historiques de recherche, analyse des comportements. Plus rien n'échappe au contrôle.

À mesure qu'elle utilise ces outils dans son métier, dans un mouvement inversement proportionnel, Clara Roussel s'attache à disparaître.

Si, comme on le dit, la société actuelle se divise en deux, elle est du côté des récalcitrants. Ceux qui refusent d'être suivis à la trace comme des poulets élevés en batterie, notés comme des paquets de pâtes, ceux qui ont renoncé, autant que faire se peut, à tout ce qui permet de connaître leurs goûts, leurs amis, leurs horaires et leurs activités, ceux qui n'appartiennent plus à aucun réseau, aucune communauté, et préfèrent ouvrir des livres et des journaux que des pages Google. Déconnectés. Un choix minoritaire mais qui gagne du terrain. Un choix difficile à tenir, mais un credo commun : le mieux est l'ennemi du bien. Car elle n'est pas naïve : il est impossible aujourd'hui de disparaître totalement des radars. Ne serait-ce que pour communiquer avec ses collègues, elle est obligée d'utiliser un système de messagerie instantanée dont les données, soi-disant cryptées, sont conservées par l'entreprise qui le commercialise et restent à la portée de n'importe quel hacker un peu malin. Mais limiter ses traces, réduire le halo qu'elle produit, effacer son sillage numérique sont des combats auxquels elle refuse de renoncer.

Dans sa vie quotidienne, elle limite ses empreintes. Elle n'a pas de voiture, circule à pied ou à vélo, n'utilise aucun plastique, ne prend pas l'avion, ne mange de la viande que lorsqu'elle est invitée. D'une manière générale, elle consomme peu, achète ses vêtements dans un dépôt-vente, recycle et récupère tout ce qui peut l'être.

Le monde d'après, évoqué lors de la pandémie de Covid en 2020, n'a pas eu lieu. Comme le prédisait à l'époque un écrivain célèbre, le monde est resté le même, en pire, et plus que jamais aveugle à sa propre destruction.

À ses heures perdues, Clara suit d'assez près un mouvement international de lutte contre le dérèglement climatique et l'effondrement écologique. Il lui est arrivé de rejoindre certaines de leurs manifestations et de participer, lors d'assemblées locales, aux débats sur leurs modes d'action. Elle est favorable à une mobilisation citoyenne et solidaire, qui revendique des interventions non violentes, et n'est pas totalement hostile à une forme de désobéissance civile. Lors de ces assemblées, à l'étonnement de tous, elle assume d'être flic : elle ne craint ni le débat ni la confrontation.

Thomas s'est marié avec une médecin légiste, il est père de deux enfants. Il lui envoie parfois des messages écrits à la main sur des bouts de papier, signes archaïques, désuets, qui franchissent le mur du temps et de l'éloignement, et qui commencent toujours par : « Ma belle Clara, comment vas-tu ? »

Elle va bien. En tout cas c'est ce qu'elle répond. De fait, elle ne présente aucun signe majeur de dépression ni de mélancolie, bien qu'elle se soit découvert, il y a peu de temps, une fâcheuse attirance pour le vide. À deux reprises, la première fois au bord des falaises d'Étretat, la seconde depuis le balcon d'une victime dont l'appartement était situé au dixième étage, l'idée de sa propre chute lui est venue. Une possibilité, un appel ou un souvenir ressurgi de l'enfance, elle n'aurait pas su le dire.

Elle aurait voulu être capable de vivre au moins une *grande histoire d'amour* – elle aime cette expression, aussi galvaudée soit-elle, quand elle l'entend prononcée par ses jeunes collègues –, mais cela aurait exigé une forme d'abandon dont elle n'a jamais été capable. Elle aurait peut-être dû s'allonger sur un divan pour en comprendre les raisons mais elle a choisi de se tenir debout, quoi qu'il arrive. Aussi loin qu'elle s'en souvienne, elle a toujours été dans cet état de tension, de vigilance, voire de méfiance, qui lui semble aujourd'hui indissociable de son métabolisme. Elle ne peut s'empêcher d'envisager le coup d'après : la chute ou la trahison.

Plus que jamais, elle a fait sienne cette devise de la Brigade criminelle, dont l'emblème, depuis sa création, est le chardon : *Qui s'y frotte s'y pique*.

En ce jour de mai 2031, alors que l'été a commencé avec six semaines d'avance – les records de chaleur de l'année précédente viennent d'être de nouveau battus –, elle arrive juste à temps pour le briefing mené tous les jours à la même heure par son chef de groupe, autour d'un café réputé pour être le meilleur du bâtiment et dont la provenance reste tenue secrète. Les derniers temps ont été calmes, mais son groupe commence le soir même sa permanence pour une semaine. Jusqu'au lundi suivant, toute *dérouille* leur reviendra.

À peine sortie de cette réunion matinale, alors qu'elle regagne le bureau qu'elle occupe maintenant seule, Clara reçoit un message de l'accueil sur sa montre : son rendez-vous de dix heures est arrivé. Une alarme se déclenche : le rendez-vous n'a pas été enregistré dans l'agenda du service. Elle peste à voix haute sur le nouveau logiciel qui, sous prétexte d'identifier toute personne pénétrant dans les locaux, s'affole pour un oui ou pour un non – au point que ses collègues de la Section anti-terroriste l'ont surnommé « la chochotte ». En effet, « la chochotte » n'a pas beaucoup de sang-froid et n'est pas loin de déclencher le niveau écarlate du plan Vigipirate.

Clara s'assoit et, par quelques mots, réactive son ordinateur.

Le rendez-vous ne figure pas dans son planning. En conséquence, le logiciel considère l'intrus comme dangereux et malintentionné, d'autant que le système de reconnaissance faciale n'a pas permis de l'identifier. Par chance, il n'est pas connu des services de police. Après quelques secondes, le visage d'une jeune fille apparaît sur son écran avec la mention : NON VALIDE. Une voix préenregistrée lui demande d'identifier immédiatement l'*individu* ou de déclencher l'alerte 1. Exaspérée, selon une bonne vieille méthode dont l'efficacité ne peut être contestée, Clara appelle le standard : inutile d'envoyer les hélicoptères, elle descend…

En attendant l'ascenseur, elle regarde de nouveau le visage de la jeune fille qui continue d'apparaître par intermittence sur sa montre. Un visage qu'elle ne connaît pas, elle en est sûre, et qui pourtant lui est étrangement familier.

Elle entre dans la cabine et appuie sur le bouton du rez-de-chaussée.

Le temps de la descente, son cerveau associe plusieurs images et elle n'a pas l'ombre d'un doute : sous l'œil des deux caméras de la salle d'accueil numéro quatre, assise sur la même chaise que douze ans plus tôt, Kimmy Diore l'attend.

Fidèle à sa routine matinale, Mélanie Claux se lève tous les jours à 7 h 45. Avant de se préparer un jus de fruits frais (grâce à son extracteur de jus Juna, le plus performant du marché, dont la marque lui fournit chaque année le dernier modèle en échange d'une mention positive sur l'un de ses réseaux), elle ouvre la baie vitrée et regarde la mer. « Nous jouissons d'un panorama exceptionnel », se félicite-t-elle, une phrase qu'elle aime prononcer à voix haute presque aussi souvent que « C'est un petit paradis sur terre ». Elle pourrait parler des heures de sa maison, perchée sur les hauteurs de Sanary, et du jardin fleuri et luxuriant qui l'entoure, dont l'entretien lui coûte une fortune mais qui figure parmi les décors les plus appréciés de ses fans.

Il y a quelques années, ils ont décidé de quitter Châtenay-Malabry. Ils ont fait agrandir la bâtisse d'origine – un mas typique, dans le plus pur style provençal – à partir des plans dessinés par Killian Keys, un jeune architecte, devenu la coqueluche de l'immobilier grâce à

Maisons de stars, l'une des dernières émissions de téléréalité diffusée sur une chaîne hertzienne.

À l'époque, Mélanie et Bruno avaient été choisis parmi une dizaine de célébrités pour partager avec les téléspectateurs cette formidable aventure. Les trois épisodes consacrés à la transformation de leur maison, diffusés le dimanche après-midi, avaient battu un record historique d'audience. Bien entendu, Killian Keys était devenu un ami et le couple avait quitté la région parisienne sans aucun regret. La pression liée à la notoriété était devenue insupportable.

Non qu'ils soient moins connus ici, dans le Sud, mais ils ont la possibilité de s'isoler sur leurs terres, dans leur jardin, leur « petit nid d'amour », aime-t-elle répéter sur ses réseaux, loin de la promiscuité imposée par la résidence du Poisson Bleu, où les voisins semblaient s'être ligués contre eux pour propager ragots et médisances. À l'époque, les pires rumeurs avaient circulé, et bien rares avaient été leurs soutiens.

L'enlèvement de Kimmy reste une ombre, une entaille dans l'édifice merveilleux qu'elle a construit. Un moment terrible qu'elle souhaiterait effacer de sa mémoire, et de leur mémoire à tous, dont les conséquences se sont répercutées bien au-delà de son retour. Aujourd'hui, elle sait que tout ce qui leur est arrivé de négatif par la suite vient de là, de la folie de cette femme. Cette femme a sali leur vie. Cette femme est une tache indélébile dans l'histoire exemplaire de sa famille. Ce qu'ils ont vécu à l'époque, et dans les années qui ont suivi, les séquelles horribles subies par sa petite fille, et par eux tous, finalement, elle ne veut même pas y penser. C'est une période qu'elle s'efforce de gommer et refuse d'évoquer. Car pour avancer, il faut parfois agir comme si les choses n'avaient jamais existé.

Aujourd'hui, même si ses enfants ne vivent plus avec elle, Mélanie est suivie par plus de trois millions de personnes si l'on additionne ses principaux profils : New Mélanie (bien qu'Instagram soit en nette perte de vitesse et se ringardise, elle a renommé son compte et y anime une fidèle communauté) et With Mélanie, qu'elle a créé il y a deux ans sur Back Home. Plus *cocooning*, plus *stay safe*, ce nouveau réseau social, en pleine expansion, lui offre un public plus large encore, avec lequel elle partage ses recettes, sa philosophie, ses *routines* et, bien sûr, ses états d'âme.

Soucieuse de se tenir à la page et attentive à toutes les nouveautés, Mélanie a été par ailleurs parmi les premières à ouvrir sa propre chaîne de home téléréalité, Mel Inside, désormais disponible sur la plateforme payante Share the Best. Grâce à ce concept, les abonnés peuvent passer des journées entières avec leur *people* préféré. Sur ce secteur plus que prometteur, Mélanie rencontre un très gros succès. Il faut dire qu'elle se donne sans compter. Elle emmène ses fans partout avec elle et leur promet de ne rien manquer : rendez-vous chez le médecin, séance chez le coiffeur, déjeuner avec une collègue vlogueuse ou influenceuse, tout est *partagé*. Et plus que jamais le *partage* est sa raison de vivre.

Plusieurs marques de cosmétiques et de vêtements la sollicitent régulièrement pour qu'elle fasse la promotion de leurs produits sur ses réseaux à travers la diffusion de codes promotionnels dont elle fait profiter ses *chéris*. La rémunération qu'elle perçoit pour ces prestations est à la hauteur de sa popularité, jamais démentie, et de son pouvoir de prescription. Son enthousiasme, ses conseils, ses confidences portent toujours leurs fruits. Par ailleurs, à la suite de son apparition dans *Maisons de stars*, une célèbre marque de mobilier et décoration l'a choisie comme égérie et renouvelle son contrat chaque année. Si ses revenus annuels n'atteignent pas les sommes gagnées à la grande époque de Happy Récré, sa notoriété lui assure néanmoins des revenus très confortables. Elle refuse de communiquer de manière plus précise sur ce point.

Bruno est demeuré son plus fidèle soutien. Il est resté l'homme fiable et honnête qu'elle a épousé en 2011, il y a plus de vingt ans.

Une seule fois, à l'époque du procès d'Élise Favart, elle a eu peur qu'il flanche. Face à cette nouvelle vague de calomnies, son mari, si solide, s'était mis à douter. Soudain, il ne semblait plus sûr de rien. « Et si on se trompait ? » avait-il murmuré un soir, juste avant d'éteindre la lumière. Lui qui s'était toujours montré si hermétique aux jalousies et aux contenus haineux, le voilà qui s'inquiétait de ce qu'on disait de sa famille sur les réseaux sociaux. Lui qui avait toujours eu une telle confiance en elle, en son jugement. Lui qui avait toujours suivi la direction qu'elle indiquait.

Il avait eu un moment de faiblesse. Ou de découragement. Il faisait des cauchemars.

Un soir, alors qu'ils venaient de rentrer du tribunal, Bruno s'était mis à pleurer. Il répétait : « Il faut tout arrêter, il faut tout arrêter, je t'en supplie », en arpentant le salon. Elle ne l'avait jamais vu dans cet état. La nuit qui avait suivi, Mélanie s'était demandé ce qu'il entendait par *tout*. Parlait-il du procès ou, plus généralement, de tout ce qu'ils avaient construit ?

Dès le lendemain, son mari avait repris le dessus. Ils n'en avaient jamais reparlé et elle s'était bien gardée d'aborder le sujet. Une fois de plus, son mari lui offrait la preuve de sa loyauté.

« Oui, songe-t-elle, il faut franchir les obstacles et ne pas regarder en arrière. » Voilà d'ailleurs ce qu'elle conseille à ses fans, tandis que de minuscules étoiles frétillent autour de son visage et qu'une lumière chaude l'enveloppe comme un halo. « Nous avons tant besoin de poésie », conclut-elle souvent, face à la caméra.

Pour des raisons qu'elle ne comprend pas (soi-disant cela créait des difficultés psychiques chez certaines personnes qui entraient dans une quête de reconnaissance et de plébiscite pouvant aller jusqu'à la dépression), il n'est plus possible d'attribuer des *j'aime* sur Instagram. Mais par chance, Back Home a inventé un système d'adhésion tout aussi gratifiant : ses followers lui envoient des « *Yes, I'm in* » ou « *Yes, me too !* » et laissent des commentaires limités à cinquante signes, filtrés par la plateforme grâce à un système de reconnaissance sémantique. Tout ce qui est négatif ou dépréciatif est automatiquement supprimé.

Chaque jour, Mélanie continue de recevoir une quantité d'amour qui la ravit et la comble. C'est sans doute la raison pour laquelle elle est si heureuse. Car elle est heureuse, oui, même si ses enfants sont partis. Ils sont grands. C'est la vie. *Toutes les mamans poules du monde doivent se préparer à voir leurs enfants partir* a été d'ailleurs l'une de ses vidéos les plus virales. La larme à l'œil, la voix légèrement tremblante, Mélanie avait filmé les chambres de Kimmy et Sammy, les placards vides et les lits intacts. Ce jour-là, son cœur de maman poule était si triste. Les abonnés adorent quand elle se confie ou s'épanche. Ils veulent tout savoir d'elle et s'extasient sur tout.

Là où ses concurrentes optent pour des titres courts, en anglais, Mélanie s'est spécialisée au contraire dans les titres poétiques, en français, dont elle ne craint pas la longueur. Encouragée par ce premier succès, elle a enchaîné sur *Les femmes de plus de quarante ans ont des secrets bien cachés* (une vidéo consacrée à la beauté et à la jeunesse intérieures) et *Mère un jour, mère toujours. Les enfants restent dans nos cœurs*.

À la suite de ces vidéos, elle a été attaquée par Clean Up !, un site de *bashing* qui prétend mettre en lumière les contradictions des stars du Net. Sous prétexte qu'elle continue d'utiliser des filtres lissants et repulpants pour s'adresser à sa communauté, on lui reproche le peu de cohérence entre son discours et ses actes. Ces gens-là ne comprennent rien. Ils ne savent rien de la magie, du merveilleux, de l'harmonie. « Le monde a besoin de douceur, de paillettes et de couleurs pastel », a-t-elle répondu, décidant aussitôt d'en faire le titre de sa prochaine vidéo. Blessée, elle l'a été davantage par les insinuations répétées et infondées sur sa relation actuelle avec ses enfants. Le site affirmait que Kimmy et Sammy avaient coupé les ponts. Les gens sont prêts à inventer n'importe quoi pour générer du clic, le phénomène n'est pas nouveau mais il s'est largement amplifié. Mélanie rêve d'un monde rose et bleu, où la violence et la jalousie n'existeraient plus, un monde où chacun pourrait réaliser ses rêves, affirmer ses goûts et revendiquer son optimisme, sans être la cible de critiques et de moqueries.

Et parfois, elle se demande si ce n'est pas à elle de le créer.

Depuis quelque temps, Kim et Sam ne lui donnent plus beaucoup de nouvelles. Ils n'ont pas coupé les ponts, bien sûr que non, cependant, elle a souvent du mal à les joindre. Elle ne peut pas partager cela avec ses abonnés. D'abord parce qu'elle craint les médisances, ensuite parce qu'ils seraient sans doute déçus d'apprendre qu'après tout ce qu'elle a fait pour eux ses enfants se sont éloignés. Elle a été une mère si dévouée, si présente. Elle a tant travaillé pour assurer leur avenir. Grâce à Happy Récré, cet empire qu'elle a créé de toutes pièces, non seulement Kim et Sam sont de véritables stars, mais aujourd'hui chacun d'eux possède un appartement à Paris. Et tous les deux vivent sur l'argent du compte qu'elle avait ouvert à la Caisse des dépôts et consignations et auquel, comme la loi le prévoyait, ils ont eu accès à leur majorité. Malheureusement, comme si cet argent leur brûlait les mains et qu'ils s'étaient entendus pour le dilapider, ni l'un ni l'autre ne suit les conseils qu'elle leur a donnés.

Ils sont partis. C'est dans l'ordre des choses. « Toutes les mamans poules du monde doivent se préparer à voir leurs enfants partir. » Oui, ainsi va la vie.

Elle téléphone à Sammy au moins une fois par semaine. Le plus souvent, son fils lui répond, mais il parle à voix basse et raccroche au bout de quelques secondes. Il est bizarre. Elle ne sait rien de ce qu'il fait, de ce qu'il vit. Il a toujours l'air pressé. Il dit qu'il lui expliquera plus tard. Sammy ne leur raconte plus rien. Alors Bruno s'inquiète.

En ce moment, Bruno s'inquiète beaucoup. Pour les enfants, pour des tas de petites choses insignifiantes qui prennent des proportions exagérées. Il se pose des questions, il rumine des histoires du passé, il commande des livres numériques sur la psychologie. C'est la crise de la quarantaine. Parfois, elle se demande si ce comportement bizarre n'a pas commencé lorsqu'ils ont appris par la radio la mort de Grégoire Larondo. Greg s'est suicidé. C'est affreusement triste, bien sûr. Elle n'avait plus aucune nouvelle depuis des années. Après le retour de Kimmy, il a cessé de l'appeler. En 2025, il a tenté un come-back raté dans la première (et dernière) saison des *Vétérans de Koh-Lanta*. Le programme a été un échec retentissant.

Le soir où ils ont appris cette triste nouvelle, Mélanie a pensé que son mari devait éprouver un grand soulagement. En silence, ils se sont regardés. Bruno avait l'air très affecté. Elle s'est dit que cela remuait pour lui de mauvais souvenirs. Mais depuis cette période – peut-être est-ce juste une coïncidence –, il s'inquiète pour tout.

Elle, elle pense que Sammy fait une crise d'adolescence tardive. Cela arrive chez des enfants choyés. Car, au contraire de Kimmy, qui leur en a fait voir de toutes les couleurs à cause de cette femme, Sammy ne s'est jamais opposé. Il a toujours bien travaillé à l'école et s'est toujours très bien débrouillé.

Mélanie adore repenser au petit garçon qu'il était, si gentil, si sage, toujours enthousiaste, toujours souriant, capable de recommencer cinq ou six fois la même scène sans broncher. À vrai dire, Sammy a toujours été partant pour tout. Les challenges, les blagues, les voyages. Contrairement à sa sœur, il ne traînait pas les pieds, ne remettait jamais rien en question. Sammy a toujours eu ses propres fans. Enfant, il adorait le déballage de jouets, mais en grandissant, lorsqu'ils sont devenus à la mode, il s'est pris de passion pour les *pranks*. Il imaginait lui-même de nouveaux scénarios. Lorsqu'il a créé sa propre chaîne, consacrée aux jeux vidéo, il a rencontré un énorme succès. Il a pu développer sa propre communauté. Son sourire, ses yeux verts, cet air de gentil nounours qui lui vient de son père avaient un succès fou. Sammy était le grand frère idéal et le meilleur ami. Les jeunes filles rêvaient de le rencontrer et les garçons de lui ressembler.

Ce qui s'est passé pour qu'il arrête comme ça, du jour au lendemain, sans aucune explication, sans aucun message adressé à ses fans, elle ne l'a jamais su.

Assise sous une affiche de prévention contre le vol d'identité numérique, Kimmy Diore attend Clara.

Dès que la jeune femme la voit, elle se lève et s'avance vers elle. Elle est grande, altière, des cheveux bouclés tombent sur ses épaules. « On dirait une Suédoise », songe Clara, et soudain lui revient en mémoire l'histoire de Grégoire Larondo, la blondeur de cet homme restée à jamais dans l'ombre.

Kimmy Diore se présente et lui tend la main. Elle balaie la pièce de son regard intranquille et Clara n'a aucun mal à faire le lien entre la jeune femme qui se tient debout devant elle et la petite fille qu'elle a passé des heures à observer il y a plus de dix ans.

— Je ne sais pas si vous vous souvenez de moi...

— Bien sûr, Kimmy. Qu'est-ce que je peux faire pour toi ?

— Je voudrais avoir accès à mon dossier. À mes auditions. Je voudrais savoir ce que j'ai dit. Tout. Ce que j'ai raconté, quand Élise Favart m'a ramenée. J'ai cru comprendre que c'était votre rôle, de tout vérifier et de tout archiver. J'imagine qu'il reste des traces.

Clara lui propose de monter dans son bureau pour en discuter plus tranquillement. Au moment de franchir les portillons, l'espace d'une seconde, Kimmy semble hésiter. Clara en profite pour s'excuser.

— Je te tutoie, pardonne-moi, c'est de t'avoir connue petite fille.

— Vous n'êtes pas la seule. Tout le monde me tutoie.

Dans l'ascenseur, Kimmy observe Clara sans prononcer un mot.

Elles sortent de la cabine, la jeune femme lui emboîte le pas.

Dans son dos, elle entend ses Dr. Martens qui martèlent le sol dans un bruit sourd et elle est sûre d'une chose : Kimmy Diore n'a pas fini de régler ses comptes.

Une fois dans le bureau, Kimmy regarde de nouveau autour d'elle, apparemment curieuse de savoir où elle met les pieds. Peu d'indices à vrai dire. Ni plantes ni photos, juste un amas de dossiers en cours, érigés en une seule pile plus ou moins stable, et une dizaine de clichés sanglants que Clara prend soin de soustraire à son regard.

— Comment tu as trouvé mon nom ?

— Dans des papiers de ma mère, il y a longtemps. Votre visage est le seul que je me rappelle. Tout le reste est flou. Les psychologues, les médecins, les autres flics, j'ai tout effacé... à part vous. Vous vous êtes approchée de moi et je me souviens que vous vous êtes accroupie pour me parler. Au ton de votre voix, je me suis dit « Ce n'est pas si grave ». J'avais peur pour Élise. Je crois que j'avais compris, malgré son calme et sa douceur, qu'elle risquait d'avoir de gros ennuis. Je ne l'ai plus jamais revue, vous savez. Vous êtes restée avec moi toute la matinée. Je sais que les extraits de mon audition ont été produits lors des audiences mais je n'ai pas eu accès à ces documents ni à aucun élément du dossier. Mes parents n'ont rien voulu me montrer.

— Tu voudrais savoir quelque chose en particulier ?

— Tout.

À l'évocation de cette période, l'esprit de Clara s'échappe un instant et lui revient cet arrière-goût amer que l'affaire lui avait laissé.

— Il y a eu beaucoup de choses dans la presse, tu sais...

La jeune femme l'interrompt.

— Je ne peux pas vivre avec l'idée que cette femme, la seule qui ait compris ce que nous étions en train de vivre, la seule qui ait tenté d'y mettre fin, a passé deux ans en prison par ma faute.

— Ce n'est pas ta faute, Kimmy. Élise Favart a passé deux ans en prison parce qu'elle a enfreint la loi. Elle t'a kidnappée et retenue pendant plusieurs jours. Plus tard il a été établi qu'elle n'avait pas utilisé la contrainte physique et qu'elle n'avait aucune intention crapuleuse. Elle s'est rendue d'elle-même, les juges en ont tenu compte. Tu n'as aucune raison de t'en vouloir, tu peux me croire, ton témoignage a contribué au contraire à alléger sa peine. Elle encourait beaucoup plus.

— Vous en êtes sûre ?

— Oui. Dans mon souvenir, vos deux récits concordaient parfaitement, cela a joué en sa faveur.

— J'ai lu les journaux. Le récit de l'enlèvement et celui de ma « captivité », comme ils disaient... Mais ce qui me sidère, c'est que personne ne se soit demandé si je n'étais pas soulagée de passer quelques jours à l'abri. Sans être filmée du matin au soir et sans que ma vie soit racontée heure par heure à toute ma classe, à mon école, et à des centaines de milliers de gens que je n'avais jamais vus.

La colère provoque des petites décharges sous la surface lisse de son visage.

— Si, Kimmy. Cette question a été évoquée lors du procès, notamment parce que Élise Favart avait interprété un certain nombre de signes de ta part comme des signes de fatigue, voire de détresse et...

— Mais on m'a ramenée chez moi.

— C'est vrai.

— Vous savez ce qui s'est passé après ?

De peur de rompre la parole de la jeune fille, Clara se contente d'un signe négatif de la tête.

— Ma mère a attendu. Le temps que ça se tasse. Le temps que les médias s'intéressent à autre chose. Elle a laissé passer Noël et puis l'hiver tout entier. Pendant quelques semaines, quelques mois, on a vécu une sorte de parenthèse. C'était étrange, vous savez, d'avoir le temps. Avoir le temps de s'ennuyer, avoir le temps de se demander ce qu'on va faire, avoir le temps de ne rien faire du tout. Ma mère le vivait mal. Elle avait une peur panique d'être oubliée. Devenir invisible, ça voulait dire disparaître. Vers le mois de mars, je crois, elle nous a proposé un Yes Challenge. Pour s'amuser. Non pas s'amuser entre nous, dans l'intimité, comme la plupart des familles, non. S'amuser et filmer. Gagner du fric en s'amusant. Avant l'enlèvement, notre dernière vidéo de ce genre avait été vue vingt millions de fois. Les gamins qui nous regardaient adoraient ça. Vous imaginez, pendant une journée, voir des parents qui disent oui à tout ? C'est le rêve de n'importe quel gosse. Sans parler du retour de la pauvre petite fille kidnappée. Le scénario était en or et c'était le buzz assuré. D'ailleurs, à peine postée, la vidéo a battu tous nos records.

Elle marque une pause, comme si elle souhaitait que Clara se représente les faits, puis elle reprend.

— Alors on a recommencé. D'abord une petite story de temps en temps. Pour rassurer les fans. « Mais oui, mes chéris, Kimmy va très bien et elle vous fait plein de poutous-bisous. N'est-ce pas, mon petit chat, tu fais des gros poutous-bisous ? »

Kimmy imite à la perfection la voix de sa mère, cette gaieté nasillarde, contrefaite, qu'elle module avec habileté. Clara sourit mais la jeune fille ne veut pas de ce sourire.

— Le rythme s'est accéléré. Le procès d'Élise Favart n'aurait pas lieu avant des mois, les médias nous avaient déjà oubliés. Mais pas les fans. Les fans étaient en manque. Vous croyez que je pouvais dire à ma mère « Sors de ma chambre avec ton putain de téléphone et tes putains de chéris, dont certains se branlent sur ces belles images que tu partages avec le monde entier » ? Non, c'est clair, un enfant ne parle pas comme ça. Ne pense pas à ça. Mais aujourd'hui j'ai dix-huit ans et je parle comme ça. La moitié des gens que je rencontre croit savoir mieux que moi qui je suis. Et si, par chance, ils m'ont ratée, il leur suffit de quatre clics pour me trouver en culotte ou en tutu, ou en train de manger des chips sans les mains à même la table, comme un animal.

Le visage de Kimmy s'est durci.

— Vous pensez qu'un enfant de deux ans, quatre ans, dix ans peut réellement *vouloir* ça ? Qu'il se rend compte de ce qu'il fait ?

Clara ne bouge plus. Elle ne lâche pas la jeune fille des yeux.

— Qui d'entre vous a continué à regarder Happy Récré une fois que je suis rentrée chez moi ? Qui a vu notre super *Lèche ou croque* et notre grande *PQ Battle* en période de confinement ? Qui a vu Sammy menotté aux barreaux de son lit dans une mise en scène débile qui lui a valu les pires moqueries ? Qui a osé parler d'humiliation ?

Kimmy Diore n'attend pas de réponse.

— J'imagine que vous aviez plus important à faire. La vérité, c'est que la chaîne venait de gagner un nouveau million d'abonnés. Alors petit à petit, on a recommencé. Oui, au bout de quelques mois, les tournages, les parcs d'attractions, les dédicaces, tout a recommencé.

Kimmy reprend à peine son souffle.

— Comment se faire des amis quand on ne partage rien de leur vie et qu'ils regardent la nôtre à travers un écran ? On était seuls. On était à part. Admirés ou détestés, adulés ou insultés. « La rançon de la gloire », disait-elle... Mais ce n'est pas le pire. Le pire, c'est que nulle part on n'était à l'abri. Nulle part hors de sa portée.

Cette fois la jeune femme s'arrête. À ses tempes palpite une fine veine bleue, où gronde sa colère.

Clara lui propose un verre d'eau que Kimmy accepte, puis elle sort du bureau, soulagée de s'éloigner un peu. L'émotion de la jeune femme ravive l'incrédulité qui avait été la sienne devant les images de Happy Récré, et ce sentiment violent de décalage, d'inadaptation, qu'elle avait alors éprouvé.

Ce sentiment, si elle y réfléchit, qui ne l'a jamais quittée.

Elle a oublié Kimmy Diore, c'est vrai. Ou plutôt elle est passée à autre chose. Des cadavres, essentiellement. Des corps encore tièdes ou totalement refroidis, des corps torturés ou des ossements éparpillés, découverts au fond d'une forêt. Elle a fait son travail. Un travail de haute précision, qui requiert son acuité et sa concentration.

Mais Kimmy a raison. Elle n'a pas continué à regarder Happy Récré. Lorsque la loi a été votée, elle s'est dit que le problème était résolu. Et comme tout le monde, elle a refermé les yeux.

Clara revient dans la pièce, un verre à la main.

En son absence, Kimmy s'est levée et regarde par la fenêtre.

La jeune femme boit d'un trait et se rassoit. Elle est venue pour parler et elle n'en a pas terminé.

— À huit ou neuf ans, j'ai commencé à avoir un tic nerveux. Un clignement incontrôlé des paupières qu'on voit sur les vidéos, quand je suis face caméra. Après m'avoir emmenée chez plusieurs spécialistes – ils préconisaient le repos et la patience, car la plupart de ces tics sont transitoires chez l'enfant –, ma mère a décidé que Sammy continuerait seul les vidéos d'*unboxing*. De mon côté, je participerais à d'autres formats, dans lesquels mon problème serait moins visible. Pendant quelque temps, Sammy a ouvert seul les paquets et les œufs surprises. C'est à cette époque qu'on a tourné presque tous les 24 h Challenge, qui marchaient très fort sur les autres chaînes familiales : *24 h dans un carton*, *24 h dans la douche*, *24 h dans un château gonflable*, *24 h dans la cabane en tissu*… On s'amusait comme des fous…

Clara n'ose pas regarder l'heure. Elle a un rendez-vous, elle est sûre qu'elle est déjà très en retard, mais elle doit laisser la jeune femme aller au bout.

— Et ensuite ?

— Quand le tic a disparu, j'ai commencé à avoir des plaques sur le visage. En quelques semaines, l'eczéma s'est développé. Sur les mains, sur le cou, sur le ventre, une peau de crocodile à faire peur. Ma mère a essayé le maquillage mais n'importe quel produit cosmétique aggravait le symptôme. Alors peu à peu, Sammy est devenu le héros de Happy Récré et j'ai disparu de la chaîne. Vers treize ou quatorze ans, j'ai commencé à fumer des pétards et je me suis tapé la moitié des garçons du lycée d'à côté. L'eczéma est parti, mais je n'avais plus rien de la petite fille modèle que ma mère aimait exhiber. Le costume de princesse était salement déchiré et mon humeur plus du tout compatible avec le décor. Je suis devenue une adolescente presque comme les autres, insolente et en rébellion contre ses parents. Pour les emmerder, je disais que je voulais vivre chez Élise, même si je savais très bien qu'une mesure d'éloignement avait été prononcée. Après plusieurs disputes, contre l'avis de ma mère, mon père a accepté de m'envoyer en internat. Une fois là-bas, je me suis teint les cheveux en noir ébène et j'ai décidé de m'appeler Karine. J'ai prévenu le proviseur et les professeurs, j'ai dit que c'était une question de vie ou de mort. Quand on me demandait si j'étais Kimmy Diore, je répondais que c'était ma cousine, et une vraie connasse. Les élèves ont vite compris qu'il ne fallait pas insister. Certaines filles ont continué à se moquer de moi, à voix basse ou sur les réseaux sociaux, je m'en foutais. Ma peau était lisse et je respirais. Happy Récré s'est arrêtée. Bien sûr, ma mère a maintenu son compte sur Instagram pour tous les happy fans qui voulaient avoir des nouvelles de la famille. Et elle a continué à raconter sa vie rêvée, embellie par les filtres et les pluies de paillettes. Et puis, il y avait Sammy. Il avait sa chaîne à lui, qui marchait de mieux en mieux. Quand je suis partie, elle est devenue sa coach, sa styliste, sa directrice financière. Sammy n'a jamais rien remis en question. Elle lui a dit qu'il vivait une vie exceptionnelle, formidable, et il l'a crue.

L'espace d'un instant, Clara revoit le petit garçon de huit ans qu'elle avait rencontré chez eux, vif et inquiet, et tente d'imaginer le jeune adulte qu'il est devenu.

— Et Sammy, il va bien ?

Kimmy marque un silence avant de répondre.

— Je ne sais pas. Je ne sais pas où il est, ni ce qu'il fait. À l'époque où j'étais en internat, on se voyait peu. Quand je rentrais le week-end, on se croisait, mais on ne se parlait pas. C'est triste à dire, mais on n'était pas dans le même camp. J'avais déclaré la guerre et je me suis mis dans la tête qu'il pactisait avec l'ennemi. Il faisait toutes ces vidéos sur sa chaîne, toujours sous le contrôle de maman, et avec maman en guest-star. Pour moi, c'était juste un collabo. On s'est éloignés. Il a eu de gros partenariats avec des marques, des tas de projets avec d'autres influenceurs, ça marchait vraiment pour lui. Il est venu vivre à Paris pour être là où les choses se passent. Maman suivait son activité de près, elle relisait ses contrats, le conseillait. Même à distance, elle restait présente. Quand je suis arrivée à Paris, j'ai appelé Sammy. Il m'a donné rendez-vous dans un café. J'ai tout de suite vu que c'était cassé. Entre nous. C'était devenu si difficile de parler avec lui. Je me suis dit qu'il m'en voulait d'avoir abandonné le navire, de m'être désolidarisée. J'ai même eu l'impression qu'il se méfiait de moi. Pourtant, nous avions été tellement proches. Vous ne pouvez pas savoir. C'était mon grand frère. Je l'adorais, je l'admirais. Ça m'a rendue très triste. Loin de nos parents, je croyais qu'on pourrait se rejoindre, retrouver notre complicité. C'est le contraire qui s'est passé et je l'ai perdu pour toujours.

Elle reprend son souffle puis poursuit sur un ton plus bas, plus grave.

— Il y a un an environ, il a tout arrêté. Au sommet de sa notoriété, comme ça, du jour au lendemain. Il n'est plus sur aucun réseau social, il a supprimé tous ses comptes. Il ne reste plus que les vidéos de Happy Récré, parce que ma mère a gardé la main. Sammy a déménagé, changé de numéro de téléphone, j'ignore où il est. Personne ne le sait. Je ne vois plus mes parents non plus. J'écris à mon père de temps en temps, un court mail pour donner des nouvelles. Il me répond dans la demi-heure, il s'inquiète de savoir comment je vais, il me demande quand je viens. Parfois, après toutes ces années, j'ai l'impression que mon père commence à douter. Au détour d'un mot, d'un souvenir, entre les lignes, je devine ses regrets ou son chagrin. Il y a longtemps que je ne suis pas retournée dans le Sud.

Kimmy s'interrompt et regarde autour d'elle, comme étonnée d'être encore là. Puis, d'une voix soudain plus faible, elle ajoute :

— Vous savez, au fond, ma mère a eu ce qu'elle voulait. À jamais, pour toute une génération, elle est – et restera – *Mélanie Dream*, la mère de Kim et Sam… Mais Sammy, je ne sais pas s'il est heureux.

Le silence qui suit est aussi intense que son récit.

La tristesse a pris possession de son visage. Sous la peau, l'émoi circule en petits influx électriques, qu'elle contient avec difficulté.

Clara regarde sa montre. À l'heure qu'il est, elle devrait déjà être à l'Institut médico-légal pour l'autopsie d'un garçon retrouvé la veille dans une mise en scène de suicide peu convaincante. Cette fois, elle doit vraiment mettre fin à l'entretien.

— Je suis désolée, Kimmy, je dois y aller… Je vais voir ce que je peux faire. Je ne peux rien te promettre, mais je te rappellerai.

La jeune fille s'assombrit.

Elle regarde le papier et le stylo tendus par Clara comme s'ils venaient d'être exhumés d'une fouille archéologique, puis comprend qu'elle doit laisser ses coordonnées.

Lorsque les portes de l'ascenseur se referment sur la longue silhouette de Kimmy Diore, à voix basse Clara prononce cette phrase, aussi limpide que celles qui la réveillent encore parfois la nuit :

« C'est son frère qu'elle est venue chercher. »

En sortant du Bastion, Kimmy marche en direction de la station de métro. Avec un peu de chance, elle trouvera un vélo électrique à la borne. Elle a réussi à voir Clara Roussel, elle n'est pas sûre d'être parvenue à la convaincre. Elle n'a pas eu le temps. Elle aurait voulu lui raconter tout, depuis ce jour où Élise Favart l'a ramenée dans cet immeuble de verre aux couloirs de labyrinthe, jusqu'à celui de ses dix-huit ans, où elle a décidé d'y retourner. Elle s'est souvent demandé pourquoi elle se souvenait de cette femme, alors que sa mémoire a effacé les autres visages, tous ces adultes aux voix douces, pleines de précautions, qui avaient examiné son corps et lui avaient posé des questions. En la découvrant ce matin, si petite, et en même temps si magnétique, elle a songé que c'était peut-être parce qu'elle avait la taille d'un enfant.

Elle aurait voulu rester toute la journée dans ce bureau. Elle aurait voulu se délester de sa colère, de sa culpabilité, de son chagrin. Abandonner entre ces murs des années de joie contrefaite et de mal-être indicible.

Elle n'a pas su trouver les mots.

Quand elle cherche les moments doux de son enfance, c'est toujours à Sammy qu'elle pense. C'est à lui qu'elle revient. Son grand frère.

Quand il se faufilait dans sa chambre, une fois qu'ils étaient couchés, pour lui dire un « vrai » bonne nuit.

Quand il lui racontait les histoires de Scotch, ce petit garçon invisible qu'il avait inventé.

Quand il prenait sa défense, parce qu'elle oubliait son texte ou qu'elle refusait de mettre un tutu rose. Certains jours, lui seul pouvait la convaincre de porter le costume qu'elle refusait d'enfiler.

Quand il lui laissait la plus grosse part de tarte ou de gâteau.

Et ces jeux qui n'appartenaient qu'à eux : ne pas marcher sur les lignes du trottoir, compter les voitures électriques, cacher doudou-sale dans un endroit introuvable pour qu'il échappe au lave-linge.

Un jour, à l'époque où elle avait des tics, parce qu'un garçon de l'école s'était moqué d'elle devant plusieurs élèves, Sammy s'était battu.

Pendant longtemps, ils avaient réussi à maintenir leur univers à eux, hors champ, et leur propre langage. Ce petit monde de frère et sœur, en version codée, dont leurs parents ne savaient rien. Mais peu à peu, Happy Récré avait grignoté leurs jeux, leur espace vital, imposant son style, ses mots, ses gimmicks cent fois répétés. Happy Récré avait gagné.

Sammy avait toujours répondu au désir de leur mère, sans jamais s'opposer. Il était le fils parfait, le fils à sa maman. Toujours d'accord, toujours partant. Il travaillait dur, ne se plaignait pas. À mesure que Kimmy s'était dérobée, il était devenu plus docile. À mesure qu'elle avait affirmé sa rébellion, il avait multiplié les preuves de son adhésion. Parce qu'elle disait non, il disait oui. Et parce qu'il disait oui, elle pouvait dire non.

Tout au long de ces années, il avait encaissé les insultes, les parodies et les surnoms. Des vagues de haine et de sarcasmes. Il n'avait jamais riposté. Comme si rien ne pouvait le faire douter. Il expliquait à qui voulait l'entendre qu'il construisait son avenir. Qu'il serait célèbre et gagnerait beaucoup d'argent.

Elle en avait voulu à son frère d'être l'enfant modèle. Elle l'avait détesté pour son obéissance. Elle n'avait pas pris la mesure de ce qu'il assumait. De ce qu'il compensait.

Aujourd'hui, elle l'a compris.

En lui laissant le terrain de la révolte, il lui a offert la possibilité de la fuite.

Santiago Valdo a acquis récemment un logiciel de reconnaissance vocale dont les performances, il doit bien l'admettre, sont assez saisissantes. Le micro est si puissant qu'il peut marcher dans son bureau tout en dictant son exposé. D'un simple vocable, il peut ouvrir des archives ou des documents complémentaires au cours de sa dictée, rechercher des citations ou des illustrations. Le logiciel lui signale les répétitions, les éventuelles fautes de syntaxe ou d'accord, et lui suggère même des solutions.

Santiago rédige depuis quelques jours un article sur le développement du *homing*, une tendance de fond conceptualisée par un sociologue américain.

À mesure qu'il énonce ses phrases, il les regarde apparaître sur la page blanche comme par magie, sans erreur et sans aucune faute d'orthographe.

S'il veut corriger, il lui suffit de prononcer « retour arrière » et le nombre de lettres ou de mots concernés.

Tout en faisant les cent pas, il tente d'élaborer sa conclusion.

« On peut désormais vivre d'autres vies que la sienne depuis son canapé. Il suffit de s'abonner à une plateforme payante, de choisir sa formule, plus ou moins immersive selon le matériel dont on dispose, et de se laisser guider. Le marché est en pleine expansion. Si, dans l'offre des vies par procuration, la réalité virtuelle rencontre un succès non démenti (pour quelques euros, on peut passer vingt-quatre heures dans une villa sur pilotis aux Maldives avec un excellent rendu des couleurs), la real story (dite aussi « home téléréalité ») occupe une part de marché de plus en plus importante.

Plus de deux mille vies réelles, anonymes ou célèbres, sont actuellement proposées sur le catalogue de Share the Best : femmes et hommes célibataires ou en couple, tous genres et orientations sexuelles représentés, familles plus ou moins nombreuses, retraités. Des forfaits à tarif préférentiel permettent de vivre deux ou trois vies à la fois.

Beaucoup de gens… »

Il s'interrompt pour rectifier.

« Retour arrière : trois mots. »

Il réfléchit un instant, puis reprend sa dictée.

« De plus en plus nombreux, de jeunes adultes ne sortent plus de chez eux. Ils travaillent à distance, ou ne travaillent plus, ils ne vont plus au théâtre, ni au cinéma, ni même au supermarché. Ils consomment des produits (alimentaires, cosmétiques, électroménagers, culturels…) livrés à domicile et communiquent à travers des interfaces ou des jeux vidéo, de plus en plus sophistiqués. À ce prix, ils se sentent en sécurité. »

Il s'arrête. Se dit qu'il terminera plus tard. Il doit prendre un peu de hauteur, trouver une conclusion plus percutante.

Les pathologies qu'étudie Santiago, liées à une surexposition précoce sur les réseaux sociaux, apparaissent à l'adolescence ou, de manière plus fréquente, au moment de l'entrée dans l'âge adulte. L'addiction en est l'un des principaux symptômes. Essentiellement comportementale (jeu, Internet), elle se déplace également vers des substances psychoactives (alcool, drogue). Les troubles addictifs peuvent survenir lorsque le sujet a le sentiment que son audience ou sa surface médiatique s'amenuise (tout se passe alors comme si celui-ci, privé de sa dose de gratifications – nombre de vues, de commentaires et de signes divers d'adhésion –, compensait ce manque par une autre substance dorénavant plus accessible) mais ils surviennent également à l'apogée de la notoriété, afin d'apaiser l'anxiété que cette dernière suscite et l'isolement qu'elle provoque dans certains cas.

Par ailleurs, d'autres troubles psychiatriques, jusqu'ici observés sur le continent américain, sont désormais décrits en Europe et suscitent de nouvelles recherches, dont Santiago, entouré d'une vingtaine de collègues universitaires et praticiens hospitaliers, s'est affirmé comme l'un des chefs de file.

Après deux conversations téléphoniques avec Sammy Diore, il est pratiquement certain que celui-ci présente les signes les plus caractéristiques du syndrome dit de Truman Show, observé pour la première fois à Los Angeles dans les années 2000. Quelques cas ont été évoqués en Europe de manière concomitante, sans toutefois faire l'objet de publications universitaires. Le syndrome, autrefois considéré comme révélateur d'un trouble psychiatrique non diagnostiqué (délire paranoïaque, schizophrénie, bipolarité), est aujourd'hui observé comme une pathologie à part entière. Il tient son nom du film de Peter Weir sorti en 1998, dont Jacquot le Cacou résume ainsi l'intrigue :

« *The Truman Show* raconte l'histoire d'un garçon qui découvre, à la veille de ses trente ans, qu'il est filmé depuis le jour de sa naissance et vit entouré de comédiens. Sa femme et son meilleur ami portent une oreillette et sont payés pour lui donner la réplique et toute son existence est orchestrée par le démiurge fou qui pilote le programme. À son insu, Truman Burbank est le héros internationalement connu et adulé d'une grande émission de téléréalité. Tombé amoureux d'une figurante, il décide de fuir pour rejoindre le monde réel. »

Santiago travaille depuis longtemps sur ce sujet. Les patients atteints du syndrome de Truman Show sont persuadés d'être filmés en permanence et que chaque minute de leur vie est retransmise quelque part : dans une émission de téléréalité virtuelle, sur une plateforme de partage, dans les profondeurs du Darknet... Tout leur entourage est rendu complice de cette machination : les amis, les collègues, les membres de la famille jouent des rôles assignés au préalable, les mettent à l'épreuve ou contribuent à leur dissimuler la vérité.

L'angoisse extrême – le plus souvent antérieure – ressentie par ces patients trouve une explication rationnelle dans l'idée d'un complot généralisé. Persuadés que l'attention générale est centrée sur eux et qu'un public invisible les observe, ils permettent ainsi à cette angoisse de devenir légitime.

Dans le cas de Sammy Diore, le trouble n'est pas seulement une représentation : il se nourrit de souvenirs d'enfance précis et vraisemblablement traumatiques.

Dans les formes les plus graves de la pathologie, le sujet pense que son esprit et son corps sont contrôlés par des technologies de pointe ou en cours d'expérimentation. Entouré d'objets connectés, il se vit comme un objet lui-même, commandé à distance par une instance invisible et malfaisante. Le patient peut aller jusqu'à entendre des voix qu'il croit directement produites dans son cerveau par différents systèmes de transmission, tandis que ses souvenirs lui apparaissent comme des images implantées à son insu. Il est alors persuadé qu'aucun organe de son corps ne peut échapper à cette emprise.

Au cours des cinq dernières années, une vingtaine de diagnostics de syndrome de Truman Show ont été posés en France, correspondant à des patients nés après 2005, exposés dès leur plus jeune âge sur les plateformes de partage ou les réseaux sociaux. À ce stade, l'incidence de cette exposition précoce demeure néanmoins une hypothèse de travail.

Clara rentre chez elle à pied. Elle marche à vitesse constante, elle ne connaît pas meilleure méthode pour évacuer le stress. Peu à peu son plexus se libère, le sentiment d'oppression disparaît. Elle remarque le silence. Un silence inouï, auquel la ville n'est pas accoutumée. Après une longue bataille parlementaire, la loi interdisant les véhicules à essence dans les vingt arrondissements de Paris vient tout juste d'entrer en vigueur. C'est une autre perception de l'espace, songe-t-elle, qui lui rappelle les jours d'hiver quand elle était petite fille, à l'époque où il neigeait encore.

Dans le balancement régulier de son corps, les pensées se succèdent : elles circulent. Sous cette forme mouvante, elles lui semblent plus faciles à approcher, à circonvenir, ou même à contourner. Elles obéissent au même élan que celui qui la propulse en avant, et dans cette cadence même, elles disparaissent ou s'éclaircissent.

Elle pense à Kimmy Diore et à son étrange requête.

Elle pense au cadavre du jeune homme faussement suicidé.

Elle pense à la robe vermillon qu'elle pourrait mettre ce soir, et au rouge à lèvres qui irait avec.

Elle pense à la proposition de Cédric, la dernière fois qu'ils ont déjeuné ensemble à la cafétéria. Il voudrait qu'elle le rejoigne aux Mineurs. Un poste de chef de groupe se libère bientôt dans son équipe. Elle a tenté de lui opposer une série d'arguments (elle n'est plus sur le terrain depuis longtemps, elle n'a pas d'enfant…) auxquels il a vite coupé court : il a besoin d'elle.

Alors que Clara longe le parc, un homme la double. Il se retourne sur elle, la dévisage sans aucun scrupule, puis reprend son chemin, visiblement déçu. De dos, elle sait qu'elle a gardé cette silhouette adolescente, juvénile, qui attire le regard. De face, elle est cette femme sans maquillage, au visage fatigué. Elle sourit.

À l'approche de son immeuble, elle accélère le pas. Elle aime cet étourdissement léger provoqué par le changement de rythme, quand elle parvient à le maintenir sur le dernier kilomètre.

Quand elle arrive devant le hall de sa résidence, la porte s'ouvre automatiquement. Après dix-neuf heures, le gardien de nuit est dans sa loge. À travers la caméra, elle le salue d'un signe et lui sourit. Ils ont leur petit secret. Un soir que Clara était rentrée très très saoule d'un dîner, elle s'était arrêtée pour discuter avec lui. Elle n'avait aucune envie de dormir. Ils avaient parlé de choses et d'autres, un fait divers survenu quelques jours plus tôt, le coup de barre de quatre heures du matin quand on travaille de nuit, l'hiver qui n'en est plus un. Et puis au détour d'une obscure association d'idées, il lui avait demandé si elle savait jouer au poker. Le visage soudain illuminé, il l'avait laissée entrer dans sa loge comme s'il l'invitait dans un château. D'un tiroir, il avait sorti un paquet de cartes et un flacon de whisky. La partie avait duré toute la nuit. Au petit matin, il avait fini par gagner et l'avait raccompagnée chez elle *en tout bien tout honneur*.

Depuis ce jour, au moins une fois par mois, ils ont rendez-vous. Il excelle au bluff, elle le bat sur la stratégie. Ils se font beaux et s'habillent pour l'occasion : robe et talons pour elle, chemise claire et chaussures noires pour lui. Ils ne jouent pas seulement au poker, elle le sait. Ils jouent à se plaire. Il est bien plus jeune qu'elle et il est très séduisant. Cela pourrait déraper. Mais chaque fois, ils se tiennent au bord, l'un et l'autre sur leur ligne de crête. Ils ont le pied sûr. Ils en ont vu d'autres. Peut-être parce qu'ils savent ce qu'ils ont à perdre. Et que rien n'est plus délicieux que ce moment qui s'étire et ne ressemble à aucun autre, ce moment de promesse et de désir, et ce lien unique, singulier, qui se tisse à travers le jeu, et le danger.

Ce soir, elle mettra sa robe rouge et vers minuit, elle descendra par l'escalier.

Au vingtième étage de la tour Khéops, à la frontière du quartier chinois, Santiago Valdo sonne à la porte 2022. Après avoir insisté une dernière fois pour que le jeune homme vienne à son cabinet – en vain –, il a confirmé qu'il se déplaçait.

Le judas s'obscurcit un instant puis Sammy Diore ouvre la porte. Pendant quelques secondes, il fait face au psychiatre, immobile, comme s'il hésitait à le laisser passer. Il est habillé d'un bas de survêtement usé et d'un tee-shirt blanc qui n'est pas non plus de première fraîcheur, mais ses baskets immaculées semblent n'avoir jamais franchi le seuil de son appartement. Après un instant d'observation mutuelle, il finit par l'inviter à entrer. Avant de refermer, il tend le cou de chaque côté du couloir, un mouvement qui n'est pas sans évoquer les parodies de film d'espionnage, songe aussitôt Santiago, conscient que le garçon ne met derrière cette outrance aucune forme de dérision.

Le mobilier est réduit au strict nécessaire (un fauteuil, une table, deux chaises) et les murs sont nus. « Une petite phobie de l'encombrement », constate en silence Santiago.

Un coup d'œil à la chambre lui suffit pour conclure que celle-ci obéit au même impératif de dépouillement. N'importe qui parierait que le lieu n'est pas habité.

Sammy Diore l'invite à prendre une chaise et s'assoit en face de lui, les coudes posés sur les cuisses, les mains jointes, son dos dessine une longue courbe qui semble pouvoir s'infléchir davantage encore. « Il a plié l'échine », se dit le psychiatre.

Le jeune homme l'examine avec une attention suspicieuse et Santiago comprend : il vérifie qu'il n'est équipé d'aucun matériel permettant d'enregistrer ou de filmer.

Ses traits sont tirés, ses yeux cernés, son visage arbore le masque figé de ceux pour qui le sommeil est un combat. Malgré ses vêtements un peu amples, ou peut-être à cause de ce flottement, on devine sa maigreur.

Le psychiatre s'appuie au dossier de sa chaise, en position d'écoute, et le laisse prendre la parole.

Le silence dure encore quelques secondes puis Sammy finit par parler.

— Je ne sais pas comment m'échapper, docteur.

Santiago hoche la tête, conscient de frôler la caricature, mais il n'a pas trouvé mieux pour encourager un patient à poursuivre sans orienter sa pensée.

— Je ne peux pas continuer comme ça. Traqué, sans cesse. Partout. Je ne peux plus... Vous savez que je suis filmé depuis que j'ai six ans ?

Santiago considère qu'il s'agit d'une vraie question, à laquelle il ne peut pas se dérober.

— Oui, enfin je sais que vous avez tourné de nombreuses

vidéos avec votre famille pour différentes plateformes, notamment YouTube et Instagram.

Sammy semble soulagé de ne pas avoir à raconter l'histoire depuis le début.

— Le problème, c'est qu'elle a perdu le contrôle.

Il s'arrête. Son regard cherche un point d'ancrage. Il semble se demander comment poursuivre, visiblement sous l'emprise d'une grande confusion.

— Ma mère...

Santiago remarque le tremblement léger de ses mains, s'interrogeant de nouveau sur un éventuel traitement en cours, puis d'un sourire l'encourage à continuer.

— C'est elle qui gérait tout. Pendant longtemps. Aujourd'hui, elle ne maîtrise plus rien. Aujourd'hui toute ma vie est retransmise en direct, j'ignore où et par qui. Il y a de fortes chances pour que ce soit une plateforme payante. Je ne sais pas laquelle, ni comment ces gens communiquent avec leurs abonnés. Quoi que je fasse, où que j'aille, je suis filmé. Je me suis réfugié ici, chez moi, parce que c'est le seul endroit qu'ils n'ont pas réussi à piéger. J'ai tout vérifié : les meubles, les murs et les quelques objets que j'ai dû garder. Mais je ne suis pas certain que nous ne soyons pas filmés au moment même où je vous parle. Peut-être faites-vous partie des leurs... Tous les gens que j'ai côtoyés dernièrement étaient équipés de caméras rétiniennes. Tous. Je ne peux pas être certain de votre honnêteté mais, de toute façon, au point où j'en suis, je n'ai pas le choix.

Santiago juge qu'il est temps de sortir du silence.

— Vous pouvez avoir toute confiance en moi, Sammy. Je n'appartiens à aucune organisation, je ne suis équipé d'aucun matériel, et par ailleurs je suis soumis au secret médical. Est-ce que c'est bien clair pour vous ?

À son tour, Sammy se contente d'acquiescer.

— Vous m'avez parlé au téléphone d'une jeune interne de Saint-Anne avec laquelle vous avez été en contact... vous l'avez vue à l'hôpital ?

— C'est à cause de la boulangerie.

— Oui...

— Eux aussi ils ont des caméras. C'est supposé être de la vidéoprotection, sauf qu'aujourd'hui aucun système ne peut résister au piratage. Pareil pour les transports, les municipalités. Les gens croient que la CNIL peut les protéger mais elle n'y peut rien. Elle est dépassée depuis longtemps. Toutes les sociétés se font voler leurs images, quand elles ne les vendent pas... Il y a deux mois, je suis descendu acheter des croissants. Je venais d'entrer dans le magasin quand j'ai vu la caméra qui pivotait vers moi avec son œil, qui s'est ouvert d'un seul coup. Prêt à m'engloutir. Je ne sais pas ce qui s'est passé. J'ai craqué. Je me souviens seulement des cris. Je me disais « Qui crie comme ça ? », c'était insupportable. J'ai appris plus tard que c'était moi. Les pompiers sont venus et ils m'ont emmené à l'hôpital. J'ai tout expliqué à l'interne. Elle m'a dit que je devais rester un peu, le temps de me reposer. Que j'avais besoin de sommeil. Elle avait raison. Mais j'ai refusé. Ils étaient capables de me droguer et de vendre les images.

— Vous pensiez qu'elle était complice ?

— Pas elle, non, je ne crois pas. Elle fait juste partie de ces gens qui ne veulent pas voir la vérité. Qui ne veulent pas savoir à quoi ça sert, tout ça. Car parmi le personnel, n'importe qui pouvait l'être. Alors je suis rentré chez moi. Et depuis, je ne suis pas ressorti.

— Elle vous a prescrit des médicaments ?

— Des anxiolytiques, mais je ne les ai pas pris. J'ai peur que ça endorme ma vigilance, n'est-ce pas ?

— Vous me montrerez l'ordonnance et on en reparlera.

Santiago sait que c'est maintenant à lui de jouer. De montrer qu'il est capable d'entendre les propos de son patient, sans toutefois le conforter dans son délire.

— Sammy, j'aimerais revenir sur une ou deux choses, si vous le voulez bien, pour comprendre ce qui vous arrive aujourd'hui. Vous avez été filmé pendant votre enfance pour la chaîne YouTube dont votre mère s'occupait. Ensuite, vous avez eu votre propre chaîne, qui marchait très bien. Je crois que vous testiez des jeux vidéo et que vous donniez des conseils pour devenir influenceur, c'est bien cela ?

— Oui, oui. Entre autres choses.

— Et vous avez tout arrêté, il y a plusieurs années, du jour au lendemain.

— Oui.

— Vous voulez me raconter ?

— Quand j'étais au collège ou au lycée, tout le monde voulait devenir youtubeur. La plupart des élèves rêvaient de vivre ma vie. De faire un selfie avec moi, d'être invités chez moi... Bien sûr, il y en a toujours eu pour se foutre de ma gueule. Des petites vannes, l'air de rien. « Alors, Sammy, il te reste du PQ ? », ou bien « Qui contrôle ta vie, Sammy, Instagram ou ta maman ? », ou bien « C'est Sammy qui paie, il est blindé ». J'ai compris très vite que je ne serais jamais comme eux. C'était le prix à payer.

Mais sur les réseaux, c'était la haine. J'ai même reçu des menaces de mort. J'ai tenu bon, vous savez. Ce n'est pas pour ça que j'ai arrêté. Ça, c'est ce que les gens aiment raconter. Les gens veulent croire que j'ai fait une dépression à cause des *haters*, ou parce que Michou a toujours eu plus de followers que moi. C'est faux.

— Que s'est-il passé ?

— L'année dernière, j'ai rencontré une fille qui prenait son café le matin dans le même bar que moi. Elle était super jolie et je voyais bien qu'elle me regardait. On a commencé à discuter, au comptoir d'abord, et puis on s'est donné rendez-vous. C'était la première fois que je me sentais en confiance avec quelqu'un. Elle savait qui j'étais, mais cela ne semblait pas très important pour elle. Sur Instagram, je recevais beaucoup de messages privés de la part de fans : des photos, des déclarations d'amour, des propositions érotiques. Je n'en ai jamais profité. Je voulais vivre une vraie rencontre. Un soir, après quelques bières, elle m'a proposé de venir chez elle.

Sa voix s'est altérée, il se racle la gorge avant de continuer.

— Elle habitait un grand studio. Quand je suis entré, j'ai d'abord vu les mugs, parce qu'elle avait toute la collection, exposée sur une étagère... Les mugs Happy Récré. Avec ma photo et celle de Kimmy, à peu près à tous les âges. Et la photo de ma mère. Elle avait aussi les agendas, les posters, les stylos, les trousses, toute une collection d'objets présentés comme dans un musée.

Il s'arrête, rattrapé par l'émotion. Santiago attend un instant avant de relancer.

— Comment avez-vous réagi ?

— Je me suis mis à pleurer. J'étais incapable de prononcer un mot. Elle pensait sans doute que ce serait une bonne surprise, que ça me ferait plaisir de découvrir tout ça. Je vais vous dire : ça m'a tué. Je suis parti de chez elle, je ne suis plus jamais retourné dans ce café et je ne l'ai jamais revue.

Il s'est redressé sur sa chaise.

— Pendant une semaine ou deux, j'étais tellement K.-O. que je suis resté couché. Pas de post sur Instagram, pas de vidéo sur YouTube ni sur Tik Tok. C'est là que ça a commencé. J'en suis sûr. Ils ont cru que j'allais lâcher. J'avais juste besoin de faire un break, mais ils ont flippé. Ils ont contacté des gens, et ils ont commencé à me traquer. Au bout d'un moment, j'ai compris que mes voisins, ma gardienne, et même certains de mes amis avaient été recrutés.

Santiago observe le garçon dont l'anxiété est de plus en plus palpable.

— C'est là que vous avez supprimé tous vos comptes ?

— Oui. Mais on n'arrête pas comme ça. Quand les gens ont besoin de vous voir, de savoir où vous êtes, ce que vous faites, quand ils ont besoin de vos conseils, de vos blagues, quand des milliers de gens dépendent de vous, de votre vie, de votre humeur et sont prêts à payer pour ça, vous n'avez pas le droit de disparaître.

Sammy s'arrête, le temps de caler sa respiration sur un exercice apparemment destiné à le calmer. Il ferme les yeux. Plusieurs fois il remplit ses poumons puis les vide, tout doucement. Santiago se tait. Au bout de quatre inspirations, le jeune homme reprend comme si de rien n'était.

— Il y a encore beaucoup trop d'argent à gagner. Et si je n'en profite pas moi-même, d'autres le font à ma place.

— Qui ?

— Je ne sais pas, je vous l'ai dit. Ce que je sais, c'est qu'ils sont très bien organisés et qu'ils sont partout. Il est impossible de se cacher. Voilà ce que j'ai compris, l'autre jour à la boulangerie. Ils ont activé tous leurs réseaux, les capteurs optiques, tactiles et thermiques, les drones et toute l'artillerie d'écoute.

— Et votre sœur, où est-elle maintenant ?

— Aux dernières nouvelles, elle est à Paris, mais je ne la vois plus.

— Vous pensez qu'elle fait partie aussi de ce… de cette… organisation ?

— Non. Je suis sûr que non.

— Comment expliquez-vous cet éloignement ?

— Elle ne m'aime pas.

— Et vous, vous l'aimez ?

Sammy est pris de court. D'un coup, les larmes lui montent aux yeux. Alors, dans un geste d'enfant, il cache son visage derrière ses mains.

Clara a consacré une partie de sa journée à rechercher des informations sur les suites de l'affaire Diore et ses différents protagonistes. En quelques heures, grâce à des collègues coopératifs, elle a appris pas mal de choses. Elle a passé des coups de fil, photocopié des pages, rassemblé des documents. De quoi constituer un petit dossier qui, sans aucun doute, intéresserait Kimmy.

Tous les soirs, dès qu'elle entre dans son appartement, elle commence par ôter ses vêtements comme elle se débarrasserait d'une peau morte. Qu'elle ait passé la journée dans son bureau ou à l'extérieur, elle les jette dans le bac à linge sale.

Parfois elle se demande quelle est la proportion de gens qui, comme elle, se changent en rentrant chez eux. Qui enfilent un vieux bas de survêtement, un caleçon, des chaussons, qui se glissent dans un gros pull ou un sweat-shirt informe. Combien d'entre eux choisissent plutôt un peignoir, une nuisette en dentelle ou un déshabillé de soie. Combien enlèvent leurs lentilles pour chausser leurs lunettes. Combien dissocient ainsi leur être du dehors de leur être du dedans.

Sa tenue d'intérieur dépend de son humeur. Elle aime les robes longues et les pantalons de coton.

Cédric lui a téléphoné ce matin pour la relancer. Il multiplie ses angles d'attaque. Il dit des choses comme « Tu dois passer la vitesse », « J'ai des affaires qui vont te passionner » ou « Pense à ton évolution de carrière ».

Il dit aussi « C'est un poste pour toi ».

Ou, plus frontal : « Il est temps de sortir de ton bureau. »

Lui seul, peut-être, mesure l'étendue de ses doutes. Ce n'est pas seulement une question de service, d'affectation. C'est un choix bien plus important encore.

Lui seul, peut-être, sait qu'elle a de nouveau cessé de grandir.

Depuis quelque temps, il lui semble vivre au revers du monde, dans un repli impossible, en marge de ces réseaux supposément sociaux, saturés de factices amours et de haines authentiques, en marge de cette Toile d'illusions, gavée de selfies et de phrases lapidaires, en marge de tout ce qui circule à la vitesse du son.

Elle est cette femme à la traîne d'une ville qu'elle n'aime plus, où chacun se presse de rentrer chez soi pour commander et consommer en ligne, ou obéir à l'impérieux parcours des algorithmes. Elle est cette femme fébrile, dont la vigilance excessive interdit le sommeil, cette femme à la mélancolie inavouée qui ne parvient plus à suivre le mouvement général.

Est-ce parce qu'elle n'a pas vu ses parents vieillir qu'elle se sent aujourd'hui si loin, si anachronique, alors qu'elle n'a que quarante-cinq ans ?

Si elle y réfléchit, elle ne tient pas tant que ça à cette vie penchée sur un écran, à dialoguer avec une intelligence artificielle, où on ne lui demande de relever la tête que pour obéir aux exigences de la reconnaissance faciale. Elle ne veut pas s'asseoir comme les autres au fond de son canapé, le portable greffé au doigt, au poignet, dans la paume, en quête de sensations fortes, à guetter sur son écran le drame, l'attentat et le héros du jour, oubliés dès le lendemain.

Le monde la dépasse et elle n'a aucune prise. Le monde est fou mais elle n'y peut rien.

Peut-être est-ce ce sentiment d'impuissance qui est devenu insupportable. Ce sentiment de ne pas avoir éprouvé ses muscles, son courage, sa résistance, de ne plus aller au front. Ce sentiment de s'être laissée glisser le long d'une pente et de se sentir aujourd'hui trop fatiguée pour la remonter.

Peut-être que Cédric a raison. Qu'il est temps de bouger. De trouver une autre façon de prendre sa part.

— Vous avez des pensées suicidaires ? lui a demandé, il y a quelques jours, le médecin du travail lors de sa visite annuelle.

— Non, pas distinctement, a-t-elle riposté.

— Et indistinctement ?

Indistinctement... elle évite de s'approcher des fenêtres ouvertes.

Mais ce n'est pas ce qu'elle a répondu.

Tous les soirs, quand elle rentre chez elle, elle a le sentiment de trouver refuge. Elle sait que ce n'est pas une bonne chose.

Elle sait que l'intérieur (le canapé, les rideaux fermés, la douce chaleur de son appartement) est un privilège et un piège.

Ce soir, à peine arrivée, elle sélectionne sur sa montre le numéro de Kimmy Diore.

Dès la première sonnerie, la jeune femme accepte l'appel.

Au moment où elle décroche, il n'y a plus d'hésitation.

Le lendemain, Clara traverse la Seine. La lumière est étrangement forte pour une fin d'après-midi, blanche, éblouissante, on dirait que des projecteurs ont été installés pour éclairer le fleuve, songe-t-elle en scrutant le ciel.

Le pas rapide et la main posée en visière au-dessus des yeux, sans aucune raison apparente, elle pense à son oncle Dédé. Le roman familial, qui n'a pas renoncé au folklore, raconte qu'il est mort le jour où Renaud a embrassé un flic. Elle pense à sa cousine Elvira, partie vivre dans les Caraïbes, et à son cousin Mario, devenu économiste. Elle pense aux amis perdus de vue, faute de temps à leur consacrer.

Elle a rendez-vous avec Kimmy Diore.

Dans un café du boulevard Raspail choisi par Clara pour son arrière-salle sombre et peu fréquentée, elles se font face.

Clara compose pour la deuxième fois avec la gravité maussade de la jeune femme, son regard fluctuant, sa colère à fleur de peau.

Elle a commencé par lui expliquer qu'elle n'avait pas le droit de lui communiquer ces éléments, parce que Kimmy était mineure au moment des faits. Normalement, Kimmy devrait faire appel à la Commission d'accès au recours administratif, une démarche un peu fastidieuse qui peut prendre un certain temps. À vrai dire, Clara n'a pas le droit non plus d'utiliser les moyens de la police judiciaire pour retrouver les coordonnées de quelqu'un à des fins personnelles.

Le regard de Kimmy s'est assombri en une seconde, bouche pincée, respiration courte, et ses jambes s'agitent sous la table.

« Elle n'a pas la capacité de dissimuler ses émotions », pense Clara, mettant fin aussitôt à ce préambule.

— Mais bon… dans certains cas, il arrive qu'on passe outre.

La jeune fille est suspendue à ses lèvres.

— J'ai retrouvé tes deux comptes rendus d'audition, menés par la Brigade de protection des mineurs. Ainsi que ceux d'Élise Favart, il y en a plusieurs, tu verras. J'ai aussi retrouvé sa trace. À sa sortie de prison, elle a récupéré la garde de son fils, qui avait été confié à sa mère pendant sa détention préventive. Elle est partie vivre dans le Morvan, où elle a rencontré son mari, qui est éducateur spécialisé. Il travaillait, et travaille encore, dans la structure pour enfants handicapés où Ilian était accueilli. Ils se sont mariés, elle a pris son nom. Ils ont eu une petite fille, qui a cinq ans aujourd'hui. Élise a trouvé un emploi à temps partiel dans un cabinet médical.

Un sourire fugace passe sur le visage de Kimmy, apparemment soulagée d'apprendre ces nouvelles.

— Je t'ai mis aussi quelques PV de synthèse ou de jonction, que j'avais rédigés à l'époque, qui retracent les grandes lignes de l'enquête. Et puis j'ai autre chose pour toi.

Kimmy se penche vers elle, plus attentive encore. Clara attend un instant avant de continuer.

— J'ai retrouvé la trace de Sammy. Cela n'a pas été simple parce qu'il s'attache sérieusement à disparaître. Il ne voit plus personne depuis des mois, à part un psychiatre qui s'est rendu chez lui à deux reprises. Je ne suis pas sûre qu'il aille très bien. Je crois même qu'il a besoin d'aide.

Kimmy attrape les papiers et les glisse dans son sac. Pendant quelques secondes, son regard flotte dans la salle, égaré, avant de se fixer de nouveau sur Clara.

Dans un murmure à peine audible, elle la remercie.

Puis elle se lève et s'en va.

La colère n'a pas toujours été là. Elle est venue le jour où Kimmy a voulu savoir. Où elle a commencé à fouiller. Le jour où elle a retrouvé les articles des grands quotidiens de l'époque sur le procès d'Élise Favart. Le jour où, dans les comptes rendus d'audiences rédigés par une chroniqueuse judiciaire renommée, elle a découvert que tout au long du procès, sa mère n'avait pas regardé une seule fois Élise. Durant toutes ces journées, aux dires de plusieurs témoins, Élise avait cherché le regard de son ancienne amie sans jamais le trouver. Même quand, d'une voix brisée, elle lui avait demandé pardon.

C'est en lisant ce détail, il y a quelques mois, que la colère s'est réveillée. Avant cela, elle était silencieuse. Ou bien elle prenait d'autres formes, secrètes et souterraines.

Ce soir Kimmy termine de parcourir le dossier que Clara Roussel lui a confié.

Elle découvre ses mots de petite fille. La manière dont elle a relaté, à deux reprises, les huit jours passés chez Élise. Elle est soulagée. Dans les procès-verbaux, tout est noté. Ses hésitations, ses silences. Son attachement manifeste à la jeune femme. Elle y décrit une parenthèse sans heurts, sans peur. Puis, elle raconte cette dernière soirée, évoquée par Élise au cours de sa première audition, cette soirée où elle a compris que quelque chose ne tournait pas rond.

Glissée à l'intérieur d'une chemise, une photo de la fresque peinte avec Ilian la submerge. La colère reflue un instant.

Dans le PV de synthèse fourni par Clara, il est mentionné qu'au lendemain du retour de Kimmy, ses parents ont demandé au président d'Enfance en danger de restituer sur-le-champ les cinq cent mille euros versés sur le compte de l'association. Ils n'avaient pas posté la vidéo demandée, rien ne les obligeait à maintenir leur don.

Kimmy a refermé le dossier.

La colère est revenue, et l'a emporté.

Chaque matin, le réveil sonne et Mélanie file dans sa salle de bains pour se rafraîchir. Elle passe un coton imbibé d'eau de fleurs sur son visage, se coiffe, applique un produit anticernes sous ses yeux, un léger blush sur ses pommettes, puis retourne se coucher. Depuis son lit, elle déclenche alors la transmission en direct de sa vie quotidienne.

Sur Share the Best, la journée commence. Le réveil sonne de nouveau, elle s'étire dans un rai de lumière. Elle s'assoit dans son lit et dit bonjour à ses abonnés.

Grâce au même boîtier minuscule, qui tient dans une main, elle pilote l'ensemble du dispositif : elle active ou désactive les micros à distance et peut commuter elle-même d'un axe à l'autre. Entre la maison et les extérieurs, une vingtaine de caméras ont été installées, chacune étant capable de détecter et de suivre les mouvements dans un périmètre de quatre ou cinq mètres. C'est fou les progrès techniques qu'ils ont faits. Le boîtier est l'équivalent du « mélangeur » autrefois utilisé en régie par les réalisateurs de télévision. Elle n'a même plus besoin de porter un micro sur elle. Le matériel de prise de son disposé un peu partout dans la maison est suffisamment puissant pour capter et transmettre des chuchotements à plusieurs mètres de distance. Et la fonction *Vlog*, plus récente, lui permet à tout moment de s'adresser à son public : il lui suffit de regarder de face une caméra pour que ces images soient prioritaires en diffusion sur toutes les autres. Ses paroles sont alors lisibles sur un bandeau, transcrites en direct par un système de dictée vocale, afin que les abonnés puissent en bénéficier où qu'ils soient, même lorsqu'il leur est impossible d'activer le son.

Elle trouve ça merveilleux.

Mélanie vit désormais dans une sorte de *Loft* réservé à elle seule, dont les autres concurrents auraient été éliminés. Voilà à quoi elle a songé, l'autre soir, au moment de se coucher. Un *Loft* qu'elle pilote de main de maître, dont elle est à la fois la productrice, la réalisatrice et l'actrice principale. Sa ligne éditoriale est essentiellement axée sur la vie pratique et domestique, mais elle ne néglige pas les aspects psychologiques. Ses états d'âme, ses réflexions et ses aphorismes à connotation philosophique sont très appréciés des abonnés et elle se documente beaucoup pour enrichir ses propos.

Une fois par mois, le jeudi soir à 20 h 45, c'est le *Live Dream*. Parmi des centaines de candidats, elle choisit quelques abonnés de Mel Inside pour un dialogue en direct avec elle. Elle écoute avec attention, répond avec compassion, généreuse en conseils et en confessions. Bruno se joint parfois à la rencontre. Il intervient sur les questions plus masculines (choix des robots domestiques, sécurité et protection de la maison, entretien de la piscine...), généralement à la demande des époux. Ces derniers temps, Bruno se fait prier pour participer, mais Mélanie insiste, sa communauté l'adore et l'audience grimpe quand il est là. Les gens ont besoin de rêver. De voir un beau couple comme eux, stable, fusionnel, cela les rassure. Cela leur fait du bien. Elle fait du bien aux gens. Voilà tout. Elle est devenue une fée, une fée moderne, oui. Elle n'a pas besoin de baguette magique, seulement de quelques caméras et de beaucoup d'amour à donner.

Depuis deux ans, au moment des fêtes, Mélanie diffuse un best of de sa vie. Un véritable feu d'artifice, qui bat tous les records d'audience.

Après avoir dégusté son petit-déjeuner (un rituel sponsorisé par une marque de confitures allégées, dont elle doit veiller à bien montrer les étiquettes), Mélanie prend sa douche. Pendant ce laps de temps, la transmission est interrompue et un *Album Souvenir* remplace le direct. Son premier assistant s'occupe de ces montages, réalisés à partir d'images filmées du temps où Kimmy et Sammy étaient petits. Sur une musique nostalgique, libre de droits, Wilfrid mêle les archives avec beaucoup de sensibilité : pique-niques, sorties dans les parcs d'attractions, vacances, rencontres avec les fans. Pour la plupart, les abonnés de Mel Inside ont connu Happy Récré et adorent revoir ces moments. Ils sont bouleversés.

Dès qu'elle est habillée, elle reprend le live : sur un ton de confidence, elle révèle le nom des marques qu'elle porte (elle change de tenue tous les jours et ne remet jamais deux fois le même vêtement) puis fait mine de se maquiller pour la première fois de la journée, partageant avec sa communauté les produits qu'elle utilise et vantant avec enthousiasme leurs mérites. Elle doit ensuite déguster un premier expresso de la gamme Friendly. Son contrat stipule deux dégustations par jour ; après vingt ans de positionnement haut de gamme et des capsules présentées comme des pierres précieuses dans des écrins, la marque est revenue à un positionnement plus familial, plus respectueux de la nature, et compte dorénavant sur elle pour atteindre une cible plus *next door*. Le problème c'est que son médecin lui a déconseillé de boire du café. À cause de ses nerfs. Alors, quand elle le peut, très discrètement, elle ne termine pas sa tasse ou, d'un geste furtif, la verse dans l'évier.

Ce matin, alors que Mélanie termine de s'habiller, elle ne retrouve pas son énergie habituelle. Une fatigue légère, « ou une baisse de tension », songe-t-elle, retardant le moment de reprendre le direct. Depuis quelque temps, elle a l'impression qu'elle traverse les montagnes russes. Tantôt elle se sent pleine d'énergie, excitée comme une puce, tantôt elle se sent épuisée, et anormalement abattue. La dernière fois qu'elle l'a consulté en visio, le docteur Roques l'a trouvée fatiguée, mais les constantes enregistrées par sa montre sont normales. Il a parlé de fatigue psychique.

Heureusement, Wilfrid prévoit toujours une marge de sécurité dans les montages d'archives, elle dispose donc d'au moins vingt minutes devant elle.

Elle se laisse aller, le regard un peu dans le vague, puis décide d'allumer la radio pour entendre quelques nouvelles, qu'elle pourra éventuellement commenter dans la journée. Les *happy few*, comme elle les appelle dorénavant, aiment avoir son avis sur les grandes questions qui agitent la planète.

Le journal de neuf heures vient de commencer, elle écoute les premiers titres puis son esprit s'échappe et vagabonde. Elle pense au programme de sa journée, aux variantes qu'elle pourrait trouver pour sa *routine* du matin, au contrat qu'elle s'apprête à signer avec une grande marque de maquillage, à l'angle de la caméra numéro huit, beaucoup plus flatteur pour son profil que la numéro neuf… lorsque la voix du journaliste déchire brutalement la bulle dans laquelle elle s'est réfugiée.

« Nous apprenons à l'instant que Kimmy Diore, ex-star de YouTube, assigne ses parents en justice pour atteinte au droit à l'image, violation de la vie privée et mauvaises décisions éducatives. Kimmy Diore est aujourd'hui le cinquième enfant influenceur qui porte plainte contre ses parents à sa majorité. Nous reviendrons plus en détail sur cette information dans le journal de 13 h mais nous avons d'ores et déjà pu recueillir les explications de maître Buisson, avocate au barreau de Paris, qui assiste plusieurs ex-enfants influenceurs et youtubeurs, notamment Little Dorothy, âgée de vingt-deux ans, dont la fortune est estimée à quatre millions d'euros et qui accuse son père de ne pas avoir respecté la loi. »

Sans réfléchir, Mélanie éteint la radio.

Pendant quelques secondes, dans ce silence, elle peine à retrouver son souffle.

Elle n'est pas sûre d'avoir bien entendu. Elle a dû mal comprendre. Elle tape quelques mots clés sur son téléphone, constate avec horreur que le communiqué de presse a déjà été repris des dizaines de fois.

Kimmy ? Ce n'est pas possible.

Elle ne peut pas reprendre le direct. Elle en est incapable.

Elle a déjà vécu l'emballement médiatique. Elle sait ce qui l'attend.

Le montage de Wilfrid tourne encore. Il faut qu'elle le prévienne, afin qu'il prenne la main sur la diffusion et enchaîne sur d'autres archives.

Mais pour l'instant, elle n'a pas la force.

Il faut qu'elle se calme.

Sa fille… sa petite fille… sa petite Kimmy les attaque…

Elle se sent horriblement seule.

Bruno est parti à l'aube pour visiter un showroom de jacuzzis, afin de choisir un modèle parmi ceux que la marque a proposé de leur offrir pour leur jardin. Est-ce qu'il le savait et il le lui a caché ?

Ou bien c'était ce courrier recommandé qu'elle n'est pas allée chercher à la poste ?

Non, ce n'est pas possible. Elle ne peut pas le croire.

Sa petite Kimmy les attaque…

Un SMS de Wilfrid la sort de sa torpeur : il prend le relais.

Elle va rester assise et attendre son mari. Dans ce silence.

Ses chéris vont s'inquiéter.

Elle va recevoir des tas de messages, parce qu'ils s'affolent pour un oui ou pour un non.

Tant pis pour ses chéris, pour une fois, merde, ils

peuvent bien patienter. Il ne faut quand même pas exagérer. Elle donne déjà beaucoup. Ses chéris sont parfois très chiants.

Elle va boire du café. Tant pis. Elle s'en fiche. Elle se sent si fatiguée.

Tiens, oui, elle va tester toutes les capsules, les jaunes, les vertes, les roses et, surtout, les dorées. Plein de dorées.

Elle est une fée, après tout, elle n'a pas peur. Les fées ne peuvent pas être atteintes. Les fées n'ont peur de rien. Les fées savent ce qui est bien et ce qui est mal. Les fées sont au-dessus des contingences du monde et des viles attaques que celui-ci engendre.

Les anciens de la police judiciaire l'appellent « l'Académicienne », pour perpétuer la tradition. Mais depuis le spectaculaire et fracassant retour d'un animateur grammairien des années soixante-dix / quatre-vingt sur la plateforme Vintage, et bien que ce dernier soit tout à fait mort depuis longtemps, les plus jeunes appellent Clara « Maître Capello ». À la Crime comme ailleurs, on se lance des défis et on prend les paris... Il s'agit le plus souvent de placer dans un procès-verbal un mot incongru ou une expression improbable, généralement tirée au sort. Son nouveau groupe est très amateur de ce genre de jeux. Il faut bien faire diversion. L'autre jour, Clara a dû placer le mot « pulvérulent » (relativement facile) dans une synthèse transmise au Parquet. La fois d'avant, elle était tombée sur « saperlipopette » (plus périlleux). Cette fois, elle a dû glisser « houspiller », un rien désuet mais efficace, dans un PV de synthèse. Elle gagne à tous les coups.

Toute la journée, elle a suivi une e-formation sur le comportement non verbal avant agression.

De retour chez elle, Clara allume la radio. Elle ne s'est jamais convertie aux chaînes d'information continue et en dehors du journal télévisé et de quelques magazines quotidiens, les programmes des chaînes hertziennes ou de la TNT ont presque tous disparu.

Alors qu'elle ouvre son réfrigérateur pour voir ce qu'elle pourrait manger, le nom de Kimmy Diore attire son attention.

Elle s'approche des haut-parleurs pour écouter.

Une voix de femme, assurée, experte, apporte semble-t-il quelques précisions.

« Les procès intentés aux parents ne concernent pas seulement les ex-enfants stars. Le mouvement de déconnexion et de réduction des traces ne cesse de progresser parmi les jeunes. En entrant dans l'âge adulte, un certain nombre d'entre eux prennent conscience qu'ils sont déjà lestés d'un lourd passif numérique, les privant de tout espoir d'anonymat. Au nom du droit à l'image et de la virginité numérique, ils ont alors recours à la justice pour exiger de leurs parents le retrait des photos ou vidéos d'eux, publiées et taguées toute leur enfance sur les réseaux sociaux. Certains vont même jusqu'à réclamer des dommages et intérêts. »

La journaliste, dont la voix lui est familière, reprend la parole.

« Revenons à l'affaire qui nous réunit aujourd'hui, celle de Kimmy Diore. Elle attaque ses parents pour atteinte au droit à l'image et mauvaises décisions éducatives.

Je m'adresse à vous, maître Corinne Buisson, qu'est-ce que cela signifie exactement ?

— Légalement, jusqu'à ses dix-huit ans, le droit à l'image d'un enfant revient à ses responsables légaux. Ils en sont les protecteurs, pas les détenteurs. D'une manière générale, l'autorité parentale doit être exercée dans l'intérêt de l'enfant. Certains parents n'ont pas conscience que leur enfant est né avec son propre droit à l'image. Ils se comportent comme s'ils en étaient les propriétaires. Les parents qui sont assignés aujourd'hui, non seulement n'ont pas protégé ce droit, mais pour certains, on peut considérer qu'ils en ont abusé.

— Je rappelle qu'une loi visant à encadrer l'exploitation commerciale de l'image des enfants influenceurs sur les plateformes en ligne a été votée en 2020. Cela revient-il à dire que celle-ci n'a servi à rien ?

— Non, je ne dirais pas ça. La France a été la première à légiférer, c'est un symbole important. Cela a permis de dire aux parents : attention, vous ne pouvez pas faire n'importe quoi. Certains ont fait marche arrière. Mais comme souvent, nous ne nous sommes pas donné les moyens de faire appliquer la loi.

— Vous voulez dire qu'il n'y a pas eu suffisamment de contrôles ? »

L'avocate prend son temps avant de répondre.

« D'abord, la loi limite la durée journalière de tournage selon l'âge des enfants. Sur ce point, elle s'est fondée sur le régime appliqué aux enfants du spectacle. À titre d'exemple, elle autorise un enfant de six ans à tourner trois heures par jour et un enfant de douze ans à tourner quatre heures par jour. Quand il s'agit d'une séance photo ou d'un tournage de cinéma, par définition limités dans le temps, cela fait sens. Mais à l'échelle d'une enfance entière, lorsque les enfants sont filmés tous les jours par leurs parents, c'est autre chose. Ensuite, vous évoquiez le contrôle… Quelle famille a vu débarquer un inspecteur du travail au cours des dernières années ?

— En ce qui concerne les aspects financiers, il y a eu quand même une véritable avancée ?

— Écoutez, je ne vais pas détailler sur votre antenne les moyens de contourner la loi. Ils sont nombreux et la plupart des familles concernées n'ont pas tardé à les découvrir. Je ne vous donnerai qu'un exemple. L'une des chaînes leaders du secteur a mis en scène deux petits garçons jumeaux pendant plusieurs années, générant ainsi des millions de vues et quelques millions d'euros. Le dispositif financier a été révélé par un site d'information : le responsable légal est passé par une agence de mannequins pour rétribuer ses fils, déclarant et payant un nombre d'heures chaque semaine, dans la limite réglementaire. Ces cachets ont été déposés sur un compte à la Caisse des dépôts et consignations, comme l'exige la loi. Mais le parent, se considérant comme auteur, réalisateur et producteur des vidéos – ce que, de fait, il était – et ayant par ailleurs investi dans le matériel nécessaire à la production de ces vidéos, a continué de percevoir l'essentiel des sommes payées par les marques et des revenus générés par YouTube. Qui prétend contrôler cette répartition ? C'est un exemple… Et je ne parle pas du *vlogging* familial, de plus en plus développé, où la famille tout entière est mise en scène et où l'enfant n'est même plus considéré comme un comédien mais comme un figurant… échappant ainsi totalement au cadre législatif.

— Je me tourne maintenant vers vous, Santiago Valdo. Vous êtes psychiatre et psychanalyste, et vous alertez depuis longtemps sur les dommages psychiques de cette exposition précoce. Pouvez-vous nous en dire quelques mots ?

— Le désir de l'enfant a été formaté dès le plus jeune âge et il a fini souvent par croire lui-même que c'était sa volonté. En réalité, il n'a pas eu le choix. Il était prisonnier des enjeux affectifs qui le lient à ses parents, auxquels se sont vite ajoutés des enjeux économiques, puisque la plupart de ces familles vivaient de ces revenus. En outre, ces jeunes, qui aujourd'hui portent plainte, ont été confrontés très tôt à des exigences auxquelles un enfant ne devrait pas avoir à se soumettre : séduire, faire de la promotion, répondre à ses fans, contrôler son image, etc. Pour beaucoup, ils en paient aujourd'hui le prix fort.

— En quoi est-ce préjudiciable pour les enfants ?

— On constate qu'ils ont une confiance limitée en leurs propres parents et qu'ils peinent à construire des rapports sains avec leurs pairs. On observe par ailleurs une grande solitude à l'âge adulte, une grande fragilité par rapport à l'addiction et parfois d'autres symptômes beaucoup plus sévères.

— Je me fais un peu l'avocat du diable, mais il y a toujours eu des enfants stars, ce n'est pas un phénomène nouveau ! Jordi, Britney Spears, Macaulay Culkin, Daniel Radcliffe ! Chaque génération a ses icônes.

— Parmi les noms que vous citez, certains effondrements psychologiques sont notoires. La différence – car il y en a une –, c'est que pour celles et ceux dont nous parlons aujourd'hui, mis en scène dès leur plus jeune âge sur YouTube ou sur Instagram, il ne s'agissait pas de tourner un film ou une série, d'en faire la promotion, puis de rentrer chez soi. Non. Il s'agissait de jouer son propre rôle, tous les jours, à la maison. Dans sa propre chambre, dans son salon, dans sa cuisine, avec ses vrais parents. Attention, je parle bien d'un rôle, car en réalité on n'est jamais soi-même devant une caméra. C'est fatigant de jouer un rôle, vous savez.

— Je signale néanmoins que certains de ces enfants ont eu une réussite spectaculaire. Le fils cadet de La Bande des doudous est aujourd'hui un acteur reconnu et la fille aînée de Minibus Team a eu un parcours exceptionnel.

— Je ne dis pas le contraire. Heureusement, certains enfants, même parmi les plus exposés, s'en sortent. »

Une pause musicale succède à l'échange. Clara en profite pour s'asseoir.

À la fin du morceau, la journaliste reprend la parole.

« Il y a quelques mois, Pablo the Boss a obtenu de sa mère d'importants dommages et intérêts, ainsi que la destruction ou la mise sous séquestre de toute image le concernant. Cette mère avait filmé et publié toutes les étapes de son enfance, la vidéo la plus notoire restant celle où, imitant une envoyée spéciale dépêchée sur le lieu de l'événement, elle informait les abonnés de son "premier caca sur le pot" (je cite, la vidéo a fait plusieurs millions de vues). De même, on peut s'attendre à ce que pas mal de bébés filmés par leurs parents dans le cadre du fameux Cheese Challenge exigent un jour le retrait de ces vidéos. Je rappelle que ce défi, qui a rencontré un succès international, consistait à jeter une tranche de fromage fondu au visage de son bébé et de filmer sa réaction. Santiago Valdo, peut-on dire que ces jugements récents, en faveur des enfants, sont un bon signe ?

— Oui, bien sûr. Mais le droit à l'oubli était prévu dans la loi votée en 2020. La vérité est qu'il est inapplicable. Les images de ces enfants ont été reproduites et commentées à l'infini. Elles ne s'effaceront jamais. Sur Internet, vous le savez, rien ne s'efface. Et pour le coup, la loi n'y peut rien.

— Merci Santiago Valdo pour cet éclairage, je rappelle que vous êtes psychiatre psychanalyste, et auteur de l'ouvrage *En cas d'exposition prolongée* aux Éditions… »

Clara éteint la radio. Elle s'abîme dans ses pensées.

Bouger quand quelque chose se présente. Quand le vent change de sens. Quand c'est le bon moment.

Elle compose le numéro de Cédric Berger et, avant même de le saluer, lui dit :

— C'est d'accord.

À l'autre bout du fil, elle entend une exclamation de joie. Puis il ajoute :

— Je te promets que je ne dirai plus jamais *sur* Paris.

Kimmy s'habille pour rejoindre son frère. Comme chaque jour, une tenue neutre, passe-partout, un camouflage devenu instinctif, formes et couleurs étudiées pour se fondre dans la masse. Elle ne sera jamais libre, elle ne sera jamais invisible, elle le sait. Malgré la capuche, la casquette, les couleurs ternes et grises, il y aura toujours quelqu'un pour la dévisager avec insistance ou s'esclaffer en pleine rue. Elle ne sera jamais lavée de tous ces regards qui l'ont salie, usée, abîmée, par écran interposé.

Dans la rue, elle baisse la tête, tente, par la courbure de son dos, d'atténuer sa taille. Elle a rentré ses cheveux blonds dans un bonnet noir.

Sammy habite l'une de ces grandes tours du XIIIe arrondissement que l'on voit depuis le boulevard périphérique, au vingtième étage, a-t-il précisé. Il ne voulait pas sortir et elle a eu beaucoup de mal à le convaincre de la laisser venir. Au téléphone, elle l'a senti inquiet, fébrile, elle sait décrypter, malgré la distance et le temps passé, les plus infimes inflexions de sa voix. Il se méfiait d'elle,

elle l'a compris. Elle a réussi à lui dire qu'elle avait besoin de lui.

Elle a promis de venir sans sac et les mains vides.

Jusqu'à aujourd'hui, les événements récents lui semblaient n'avoir été qu'un enchaînement instable et flou, dictés par la colère. La visite à Clara Roussel (elle s'est levée un matin, elle a bu un café et elle est partie vers le Bastion, elle n'y avait jamais pensé avant), la décision d'attaquer ses parents en justice : des impulsions.

Elle se fout de l'argent. Elle en a déjà bien assez. Elle veut que soient reconnus les dommages. L'enfance volée.

À présent, elle sait que tout cela converge vers un seul objectif. Elle veut voir Sammy, faire front avec lui. Car elle a compris une chose : elle peut vivre sans ses parents, mais elle ne supporte pas l'idée d'avoir perdu son frère.

Alors qu'elle sort du métro aérien, un joli papillon virevolte autour d'elle. Elle a juste le temps d'apercevoir ses couleurs mêlées, ocre et orange, et de songer qu'ils sont devenus si rares, surtout à cette saison. Au beau milieu des bâtiments gris de la ville, elle y voit un signe de poésie ou de beauté.

Le soleil n'a pas encore percé le voile laiteux et sans contours qui semble posé sur les immeubles comme un couvercle, et diffuse sa lumière comme au travers d'un abat-jour. La rue Dunois est juste à côté du métro, elle compose le code et entre dans la tour.

Dans le miroir de l'ascenseur, sa pâleur trahit son appréhension.

Dès qu'elle sonne, Sammy ouvre la porte. Il regarde derrière elle comme pour vérifier qu'elle n'a pas été suivie, puis l'entraîne dans le salon.

Ils s'assoient sur les chaises qui entourent la petite table ronde.

Elle est soudain bouleversée par cette parenté si flagrante de leur posture, les jambes croisées, et cette façon de s'amoindrir, mains posées à plat, pour ne pas tanguer.

Elle commence à parler et raconte toutes ces années. Celles qu'ils ont passées ensemble, celles qui les ont éloignés.

C'est un flot de paroles trop longtemps retenu, bientôt la chronologie se perd, elle veut partager des souvenirs, elle veut rappeler les moments de douceur, elle veut lui dire combien il compte, ce qu'elle a pu faire grâce à lui, elle veut lui dire qu'elle a compris qu'il a souffert lui aussi.

Sammy l'écoute en silence.

Ils se regardent, ils ne disent plus rien.

Et puis Sammy lui prend les mains.

Par la fenêtre entrouverte, un papillon entre, le même que tout à l'heure. Kimmy songe un instant qu'il l'a peut-être suivie, puis se raisonne : c'est impossible.

Dans un rayon de lumière, l'insecte virevolte au-dessus d'eux.

Alors elle entend un léger sifflement, à peine perceptible. D'ailleurs, elle n'en est pas tout à fait sûre. L'insecte monte vers le plafond. Elle lève les yeux et, l'espace d'un instant, c'est étrange, il lui semble voir une minuscule caméra fixée entre ses ailes.

Une fois la nuit tombée, elle aime regarder son propre reflet dans le panneau noir de la baie vitrée. D'habitude, c'est l'heure à laquelle elle s'installe sur son canapé, face à la caméra numéro trois, pour partager avec ses abonnés son humeur, ses impressions, et ses remarques sur l'actualité. L'occasion aussi de délivrer quelques conseils de vie pratique ou de développement personnel, car Mélanie s'initie depuis peu aux trois V, une nouvelle méthode de psychologie positive basée sur trois principes fondamentaux : *voir, vouloir, vaincre.* Elle se dirige ensuite vers la cuisine, commence à préparer le repas, s'acquittant ainsi des quelques obligations auxquelles elle est soumise en matière de placements de produits.

Mais aujourd'hui, elle se tait.

Aujourd'hui, elle n'a rien fait.

Depuis hier, elle n'a pas repris le direct, provoquant un véritable mouvement de panique parmi ses fans. En quelques heures, les commentaires, les questions et les supplications se sont multipliés sur tous ses réseaux, chacun y allant de son hypothèse ou de son explication.

Elle ne peut pas répondre. C'est au-dessus de ses forces.

Elle a besoin de ce silence. De quoi peut-il être fait, elle l'ignore, il y a si longtemps qu'elle vit dans le bruit qu'elle doit produire elle-même pour satisfaire ceux qui l'aiment.

Ce qu'elle sait, c'est qu'elle ne peut plus entendre ces mots *procès*, *loi*, *assigner*, *justice*, qui lui donnent envie de vomir.

Tout cela est si injuste. Pourquoi les gens ne veulent-ils pas comprendre qu'elle a toujours fait de son mieux ? Qu'elle a sacrifié sa vie intime, sa jeunesse, pour que ses enfants soient célèbres et heureux ? Enfin elle n'a tué personne !

Ce soir, elle se contentera de poster un message écrit, pour s'excuser de l'interruption momentanée de la diffusion. Elle pourrait intituler ce message *Bye bye les chéris* ou, encore mieux, *Fuck you les chéris*, ha ha, ce serait si drôle, elle leur dirait « Allez voir là-bas si j'y suis », ou « Lâchez-moi la grappe » ou « Mêlez-vous de vos oignons », comme disait sa mère, tiens, sa mère, qu'est-ce qu'elle vient faire là, ce serait si drôle, oui, « Fuck les chéris », oh là là, tellement drôle, enfin non, ils ne le prendraient pas très bien.

Bruno n'est pas rentré.

Hier, dans l'après-midi, alors qu'elle avait cherché à le joindre plusieurs fois sans succès, il a fini par lui téléphoner pour la prévenir qu'il dormirait à l'hôtel.

Elle a d'abord cru qu'il avait été retenu sur place ou qu'il était bloqué sur la route. Mais après un silence interminable, pendant lequel elle entendait sa respiration amplifiée, saccadée, il a avoué qu'il ne voulait plus rentrer chez eux, à la maison.

Il a dit :

— C'est terminé, Mélanie, je ne veux plus vivre comme ça.

Elle a d'abord pensé qu'elle avait mal entendu, puis il a répété la même phrase avec cette voix sourde, étouffée. C'est terminé.

Bruno, son socle, son roc, son plus fidèle soutien…

Elle ne peut pas s'empêcher de penser à la vidéo qu'elle tournera peut-être demain, si elle se sent mieux, qui pourrait bien marcher. *Les femmes de plus de quarante ans voient leur mari s'envoler…* Ou bien *Les femmes finissent toujours par se battre seules.*

Mais non, c'est absurde, elle ne doit pas s'affoler.

Bruno a juste besoin de prendre du recul.

Ce n'est pas définitif. Il rentrera demain. Pour discuter.

Il veut respirer.

Respirer, il a raison, d'ailleurs elle va brancher le nouveau diffuseur d'huiles essentielles fourni par la marque Biolife, un parfum de fleurs, de forêt, de sous-bois, un vrai baume. Délicieux.

En fait, elle ne se sent pas très bien. Pour la première fois elle n'arrive pas à gérer les priorités, et tout se mélange.

Elle a un peu mal à la tête. Et au cœur.

Elle a peut-être bu trop de café.

Aujourd'hui Kimmy les attaque et c'est presque pire que sa disparition.

Bruno est blessé, voilà tout. Mortellement blessé. Il craque. Il y a de quoi. Mais il va se reprendre, elle le sait.

Elle est une fée et Bruno un gros nounours. Oh oui, c'est ça. *La fée et le nounours*, c'est si drôle. C'est à mourir de rire.

Elle doit tenir. Tenir pour deux. Le titre de sa prochaine vidéo ne doit rien céder au chagrin. Au contraire, il doit être positif. Plus que jamais.

Faire front dans la tempête serait un titre magnifique. Ou bien *Un coup de vent ne suffit pas pour abattre un arbre*.

Elle va en parler avec lui.

Cette fois, ils décideront ensemble.

Et la vie reprendra, comme avant. Tout rentrera dans l'ordre. Elle ne doit pas s'inquiéter.

Tout va bien.

Tout va bien.

Tout va bien.

Composition : Nord Compo
Achevé d'imprimer
par CPI Firmin-Didot
à Mesnil-sur-l'Estrée, en avril 2021
Dépôt légal : avril 2021
Premier dépôt légal : février 2021
Numéro d'imprimeur : 163764

ISBN : 978-2-07-291581-9/Imprimé en France

397946